迷失在白垩纪

⑦

—— 林中之马的魔王 著 ——

浙江文艺出版社
Zhejiang Literature & Art Publishing House

图书在版编目(CIP)数据

迷失在白垩纪.⑦/林中之马的魔王著.—杭州:浙江文艺出版社,2023.3

ISBN 978-7-5339-5967-8

Ⅰ.①迷… Ⅱ.①林… Ⅲ.①长篇小说—中国—当代 Ⅳ.①I247.5

中国版本图书馆CIP数据核字(2019)第294130号

图书策划 柳明晔
责任编辑 诸婧琦 沈 逸
营销编辑 宋佳音
装帧设计 仙境 WONDERLAND Book design
版式设计 吕翡翠
责任印制 吴春娟

迷失在白垩纪.⑦

林中之马的魔王 著

出版发行 浙江文艺出版社
地　　址 杭州市体育场路347号
邮　　编 310006
电　　话 0571-85176953(总编办)
0571-85152727(市场部)
制　　版 浙江新华图文制作有限公司
印　　刷 杭州印校印务有限公司
开　　本 710毫米×1000毫米 1/16
字　　数 245千字
印　　张 14.75
插　　页 1
版　　次 2023年3月第1版
印　　次 2023年3月第1次印刷
书　　号 ISBN 978-7-5339-5967-8
定　　价 49.00元

迷失在白垩纪 ⑦

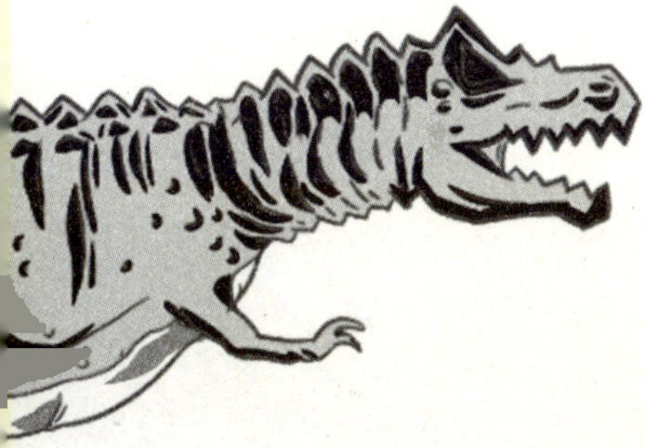

第1章
丰收节

城北联盟一方不知道在这短短的一个半小时里，地质学院叱咤风云的人物，同时也是对于联盟与学校接洽最主要的阻力施远已经沦为阶下囚，被人从自己的地盘上掳走。

他们同样也不知道，地质学院那些执掌了实际部门运作的外来者们已经在何春华的大胆和联盟的稳固发展双重刺激下，决定改变隔岸观火的态度，亲自下场推动地质学院的转变。

他们更加不知道，何家营内部究竟发生了什么。

派遣或者是收买间谍说起来是件很容易的事情，但真正想要去做的时候才会发现，这并不容易。

因为要防备恐龙的进入，地质学院和何家营、瓦庄村、板桥村周围都设下了重重围墙，日夜有人守卫，地质学院甚至在围墙外面设置了鹿角，不论是白天还是夜晚，想要突破这样的防卫混到里面去都不是容易的事情。

通过谈判途径也很困难，联盟与地质学院暂时处于隔离状态，而联盟虽然与何家营那一方通过瓦庄村有一些接触，但双方都把对方派过来的人盯得像贼一样，并且不容许对方的人员过夜。

张晓舟几次派去的人都没有机会和何春华安排的人之外的何家营成员说上话，

收买什么的就更加不可能了。

在这种情况下，又有什么人能有本事脱身去和某些人密谈或者是收买情报？

邱岳对于这样的现状感到很头疼，张晓舟事实上已经安排宣教部来负责城北联盟的对外谈判工作，但在两眼一抹黑的状态下去干这事，就像是盲人摸象。

“不行的话，让我去碰碰运气。”夏末禅说道。

他的身份在联盟来说有些尴尬。

按理说，作为从敌对势力投诚过来的高级别人员，应该要把他树立为一个标杆才对。但深究一下，地质学院的十九人管委会理论上是最高决策机构，实际上却并非实权部门，下面某些部门的负责人在具体的事务上其实比他们更有发言权。作为地质学院十九名委员中比较中立的一个，他的影响力也不算大，地位充其量能够等同于联盟执委会下属某个部门的主任，甚至是副主任，仅此而已。

而另外一个尴尬的地方是，作为一名本地二流大专的大三学生，他其实和地质学院的大多数人一样，并没有很强的沟通协调能力，专业知识也很有限。真的让他去负责联盟的某个部门，别说下面的人有什么意见，就连他自己也不太有信心。

他的想法是希望能够成为张晓舟的助理，像以前的高辉和严烨那样跟着跑跑腿，通过大量的工作来锻炼自己，但邱岳却在张晓舟正在考虑的时候主动把他要了过去，让他担任宣教部的副主任。

他的主要作用其实只是作为一个现身说法者，向城北联盟的居民们讲述地质学院混乱的现状，让他们产生对于联盟的向心力和自豪感，但这样的生活却不是他想要的。

“我好歹也曾经是地质学院十九名委员中的一个，也有不少同学和朋友在那边。学校的围墙晚上守卫人员会少一些，选择一个由我认识的人把守的点，也许能和他们接触。”

“这太冒险了。”邱岳马上就拒绝了他的建议。

这个提议听起来有一定的道理，但仔细想想就知道不可行。

在地质学院那样已经沦为民粹的地方，叛徒一定会是人们唾弃和针对的对象，地质学院的围墙又没有单人把守的地段，守卫之间可以说是相互照应，但某种意义上说，也是相互监视。

有什么人会冒着被别人举报的危险，为了一点以往的情分而和夏末禅这样的叛逃者接触？不怕回去之后被当作叛徒游街？

一个地方的所有看守都一条心，而且还和夏末禅的关系都很好，这样的事情发生的概率太低，邱岳不会把希望寄托在这样的事情上。

他把希望寄托在了如杨勇这样的叛逃者身上，事实上，目前城北联盟对于何家营和地质学院这两个地方的所有情报也是来自夏末禅、严烨和王哲这三个叛逃者。他甚至极力要求张晓舟加派更多的人手进入联盟和学校的缓冲区去搜寻杨勇的下落，让刚刚被打了一记闷棍的地质学院如临大敌。

但遗憾的是，杨勇就像是凭空消失了，他们唯一找到的痕迹就是高速公路两侧被剪开的缺口和那个房间里的火堆。

“密切注意从城南或者是地质学院跑过来的人，一旦发现这样的人，即使是和对方发生小规模的冲突也一定要把他们留在我们这边！”他对新洲大厦楼顶的瞭望员和几个处于边界区域的联防队员们反复地交代道，“这很重要！非常重要！”

就在他忙碌这些事情的时候，城北联盟第一批收获的玉米地中最后一块地终于在李雨欢的确认下，迎来了收获的那一天。

“快点啊！都那么多人了！”外面已经叮叮当当地响了起来，李雨欢在窗口伸着脖子拼命地看着楼下的动静，急不可耐地催着张晓舟。

“平时不见你这么快，”张晓舟无奈地说道，“就那么一条小街，有什么可逛的？”

他对着镜子整理了一下自己的领带，衬衫略微有点大了，但好在是全新的。在现在这个条件下，能找到这么一件新衬衫已经很不容易了。

正对着康华医院侧门的集市今天早上才刚刚开张，张晓舟还主持了简单的开业仪式，但仅仅是过了几个小时，短短的不到一百米的街道上就挤满了人，大多数人都穿上了自己现在能够找到的最好的衣服，兴致勃勃地在这条只有二十米宽的街上走来走去。

正式的庆典还没有开始，但人们已开始在街边的空地上自发地表演着节目。反正也没有音响和伴奏，纯粹就是图个乐，就当是排练了。好多人五音不全也敢跑上去秀，但人们在旁边一个劲儿地起着哄，用力地给他们鼓着掌。

第一批店铺不到三十家，全都是由联盟直管的。联盟的商业活动才刚刚开始，个人还很难有条件搜罗起足够开一家店铺的物资。另一方面，张晓舟等人也还在考虑要如何推动和管理。

第一食堂开设的饭馆外面看热闹的人最多，毕竟民以食为天嘛，不过在门口看热闹的人多，真正进去光顾的人却少，站在柜台里的饭馆负责人被无数双眼睛盯着，浑身上下都不舒服，身上的衣服都不知不觉地湿了。

人最多的却是出售各种各样物品的百货店，这里也是整条街最大的店铺。

但比起他们原先的世界，柜台里的东西少得可怜，而且多半都是在这个世界用得上的工具或者是日用品、衣物和鞋子，奢侈品一概没有。与其说是百货店，倒不如说是五金店和服装店的合体。

但人们却像是从来没有进过城的山里人，一个个地在门口排着队，等待着进去看西洋景。梁宇不得不临时调了几个民兵过来维持秩序，让人们从东面进，西面出。

“生意看起来不错啊！”张晓舟高兴地对梁宇说道。

“没几个成交的，都是进去走一圈然后走人。”梁宇转头看到穿着正装的张晓舟和打扮得漂漂亮亮的李雨欢，对着他们点头打了个招呼，“今天也不敢做他们的生意，谁在柜台前停一下，路一下子就堵死了，后面的人马上就会叫起来。真要做生意，大概得几天以后了。”

“生意肯定会好的！”李雨欢在旁边说道。

“希望吧。”梁宇叹了一口气。

所有田地十分之一的税赋昨天就算已经全部收上来了，那个数量真是让身为联盟大管家的他只想哭。

他现在的希望全都寄托在这些公营的店铺上了，要是出什么问题，那他真的是只能去死了。

“安保怎么样？”张晓舟担心的却是另外一件事情，联盟没有值班没有任务在身的人大概都已经聚到这里了，要是出个什么事故，引发踩踏或者是其他连锁反应，那问题就严重了。

“钱伟带人守在街头那边，各区总共出动了将近三百民兵，再加上新洲的人，应该不会有什么事吧？”

街道尽头就是今天活动的场地，那块地在收获之后被人们用木杵压平，变成了一个足以容纳四千人的广场，中心则是刚刚安装就位的旗杆和主席台。

张四海正在主席台上调试设备，汽油虽然紧张，但丰收节一年只有一次。

旁边突然嘣的一声爆炸，把张晓舟和李雨欢吓了一跳，但孩子们的欢呼让他们发现那是有人在做爆米花，很多孩子守在旁边，眼巴巴地看着那个人把刚刚出炉的爆米花抖在一个大盆里，然后分装在事先叠好的小纸盒里。

“便宜卖了！一工分一份！”他大声地叫着，孩子们满心期望地看着自己的父母，这个价格不算贵，有工分券的父母们纷纷解囊，那些没有工分券或者是没把它们带在身上的父母则在人群里寻找着自己认识的人，希望能从他们那里暂借一些。

张晓舟这时才看到街边还有几个类似的小摊，原料多半都是玉米，玉米饼、煮玉米、炸玉米粉条、炸玉米圆子、蒸玉米糕，张晓舟真没想到，玉米还能玩出这么多花样。唯一不同的只有一个卖棉花糖的小贩，天知道他从哪里搞来的机器和白糖，飞快地踏着脚踏板造出一个个的棉花糖球。

这些东西价格应该都不贵，很多人都一边走一边吃，从那边走过来的小孩子，几乎每个人手里都小心翼翼地捧着一个棉花糖球。

这些都是人们自己搞出来的名堂，他们应该是知道集市要开放的消息，早早地就准备好了这些东西。

梁宇悄悄地问张晓舟要不要收税，张晓舟笑着摇了摇头。

现在还不是考虑这些的时候，别把人们好不容易建立起来的一点主动性就这么毁了。现在最需要的，就是人们自发地去做类似这样的事情。

说真的，什么事都由联盟来牵头来考虑，实在是太累了。

“我也要吃！”李雨欢低声地说道。

“你找蓁蓁她们一起去逛吧？”张晓舟无奈地说道。

身为联盟主席就这一点不好，走过来的时候，每个人都在和他打招呼，他的头都点酸了。脸也笑得快抽筋了，他轻轻地用手揉着自己的下巴，内心深处满满的都是使命感和自豪感。

“地质学院来人了。”

台上一群年轻人正在表演小品，讲述的是一个极度自私的幸存者的糗事。

大家都在哈哈大笑，但邱岳带来的消息却让张晓舟愣了一下。

他点点头，小声地和李雨欢说了一句，叫上钱伟等人悄悄地走了出去。

“什么事？”从人群里走出来之后，他马上向邱岳问道。

他们正准备与地质学院进行接触，结果对方首先上门了？

“没说，”邱岳答道，“来的是上次来过的万泽。”

双方第一次进行接触的时候，邱岳还在韬光养晦，但在新洲酒店那边负责值班的高辉认识万泽，于是把那支小小的代表团引了过来。

“张主席！”万泽等人站在广场边缘，远远地就向张晓舟伸出了双手。

张晓舟等人一一和他握手，张晓舟注意到他身边的一个大约四十岁的男子，万泽与他的地位看起来是等同的。

“这位是我们地质学院校办工厂的负责人李乡。”万泽介绍道。

张晓舟和他握了一下手，微微地觉得奇怪。

他原以为来的是地质学院的另外一名委员，但显然，此人的地位应该并不低于万泽。

“没想到联盟在搞庆典活动，来得不巧，打扰各位了。”万泽说道。

“别这么说，大家都是邻居，这样的时候正应该邀请你们过来做客。”张晓舟答道。

几人站在这里没营养地说了些闲话，张晓舟向他们介绍了上次没有见过的邱岳，随后张晓舟等人带着他们从广场旁边绕了过去，沿着已经歇业的那条步行街向康华医院走去。

有人在整理货架，也有人在打扫卫生，几千人在这个地方闹过之后，满地都是垃圾。

万泽和李乡很快就意识到了这条街的用途。

联盟已经恢复到这一步了？

他们对视了一眼，彼此之间隐秘地点了点头。

“不知道两位今天过来有什么贵干？”张晓舟随后进入了正题。

城北联盟和地质学院的联系从夏末禅叛逃之后就已经彻底断绝，对于联盟来说，一个处于极度内乱中的地质学院犹如一颗定时炸弹，当然是离得越远越好。他们当然希望能够从地质学院获得技术、人才、种子和家禽等等，但已经民粹化而变得无法用常理来衡量的地质学院显然并不是一个好的合作对象。

加上当时忙于安置从城南过来的那些难民，这件事就这么搁置了下来。

“张主席你不知道发生了什么事吗？”万泽反问道。

“万委员，请你说明白一点好吗？”邱岳说道。

“施远被何春华抓走了，这事你们不知道？”万泽有些惊讶，难道何春华这么大的事情都瞒着他们？那他们和何家营的关系到底是什么样的？

对于地质学院来说，这件事是奇耻大辱。无论施远究竟在学校里充当了什么样的角色，不管他做了什么，站在学校的层面上，他被敌人跑到自己的地盘上强行掳走，这就是赤裸裸的宣战行为。加上他之前在学生群体一直有着不错的声誉，在这个消息传开之后，几乎所有的学生都愤怒了。

万泽、郑潼和石建勋都受到了强烈的责难，就连“狼牙”的队长张瑜都被骂得狗血淋头。

他们号称是地质学院最强的队伍，却眼睁睁地看着对方抓住施远然后从容地将之作为人质带走？

甚至有早就看不惯“狼牙”的人痛骂他们白白浪费了海量的物资，拼命地往自己脸上贴金，其实却只是“狗牙”。

好战情绪马上就被煽动了起来，很快就有上百学生制作了示威的牌子，跑到学校管委会门口去闹事，强烈要求学校马上对何家营那个奴隶制的堡垒宣战，把施远救回来，解放那些被压迫的奴隶。

但反对的意见同样存在。把何家营消灭不难，但何家营的那些人怎么办？养着他们，还是丢下他们不管？解放他们容易，但如果他们非要跟着回到学校，那该怎么办？

另一方面，如果打过去的时候对方把施远又推出来，那该怎么处理？是不管他的死活继续打下去，还是怎么样？

“施远那样的人难道还会怕死吗！”有好事的人大声地叫道，“当然是坚决地打下去！如果那些人真的敢对他动手，那我们就杀掉那些人替他报仇！”

和施远关系好的那些人当然不接受这样的说法，但他们又没法说施远怕死。

“那难民呢？”

“我们的番薯不是丰收了吗？可以分一部分给他们啊！”博爱派乘机说道，“大家只需要熬几个月的时间，等下一批番薯收获，一切就会好起来的！”

这样的说法反而让很多人冷静了下来。

自己还不能保证吃好吃饱呢，再分一半出去？那自己吃什么？吃亏饿肚子的事情大家都不太愿意干。

“隔壁的城北联盟不是也收获了吗？为什么非要分我们的粮食？分他们的也可以啊！”有人说道。

“别人为什么要听我们的？”马上就有人反驳。

“干脆连他们一起打！”头脑不清楚盲目乐观的人提议道。这样的话马上就被淹没在了更多的意见当中。

“我们应该和他们联合起来一起打何家营去！”

“他们会肯吗？不是说他们那些人恨我们恨得要命吗？他们会不会等我们和何家营打起来的时候，突然从背后偷袭？”

“你说得对！这太危险了！”

“那我们到底要不要打何家营？”

“至少得留一半人守在家里防着城北联盟的人！”

“那谁去城南谁留下？”

更多人冷静了下来，打仗肯定是要流血死人的，流别人的血当然好，可怎么才能让自己留下而不是到南边去打仗？

书生造反十年不成，万泽算是切身体会到了这句话的正确性。

整整两天过去，学校内部就只是在不断地进行争论，甚至连最初一边倒的一定要给何家营一个颜色看看的态度也不那么坚决了。从最初把何家营彻底消灭，到给他们个教训，再到把施远救回来就行，各种各样的意见都冒了出来，甚至还有人认为，可以先通过谈判途径把施远解救回来，确保他的安全，然后再考虑怎么惩罚何家营。

不但学生们分成几派在争执，学校管委会内部也有几种完全不同的声音，意见根本就统一不下来。

唯一得出的结论是必须要和城北联盟进行接触，试探对方的想法。

万泽和李乡当然不会把地质学院里发生的事情和盘托出，他们只是隐晦地介绍了一下大致的情况，然后便看着联盟的众人，等待着他们的反应。

“何春华那家伙！”钱伟忍不住说道。

那天他带着民兵一直监视瓦庄的那些士兵，也看到那些跟随何春华到城北来的士兵抬着一个人下了那个土坡，但他当时以为那是一个受伤的士兵，并没有想到那是他们直接从城北掳走的人质。

这也太匪夷所思了。

他忍不住开始考虑，如果何春华在和张晓舟谈判的时候突然来这么一下那该怎么办。这样的情况的确令人头疼，他们也肯定会投鼠忌器，但不管怎么样也不可能让这些人轻轻松松地就这么离开。

试想一下，如果在自己的地盘上，占有绝对的优势时都没有办法保住自己的头领，那你还指望后面到别人的地盘上去施救？

“那么，两位今天过来的意思是需要联盟从中斡旋吗？”邱岳问道。

“张主席和何春华应该接触得比我们多得多，你怎么看这个人？”李乡却没有回答他的问题，而是对张晓舟提问。

“不好评价，”张晓舟沉吟了一会儿之后说道，“不过他是个很有想法，也很有行动力的人。”

老实说，听到施远被劫走的消息时，他的心里竟然有些快意，但他很快就把这种不该有的情绪抛到了一边，而是开始考虑这件事对于联盟的影响。

按照夏末禅的说法，施远是反对学校与联盟合作的主要推手之一，那么，当他突然以这样令人想象不到的方式离开了地质学院，他这一派的力量是会上升还是衰弱呢？

“施远当时的态度的确不太好，”万泽说道，“但何春华突然采取这种过激的手段，也确实是让我们措手不及。张主席，他要求我们把他所谓的那个逃犯抓住之后拿去换施远，你认为他履约的可能性有多大？”

“你们抓住他了？”邱岳马上问道。

联盟的民兵在那个区域整整搜索了两天，难道杨勇他还真的神通广大到逃进学校里去了？

万泽摇了摇头:"我们只是在考虑施远的安全,考虑让他平安回来的可能性。"

邱岳看了李乡一眼,因为受命和地质学院进行接触,他和夏末禅聊过很多关于地质学院内部的事情,尤其是对于其中的主要人物了解了很多。他知道万泽在地质学院的政治层面上与施远是死敌,施远被掳走对于地质学院来说是无法接受的事情,但对于万泽个人和他的派系来说却应该是一件好事。

但这个李乡却是夏末禅从来没有谈起过的人,他算是来监视万泽的,还是与万泽同一个战线?有他在旁边,很多话说起来不太方便。

"万委员,"邱岳于是说道,"这个事情我们可以帮忙从中穿针引线,但我们和何家营也只是有一些简单的合作和沟通,对于何秘书长这个人,我们的了解也并不是很多。只能说,我们可以尽量帮忙,但结果没法保证。"

万泽看了看李乡,突然问道:"夏末禅应该是在联盟这里吧?以前我和他的关系还算不错,方便的话,能不能让我和他说几句话?"

张晓舟看了看邱岳,随即点了点头。

夏末禅于是被找了过来,他的级别不够,没有资格参与这种级别的会议,对此毫无准备。像万泽这样的外来派委员,和学生派委员总是保持着一定的距离,两人以前在学校管委会也只能说是点头之交。如果说两人之间有什么交情,那也只是之前一起出使联盟,然后一同反对施远。

想到那时候万泽的表现,夏末禅觉得他应该不会害自己。

"你只管和他谈,看他到底想说什么。"张晓舟对夏末禅说道。

联盟和学校之间因为之前的不愉快而变得缺乏基本的信任,这让他们之间说话都遮遮掩掩,感觉很累。

张晓舟最不喜欢的就是这样的肚皮官司,他很希望能够尽快打开局面。

他和夏末禅谈过很多次,这个年轻人也许没有太高的能力,但张晓舟感觉他也是一个理想主义者。也只有理想主义者才会因为理念不合而放弃自己在学校的高位,以逃犯的身份跑到联盟这边来。

"张主席,这事我……"夏末禅有点顾虑。

"我相信你。"张晓舟对夏末禅说道。

夏末禅的情绪一下子激动了起来,"张主席你放心!"他对张晓舟说道,"我现在已经是联盟的一分子,一定不会让联盟遭受哪怕一丁点儿损失的！绝不会!”

邱岳这时候其实已经猜到了一些情况,李乡和地质学院使团的其他人应该都是万泽那一派的,否则的话,他这样主动要求与联盟一方的人单独谈话,回去之后必定遭到严重的质疑和弹劾。

万泽也许是在用这种办法表明自己的立场和态度,当然,他或许也想从夏末禅那里搞清楚一些联盟的实情,以此来决定是不是值得做出一些决定。他也许不会问很机密的问题,但很多时候,让人们做出某些决定的,其实并非都是机密情报。

人们沉默着等待他俩在隔壁单独谈话的结果。

从会议室的窗户可以远远地看到广场上正在进行表演的舞台,人们的哄笑声不断地飘进来。李乡和他身后来自学校的人们忍不住往那边看去,远远地,看不清楚台上在演什么,但那一阵阵的笑声却让他们有种说不出的感觉。

这样的感觉在地质学院还从来都没有过。

当初让夏末禅毅然决定逃离学校的,也许就是这种感觉?

“我家以前就住在那幢房子,”李乡突然说道,“广场后面那幢黄色六层楼的,三单元四〇一。”

张晓舟等人愣了一下。

李乡笑着摇了摇头:“不过都已经是很久以前的事情了。”

“联盟的人对学校的看法是什么样的?”在隔壁的房间,万泽却对夏末禅这样问道,“你选择来这边当然有你的理由,我完全可以理解。但你别忘了,你还有那么多同学、那么多认识的人留在学校。你和他们相处了两年多,不会一点情分都没有了吧?”

夏末禅的脸色变得有些难看,但他马上对万泽说道:“我不会出卖联盟的!”

“你谁也不用出卖,”万泽说道,“看来你还不知道,施远被何家营的人抓走了。”

“什么?!”夏末禅惊讶地站了起来。刚才时间太紧,把他叫过来的人忘了告诉他这一点。

“你应该知道我的立场,”万泽继续说道,“现在的问题是,在施远的反复鼓吹下,学校的大部分人都相信联盟的幸存者们会因为当初学校把他们拒之门外而对学校抱有仇恨。”

“这是无稽之谈!”夏末禅马上说道,“也许有极少数人曾经对学校有过愤恨,但你看看外面那些人，他们像是满怀仇恨的人吗？说句不好听的话，任何在两个地方都待过的人都不会觉得去学校是一件幸运的事情。”

“但那些曾经有家人死去的人呢？他们不会恨学校的做法断送了他们的亲人吗?”万泽继续问道。

“这里很多人都知道我来自学校，从来都没人对我做过什么事情，”夏末禅答道，“联盟的每一个人都在为了更好的生活而努力工作着，他们不会像学校那些人一样，闲着没事就游行示威闹事。觉得联盟的人恨自己？觉得联盟在针对学校？说句老实话，这太自以为是，太把学校当成一回事了。”

“这并不是我的看法，”万泽说道，“但你在管委会待过，你应该知道，要转变这种想法，我必须要有足够的理由去说服其他人!”

“理由?”夏末禅的情绪微微有些激动了起来，“这已经是你第二次来了，就算你不相信我，难道不相信自己的眼睛？这片区域有谁对你们心怀恶意？他们根本都不在意你们是谁!

“张主席是个很有本事而且很有操守的人！他正在带领人们克服困难，一步步走向成功！你们大概还不知道，联盟现在已经开发了将近四十亩丛林，并且探索了周围十几平方公里的土地！甚至还在几公里外的丛林里建立了前进基地！我们已经辨认出了几百种能吃的植物，每天收获的粮食都能供好几百人吃的！联盟的玉米也已经收获了，还有盐，还有更多的东西!”夏末禅的声音不知不觉大了起来，“联盟没有学校也可以生活得很好，但学校呢？从我离开到现在，已经这么长时间了，你们做了些什么呢?”

万泽无言以对，他们的确做了一些事情，但在地质学院那样的环境下，都只是循规蹈矩而已。

“你们开始进入丛林了吗？这样危险的决策很难通过审议，所以根本就不会有人提吧？别的不说，等到那些盐吃完，学校准备怎么办？等你们把那些容易砍的树都砍完了，你们又准备怎么办？

“现在的情况是，学校很需要联盟，但联盟却并不很需要学校。假以时日，联盟必然把学校远远地抛在后面!”夏末禅对万泽说道，“万委员，我不知道你在犹豫什么，施远离开，对学校来说难道不是一件好事吗？为什么不好好地利用这个机会，把地质学院从那个泥潭里拉出来？”

他的话让万泽有些难以接受，但却打动了他。

他点点头，走出那个房间，回到了会议室。

“张主席，我们很需要你们的帮助！让我们开诚布公地谈一谈吧！”

张晓舟等人早就从夏末禅那里知道了学校的情况，但真的听万泽说出学校的现状，他们还是有些唏嘘。

明明拿了一手天牌，却打成现在这个样子，怪谁去？

“我们要尽快把学校从这种混乱状况中解救出来！”万泽说道，“张主席，在座的各位，地质学院有着得天独厚的条件，有校办工厂，实验室，大量理工科的资料和教材，更有大量可塑性很强的年轻人和一部分教师，这些资源如果用在正途上，肯定能给远山的所有幸存者带来更多的利益！让远山的所有幸存者都更快地过上舒心的日子！但现在，这些东西却都因为严重的内耗而白白荒废了！这不但是地质学院自己的损失，更是远山所有幸存者的损失！”

张晓舟、钱伟和夏末禅对这样的话深以为然，但老常、梁宇和邱岳却只是笑了一下。

这样的话也就是说说了。

学校是学校，联盟是联盟，村子是村子，难道学校会无私到把粮食分给联盟的人？如果他们会这么做，那他们当初根本不会把其他人挡在围墙之外。

显而易见，学校取得的任何成就都只是他们自己的，联盟想要分享，必然要付出代价。

“我们这些人……”万泽指了一下李乡和自己，“我们虽然也一直在尽力地让学校的资源能够发挥出应有的作用，但效果却非常有限。学校里民粹的力量太强了，他们只知道自己应该成为自己的主人，只知道否定别人，却不懂得建设。”

“这些我们都清楚，”邱岳说道，“万委员，让我们直接进入正题吧。你们想要联盟的帮助，这没问题，但怎么帮，这才是问题所在。”

按照他的级别，跳过张晓舟和老常直接和对方对话本来是不应该的，但张晓舟之前已经授权他负责对外接洽，这已经是他的本职工作。从谈判技巧上讲，他首先出面，严守界限，据理力争，把对方的真实意图和心理底线试探出来，然后让张晓舟和老常来放水拍板，在争取利益时对联盟比较有利。

一开始就让张晓舟和老常同对方谈，一旦谈崩，双方就没有让步的余地了。

万泽看了看张晓舟，他感觉要说服张晓舟相对比较容易，反倒是这个上次没有见过的男子比较棘手。

“现在是一个机会，”万泽说道，“施远一直是学生派的头目之一，而且因为善于煽动和表演而有一定的声望。他这次突然被对方抓住并且作为人质带走，对于他那派来说是一个很大的打击。”

“你们想要利用这次机会？”

万泽点了点头：“施远被绑走的时候很狼狈，学生派的武装力量当时也在场，却没有采取正确的措施，这对于他们的形象影响很大。”

他自己当时虽然也在现场，但“狼牙”从来都不归他指挥，张瑜一直想把污点分摊到他头上，但却不是很成功。

“现在学生也分成几派，施远那一派当然想把丢掉的面子找回来，甚至态度强硬地想要给何家营方面一些教训。但其他人却有很多顾虑，害怕流血牺牲是一方面，也有人担心联盟方面趁机对学校发动偷袭，甚至有人担心一举把村子攻破之后，难民无法处置。”

最后一句话把大家都逗乐了。

“所以呢？学校方面现在没有办法做出决断？”邱岳问道。

“大多数学生的想法都是必须要打一下，但都是喊得厉害，没有人愿意流血，”万泽说道，“这就给了我们一个机会。如果我们能妥善解决这个问题，那我们就能在学校当中获得更大的发言权。”

张晓舟点了点头，邱岳急忙抢在他前面问道：“具体的想法呢？”

“我们需要联盟帮忙斡旋，和何家营方面谈谈。”万泽说道。

邱岳点了点头，这样的思路其实很符合他的三观，于是他看了一下张晓舟等人：“这我想没有什么问题。”

“但我们现在拿不出东西来给联盟或者是何家营。”万泽却继续说道。

何春华那样的人，没有足够的好处他是不可能莫名其妙把施远放回去的。请联盟帮忙办事，也不可能什么表示都没有。

但对于万泽等人来说，现在这个敏感的时刻，确实也很难拿出什么东西来。一旦让学生派发现他们是用这种办法解决了问题，事情很可能会变得更加复杂。

“如果可以的话，我们希望联盟方面能够暂时替我们支付何家营方面所要求的筹码，等到联盟和学校开始有更多的交流和沟通时，我们再想办法还给你们。请放心，我们有足够的偿付能力，只是在现在这个关口，为了避免舆论，没法把它们运出来。”

邱岳忍不住摇头。这想得也太美了。

联盟帮忙牵头斡旋，联盟帮忙支付筹码，然后等到“开始有更多的交流和沟通时”才偿还。这就相当于空手套白狼，而且还把联盟拉到了自己的船上。

因为很显然，如果万泽这一派不上台掌控权力，那学校根本就不可能认账。联盟如果想要收回已经支付的成本，就必须投入更多的代价。

联盟一方承担了所有的风险，最好的结果也不过是他们这些人掌控了学校的大权，然后与联盟展开竞争？

“万委员，你的意思我们搞清楚了，让我们开个会讨论一下然后再回答你好吗？”邱岳对万泽等人说道。

“张主席，请你们考虑一下。这不是为了施远，更不是为了学校，而是为了把那些资源的作用发挥出来。这对于整个远山的幸存者来说……”

“请暂时离开，去看看表演吧。”邱岳打断了他的话，微笑着对他说道。

“如果你们愿意，我们可以用资料和教材偿付一部分，”一直没有怎么说话的李乡突然说道，“我想联盟既然已经取得了这么多成绩，应该不会满足于简单的生存问题。如果你们同意，我们可以把学校当前在各方面取得的成果与你们分享。比如说，有线电话；再比如说用植物油提取燃油的办法。这些东西的价值，张主席你们应该会懂吧？”

他的话让钱伟眼前一亮。

“我们一定会好好考虑的，现在，请先离开吧。”邱岳再一次说道。

万泽深深地看了夏末禅一眼，隐秘地对着他点了点头，随后带着自己的人从会议室里走了出去。

夏末禅也想替地质学院争取一线机会，但在会议开始之前，邱岳就婉转地把他请出了会议室。

能坐在这里的都是联盟最核心的人物，即便是邱岳自己也是好不容易才争取到了这个资格。

“你们的意见是什么？”张晓舟问道。

邱岳看了看其他人：“有利有弊，但总体来说，弊大于利。”

钱伟的看法完全不同，但他没有打断邱岳，而是让他继续说了下去。

“先说利，”邱岳清了清嗓子，“短期利益当然是之前那个李乡所说的那些东西，然后是他们承诺的物资；长远来看，这个时候帮助他们可以获得他们这个派系的好感，如果他们真的能够成为地质学院的统治者，那联盟与学校也许能达成一种良性合作关系，对于我们的发展来说肯定是有好处的。”

张晓舟和钱伟都点了点头。

“但弊端也很明显。他们所承诺的要能兑现，那就必须要满足一个基本条件：他们这一派上台统治地质学院。但我们都知道，作为外来派他们一直都被学生派提防，在联盟的发言权并不是很大。老实说，即便是他们能够在这件事情里得偿所愿，漂漂亮亮地把施远救回去，要成为学校的统治者仍然还有很长的路要走。施远本身就是一个变数，他那样的人，即使是我们出力把他救回去他也不会感激我们，照样会反对我们，甚至有可能会变本加厉。谁能保证万泽他们一定能利用好这个机会？他的那些话说得很漂亮，但都是在画大饼，一点儿实际意义都没有。”

“但我们不知道何春华会提什么条件，如果他要的东西并不多呢？”钱伟说道，“如果代价并不高，那我们就算是得不到后面的好处，付出一些代价掌握有线电话和燃油的技术也是值得的！”

“我不这样认为，”邱岳摇了摇头，“如果我是何春华，一定会狮子大开口。”

“为什么？”

“这不是显而易见吗？他孤身一人到了敌人的地盘上，却成功地把对方的重要人物就这么轻轻松松地抓了回来，难道他不会自信心膨胀吗？这时候地质学院方面通过联盟继续求到他头上，难道他不会进一步认定学校是个软柿子，从而下决心趁这个机会狠狠地咬上一口？如果我们在这个事情里参与得太深，搞不好他会连我们一起看轻，而这对于维持现在的局面是很糟糕的情况。”

钱伟沉默了，以他们与何春华的接触看下来，他绝对有这样做的可能。

“李乡提出的那些东西看上去是很不错，但对于我们来说，其实并不是急需的，”邱岳继续说道，“通信方面，我听说龙云鸿已经取得了不错的进展，也许不久之后我们就能有无线电用了，要有线电话有多大的意义？至于燃油提炼技术，那更是没影的事情了。我们手边并没有可以用来炼油的植物，现有的食物也仅仅是够吃，怎么可能奢侈到拿去炼油然后提炼出来做燃料？有多余的粮食，酿成高度酒同时满足燃料和医用的需要应该也比炼油靠谱吧？如果他们拿番薯苗和鸡鸭的种禽来做交易，我们或许还可以考虑，但拿这些华而不实的东西来做谈判的条件，我觉得他们的诚意不足。”

张晓舟微微地叹了一口气，他知道自己忍不住又在犯已经被身边的人们在开玩笑时诟病了很多次的“圣母病”，但他真的觉得，为了包括联盟成员在内的远山所有的幸存者们的利益而让地质学院正常化才是正确的选择，即便那意味着联盟将面临一个有力的竞争者。

技术进步本来就是在竞争下才会发展得更快，学校这样的地方不太可能变成一个以暴力征服为宗旨的机构，如果他们能够发展起来，最大的可能并不是与城北联盟成为你死我活的对手，而是形成一种相互竞争的关系。在那种情况下，即便相互之间只是进行一些基本的交易，对于联盟来说肯定也会有很大的促进作用。

一心期盼别人过得比自己差以证明自己成功，这样的心态在他看来是一种病态，说句悲观的话，如果突然有某种可怕的灾害席卷远山，或者是联盟的粮仓突然失火烧掉了所有的粮食，身边有个强大的邻居，你至少还有个求救借粮的对象。但身边的人如果都比你差得多，都还在眼巴巴地等着你去救他们，那真的只能是大家一起等死了。

他一直都在对自己身边的人说，良性竞争永远都比恶意拖对方的后腿好，良性竞争下，大家都会越来越强，而相互拖后腿，大家只会越来越弱。

但显然，邱岳考虑问题的出发点和他完全不同。

“更糟糕的局面是，何春华获得这批额外的物资之后，力量肯定会进一步增强，肯定会训练更多的士兵，那对于我们将是一个巨大的威胁。”

这和张晓舟之前主动与何春华提出的交易不同，如果何春华是用人力资源向联盟交易粮食，那在他力量增强的同时，联盟的力量也会同步增长。只要交换比得当，双方的力量对比不会发生很大的改变。

但如果他获得这样一笔意外之财却不需要付出任何代价，双方的力量对比就失衡了。

“你说得没错！”老常说道，“这是我们必须考虑的问题。再说了，在谈判过程中绑架对方的代表，这是一种完全不讲规则不守道义的行为！如果联盟不但不表明立场对他进行谴责，反而和万泽这些人一起偷偷摸摸地与他们接触准备用好处把施远换回来，那无疑是在鼓励何春华继续冒险，这样的做法会让他感觉联盟和学校软弱可欺，绝对不是什么好事！”

“那么，老常你也反对帮助万泽他们？”张晓舟问道。

老常点了点头：“我们可以帮助他们与何春华联系，甚至可以提供中立场地让他们会谈，但我们应该表明立场，绝不能鼓励何春华的这种行为，也绝不能鼓励万泽他们用这种资敌的方式去解决问题。”

“但这相当于就把万泽这些人从我们这边推开了，”钱伟说道，“我们之前一直希望学校能够发挥应有的作用，一直希望能和他们一起对抗何家营，合作征服这个世界，现在好不容易有他们的人主动来联系我们，向我们求助，我们就这么拒绝他们？如果不给出适当的回应，也许我们就永远失去和地质学院合作的机会了。”

“我们不需要拒绝他们，”邱岳说道，“如果他们的办法是错的，那我们该做的当然不是迎合他们，而是给他们指出另外一条路。”

钱伟非常不喜欢邱岳这种故弄玄虚的说话方式，他大可以一开始就把话说明白，而不是绕山绕水把别人的话全盘否定之后再来证明自己聪明。

“他们现在的想法是，那些学生没有能力解决这个问题，所以他们只要能够漂亮地解决这件事，就能获得声望和更多学生的支持，”邱岳习惯性地笑着摇了摇头，“这种思维方式不能说错，但未免有点太天真和理想化了。就像我刚才说的，即使他们费劲心力把施远救回来，施远也不可能突然一百八十度转变过去支持他们。相反，为了洗刷在自己身上的污名，他很有可能反而变得更加激进。”

“在这个世界上，做事的人永远比不做事的更容易犯错，更容易被人抓到把柄，”邱岳轻轻地用手在桌上点着，一副胸有成竹的样子，“面对一个烂摊子，最聪明的办法不是迎难而上，把自己变成靶子，而是想办法逼对手去接手这个烂摊子，然后把自己从这个事情里彻底摘出去。这样一来,你就能立于不败之地,从容不迫地对他们展开攻击,从一切可能的角度去抹黑他们。”

“这件事和万泽有什么关系呢?”他高深莫测地笑道,“被抓的是施远,当时在一旁看着的人是学生派最精锐的力量‘狼牙’,他顶多只是一个目击者,很容易就能从里面抽身。现在着急的应该是学生派,而且是最激进和他们对立最严重的那些人。这种时候,恰恰应该从舆论上倒逼他们尽快解决问题,让他们去犯错误,证明他们以前所说的一切都只是谎言,证明他们的无能。如果万泽他们够聪明,完全可以在这些人的声誉完全破产之后再出来收拾残局,彻底把他们从地质学院的统治层里清理出去。”

……

“他们很有可能会铤而走险!”万泽脸色苍白地说道。张晓舟等人没有再出面,而是让邱岳全权处理这件事,这让他感觉很不妙。

果然,邱岳说出的并不是他想要的结果。

“那又有什么关系?”张晓舟离开之后,邱岳也就没有太多顾忌,可以说一些张晓舟肯定不喜欢听的话了,这些内容和他之前对张晓舟说的几乎完全不同,“如果他们铤而走险,会跟他们走的也肯定是他们的铁杆支持者吧?这些人本来就是你们控制地质学院的阻碍,他们死了,被打败了,灰溜溜地逃回来,对你们来说难道不是更好的结果吗?”

万泽和李乡看着邱岳,心情非常复杂。

这些人的确是潜在的阻碍,但他们同时也是学校最强大的一支力量,如果他们失败,学校必然遭受惨重的损失。

而这并不是万泽他们想要看到的结果,他们想要的,是完整而又强大的地质学院。如果学校损失了这些人,他们面对城北联盟时将变得完全居于劣势。

“这才是最快、最保险也最有把握的办法,”邱岳笑着对他们说道,“世界上没有不流血的改革,以学校的现状,就这么平平淡淡一帆风顺下去,没有一些震撼人心的事情发生,那些学生真的能认清现状反思自己的错误?不流血,你们真的能顺利扭转局面?你们应该不会那么天真吧?让他们死在敌人手里成为英雄,总比死在你们手里好,当然,更比你们死在他们手里好。不是吗?”

万泽和李乡沉默不语。

“除了直接出兵，联盟将会给予你们最大的支持。如果有需要，我本人可以作为人质到你们那边去让他们安心，确保联盟不会像他们想的那样趁火打劫。”邱岳的声音低沉而又有磁性，万泽和李乡却不知道，他所说的这些话里，很多并不是联盟的决议，而是他擅自行动。

当然，他很有把握，除非万泽他们彻底失败，否则的话，今天的这些话就不太可能会流到除他们三人之外的人的耳朵里。

邱岳的笑容越发自信：“你们可以放心，联盟不会吞并学校。那根本就不可能做得到，也不符合我们的利益。我们更希望地质学院在拨乱反正之后成为联盟最可靠的盟友，而在那个时候，联盟也将成为你们最可靠的后盾。”

万泽和李乡都听出了其中的差别，许久之后，他们终于点了点头。

万泽和李乡满腹心思地离开了联盟，这让参加完丰收节庆典之后赶来送他们的张晓舟觉得有些奇怪。

但他怎么也不可能想象得到，执行力一直都很强，很少会出幺蛾子的邱岳私底下对他们说了些什么。

他的注意力很快就回到了联盟本身，居民们在心满意足地看完各区选报的节目之后，开始陆续向自己所住的区域走去。他们将在一起准备一顿对于这个世界来说非常丰盛的大餐，并且开始自己这个区的庆祝活动。

好几个区都准备了一个巨大的柴堆，准备天黑之后点燃，把丰收节变成火把节，彻底狂欢一下。

联盟的几个负责人都按照之前的安排分散到各个区去，一方面是表示亲民的态度，另外一个方面，也是为了收集人们最真实的想法和态度。

张晓舟主动选择了难民最多，又有大量原康华医院分流居民的工业区，老常等人担心他出事，逼着他带上了高辉等人作为保镖，但张晓舟到了地头之后，却把他们远远地打发开，单独去找人聊天。

这里应该是整个联盟中意见最大，想法也最多的地方，但张晓舟看到的，却是同样喜笑颜开的面容。

“张主席！吃了没？来和我们一起吃！”人们热情地邀请着，他笑着对他们摇摇手，向蒋老五所在的团队走去。

"张主席,你怎么来了?"蒋老五有些吃惊,随即赶快让出一个位置来,"还没吃吧?快快快!坐这里!高辉你们也一起来!"

上次出事之后,工业区的队伍进行了很大的调整,当时为了考虑蒋老五的面子,给他重新组建的是一个超过一百人的大团队,以确保他有资格参加联盟的执委会扩大会议。

但这样的会议也不常有,张晓舟和他的接触不可避免地变少了,张晓舟今天来,也是专门看看他的情况。

"那我们就不客气了。"他于是说道。

主食当然是玉米,水煮的,烘烤的,磨成粉以后加入其他东西做成窝窝头和馒头的,做成糕、做成饼的,放了一点点油煎的。然后便是作为主菜的镰刀龙肉干,烘烤各类虫子,各类从丛林里获取的野菜,甚至还有人们自己种出来的第一批蔬菜。

可以看得出来,人们对丰收节的这顿晚饭很是下了一番功夫,已经是竭尽所能了。

"可惜没酒,"蒋老五看上去兴致很高,一点儿也没有从工业区执委的位置上被抹下去的心结,"不过水也一样!张主席,我代表大家敬你!"

"等到粮食多了,酒肯定会有的。"张晓舟和他碰了一下杯,笑着对大家说道。

人们的态度多多少少有些拘谨,但吃了一会儿之后,气氛也就放开了。毕竟张晓舟人人都认识,也经常都能碰到,算不上很有隔阂的那种头儿。

"收成怎么样?"张晓舟一边吃一边问,这才是他来的主要目的,"大家有什么想法?没关系,今天过节,咱们就随便聊聊。"

"平均大概五百斤,比想象中少,不过算不错了,"蒋老五答道,"毕竟大多数人以前都没干过这个,地也是生地。能收这么多,大家都很满意了。反正这只是第一季,后面肯定就会好了!"

张晓舟生怕他是故意说好听的给自己听,又专门找他团队下面的人来聊,最终的结果终于让他放心了。

他于是从这里离开,到工业区的难民营地去,当初从瓦庄过来的那六百多难民中,有将近两百人被分在了工业区,他们还没有获得联盟正式成员的身份,也没有自己的地,丰收节其实和他们关系不大,这让张晓舟有些担心他们的情绪。

但出乎他意料的是，难民营中照样是一副其乐融融的样子，人们对于他的到来也很吃惊，随后便拉他一起入席。

主食当然是树皮粉，不过显然经过精心的加工之后，已经去除了大多数木纤维，口味其实已经不差了。让他没有想到的是，桌上同样有许多玉米和其他食物。

“都是周围的几个团队分给我们的，说是让我们尝尝鲜！”这队难民的负责人很高兴地说，“加上梁部长派人送过来的肉干和其他东西，我们这个节也过得不差！”

张晓舟的心终于彻底放了下去。他在难民营地坐了很久，和那些平时很难接触到的最底层的人聊了很多。他们对于丰收节并没有任何想法，因为他们相信自己很快也能获得土地，种上属于自己的粮食。

唯一让他们牵挂的是，他们什么时候才能获得联盟正式成员的身份。

“很快了，”张晓舟对他们说道，“联盟的政策你们应该都清楚，只要你们通过劳动累积到足够的积分，就能转为联盟正式成员，获得自己的土地。每个人的记录都在钱部长那里，你们可以去查，这是完全透明的。”

“我今天刚刚去查过，”一个三十岁左右的男子兴奋地说道，“我已经累积了三百九十分，再有一百一十分就能转为正式成员了！”

“那是你运气好！”旁边有人说道，“要不是赶上了修前哨基地的活儿，你怎么可能那么快！”

“那你怎么不去？自己没胆子那怨谁呢？”

“谁说我没胆子？！我那是没被选上知道吗！”

几个人争论起来，张晓舟在一边看着，忍不住笑了起来。

“看那边！”有人惊喜地叫了起来。

不远的地方，一堆巨大的篝火已经点燃了，有唱歌的声音传了过来。

“快点快点！”人们激动了起来，三下两下把桌子上的东西吃光，点起早就准备好的火把，结伴向那边走去。

黑暗中，无数火把燃了起来，站在新洲酒店的顶楼向下望去，无数跳动着的光点就像是天空中的星光，慢慢地汇集在一起，变成一条条星河，然后再一次汇拢在一起，变成一片充满了希望和梦想的火海。

歌声隐隐约约地从各个方向飘了过来。

第2章 圈套

“张老弟，昨天你们这边是什么情况？瓦庄这边只看得到火光。看着像着火，可听声音又不像。要不然，我昨晚就带着人过来帮忙了。”何春华大笑着向前走来，高辉急忙挡在了两人之间。

何春华微微有些色变。

“只是搞了个庆祝活动。”张晓舟对着高辉摇了摇头，让他不用过于紧张。

何春华对他采取和对施远一样的手段，这样的可能性并不大。城北联盟不是地质学院，他也不是施远。更何况，真打起来，何春华也未必是他的对手，谁俘虏谁还不好说。

“我就说嘛！”何春华笑道，“是因为丰收？那老弟你可就不够意思了，也不叫我过来一起庆祝一下！别的不说，好酒我肯定是要带几瓶的。”

“一会儿带点新玉米回去尝尝。”张晓舟说道。随后马上把话题转开，“你今天过来是谈交易的事情？”

按照邱岳的说法，万泽还要回去和他那一派的人商量应对的办法，所以联盟对那件事情的反应也得等到他们那边下决定再说，在这之前，张晓舟并不准备和何春华有什么正面冲突。

其实以现在的责权划分，由邱岳来和何春华接触更合适，但从双方的第一次接触开始就一直是张晓舟与他面谈，张晓舟觉得没有必要节外生枝。

“交易的事情不急，”何春华却笑着说道，“不瞒你说，前天我从地质学院那边弄了个人，哈哈，你肯定想不到会是谁！”

“施远。”张晓舟说道。

“你已经知道了？”何春华看上去微微有些失望，随后说道，“但你一定不知道我从他那里搞到了什么情报。”

“哦？”

“地质学院那边也收获了，按照施远的说法，他们收了有将近一千五百吨番薯！”

这个数字让张晓舟有些惊讶，城北联盟所有土地收获的玉米加起来不过四百多吨，比起这个数字简直太少了。

不过按照夏末禅的说法，地质学院在意识到发生了什么事情之后，第一批管理者们所做的头几件事情，里面就有一件是把学校食堂的番薯集中起来作为种薯培养番薯苗，然后持续不断地通过扦插的方式育苗。地质学院那里可用来耕作的土地面积比联盟这边大而且平整，开始做这个事情的时间更长，番薯本身也是一种非常高产而且不挑地的作物，只要温度合适，一年四季都能生长，有这样的产量也不奇怪。

但这和他们有什么关系？

“地质学院那些学生都是一群眼高手低的废柴！”何春华说道，“那个施远以为在自己的地盘上了不起，一次次地向我挑衅，被我当着他们最精锐的一支队伍的面直接给抓了，但他们什么都不敢做，竟然眼睁睁地看着我把他带了回来！”

他摇了摇头，叹了一口气：“但这不算什么，你大概想象不到他们里面乱成什么样子！”

他开始向张晓舟讲述地质学院的乱象，甚至比夏末禅讲得还要清楚，更加直指要害，这让张晓舟不由得有些皱眉。

施远的节操远比他想象的还要糟糕，他这么快就把地质学院的底细全都交代了出来？还交代得这么清楚？

“那块地方被他们这样的人控制简直就是极大的浪费！”何春华对张晓舟说道，“我们何家营再怎么困难再怎么不好，前后也接纳了将近两万人，我不敢说那些人活得多好，但如果我们不收留他们，其中大部分人都死了！你们呢？可以说是从一无所有白手起家，现在也拉起了不亚于他们的队伍，救了不少人。可整个远山城最好的地方交在他们手里，他们都干了什么？什么都没干！他们只是把那些去求助的人挡在外面，然后开始内斗！说白了，他们就是一群极度自私只会内斗的废物！”

他的话或许失之偏颇，但即便是张晓舟也无法否认，如果不考虑采取的方法和人们生存的状况，单纯只考虑存续了多少幸存者，地质学院可以说是极其混蛋，而何家营的贡献却非常大。

没有何家营撑住局面，整座远山城都会被饥荒笼罩，城北联盟很有可能也建立不起来。某种意义上来说，何家营这个地方就像是一道水坝，把足以毁灭整座远山的洪水蓄积了起来，让其他人有机会在洪水暴发之前尽可能地寻找解决的办法。

他不会赞同何家营的做法，但也不会完全否定他们的贡献。不过，这并不意味着他就会认同何春华。

“他们只是一群没长大，没见过血的娃娃，要解决他们很简单，”何春华突然话锋一转，“他们唯一的依仗只是弓弩，但只要能想办法靠近他们，突然发作，解决他们就是很简单的事情。怎么样，考虑一下，你我联手把他们解决掉。人口、地盘和所有物资都归你，我只要粮食。”

这样的建议让张晓舟彻底愣住了。

“我知道你的脾气，”何春华继续说道，“你放心，以他们那些人的胆量和本事，只要我们两家联手，他们绝对不会有什么抵抗，也不会有多少人流血，很快就能把他们解决掉。我不动村子里其他的人手，只用我自己的六百人，纪律绝对可以保证，绝不会有烧杀抢掠奸淫妇女的事情！”

“你考虑一下，那个地方在他们手里完全就是糟蹋好东西！但交给你，结果绝对不一样！”他盯着张晓舟的脸，用非常郑重的语气说道，“你的人品我完全相信，地质学院放在你手里，对于整个远山来说都是一件好事。”

站在一旁的高辉完全呆了。

这个提议听上去匪夷所思，但却有些道理，甚至让高辉觉得很不错。昨天的会议他没有参与，但地质学院是什么德行他也曾经从夏末禅和宣教部的那些宣传里听过，有时他们在私底下也讨论过，如果让城北联盟占据地质学院那块地方，结果肯定会比现在好得多。

是啊！为什么他们不能把地质学院吞并掉呢？既然他们不能用好那个地方，为什么不让更有能力的人来呢？

“我得考虑一下。”张晓舟在几秒钟后才回过神来。

“当然，这么大的事情肯定要好好考虑一下，”何春华拍了拍他的肩膀说道，“不急，反正那些废柴也不会突然就变得聪明能干，我们有的是机会解决他们。”

他突然拉住张晓舟，一副推心置腹的样子说道：“你我都是管了一大摊子事的人，这里面有多少头疼的事情，要操多少心，我不说你也明白。”

张晓舟只能点点头。

“难啊！真的难啊！”何春华深深地叹了一口气说道，“我知道你是个有想法有追求的人，不瞒你说，你老哥我也一样，想让大家过上好日子。可现在的情况就这样，很多事情真的是没有其他选择，就算是昧了良心也只能硬着头皮干！你以为我不想让何家营的人过得好一点？但那可能吗？粮食就这么多，放开让每个人都有吃的，就凭何家营那么多的人口，没几个月就得都饿死！”

“我觉得你应该可以理解我，不瞒你说，我是真眼馋这一千五百吨粮食！放在地质学院那里，就是养活一群废物，什么用都没有！可给你或者是给我，绝对可以用这些粮食养活更多的人！做更多的事情！”他对张晓舟说道，“老实说，要不是给你面子，怕你们误会，我现在就想带人过去把他们给平了！都已经什么时候了，还只会一天到晚内斗！他们倒是有粮食吃了，不慌，可其他人呢？他们有什么资格享受这些？就凭他们所谓的‘民主’？呵呵，我去他妈的！”

张晓舟微微地有些尴尬，他知道何春华的话里没有针对自己的意思，可这话听起来却有些刺耳。他当然完全不赞同地质学院的那种“民主”，但他也绝对不赞同何家营的独裁。

“这世界很大，有着数不尽的资源，完全容得下我们两家，”何春华说道，“张老弟，咱们今天就在这儿立个约怎么样？把地质学院解决了之后，咱们就结为同盟，以高速公路为界，你往北，我往南，互通有无，相互帮忙！咱们有多大力气都使在征服这个世界，征服恐龙上！我们来比比看，看谁更有能耐，看哪一边能做得更好！”

他话说得极有诚意，话语里的豪迈之气让张晓舟差一点就点头同意，但张晓舟在话到嘴边的那一刻终于忍住了。

“何秘书长，你后面这些话我很赞同，但前面那些话……地质学院的确有问题，但解决的办法有很多种，是不是一定要用这么极端的办法？这不是小事，你给我点时间，让我好好想想。”

何春华有些失望，但他很快就笑了起来：“没关系，我相信你一定会做出正确的决定！长痛不如短痛，你把他们从混乱当中解放出来，对他们来说绝对是一件好事！那我就回去了，你说给我的玉米在哪儿？老实说，我可真馋了，哈哈！”

“圈套。”邱岳毫不犹豫地说道。

“我知道，”张晓舟叹了一口气说道，“我真的很希望这是真的。”

“为什么是圈套？”高辉却有些不解。何春华说得没什么不对啊？占领地质学院，由联盟来管理那个地方，有什么不好吗？

“一个会在谈判过程中把对方代表劫持绑架的人，你真的会相信他的操守？”邱岳笑了笑说道。

“不单单如此。”张晓舟说道。

何春华的那些话完全触动了张晓舟心底最真实的愿望，如果他真的能够像他自己所说的那样做，张晓舟真的会与他结盟合作。但恰恰是因为他所说的那些东西太理想化，完全违背他一贯的行事作风，张晓舟反而知道他不可能做到，只是在画饼，甚至是在故意欺骗。

“抛开那些慷慨激昂让人听上去很有道理的假象之后，你就会发现他所说的那些东西明显包藏祸心，”张晓舟对高辉解释道，“学校的力量也许并不像想象中那么强，但他们的那些弩不是摆设，是确确实实能杀人的利器。学校的占地面积很大，卫兵分散在不同的区域，即便是偷袭，也只能制服很少一部分卫兵，何春华所描述的那种不流血就占领学校的可能性几乎不存在。只要流了血，事情就不可能简单地收场。”

“现在这个世界，最重要的资源只有人口和粮食，只要有这两样，其他什么东西都能想办法解决，”邱岳补充道，“何春华有一点没有说谎，他的确是想要粮食，因为他已经有了过剩的人口资源，唯一制约他扩展力量的因素就是粮食，如果他能够抢到这一千五百吨番薯，只要两三个月的时间他就能训练出两三千士兵，对我们形成压倒性的优势。而那个时候，我们必然还在绞尽脑汁平息地质学院的不满和反抗，大量的人手和粮食也必须投入到这个地方。”

张晓舟点了点头:“按照他的计划行事,他的力量能够最大限度地扩张,而我们除了看似有用实际上短期内根本就用不了的人口和物资,什么都没有得到,反倒要投入大量的人力物力,力量实际上是变弱了。此消彼长,他顺手就可以把我们灭了,统治整个远山,把所有人都变成他们的奴隶。”

“我靠!”高辉觉得有点脸热,自己竟然这么容易就入了套,“这家伙太他妈奸诈了!还好你没被他骗了。”

“现在的问题是,我们要怎么拒绝他?”老常有些忧心忡忡地说道。

地质学院与何家营的势力并不接壤,但联盟和何春华控制的瓦庄村却可以说是近在咫尺,没有任何缓冲地带。虽然那道土坡已经被挖平,但如果真的想上来,何春华大可以在别的地方偷偷地制作梯子或者是其他用于攀爬的工具,在任何时候对联盟进行突然袭击。

一旦联盟和他们撕破脸,为了防备他们的袭击,就必须时刻安排足够的力量在双方的边界附近戒备,这对于劳动力已经非常紧缺的联盟来说无疑是沉重的负担。可以预想,很多已经计划好的工作都必须无限后延。

这就是张晓舟在面对何春华时一直小心翼翼不愿意得罪他的原因。

何家营的人力资源本来就过剩,他们可以拿出几百人甚至上千人来慢慢和你耗,但联盟却没有这么多闲工夫陪他们玩。

“除非我们能反过来击垮他们。”钱伟说道。

这样的提议不知道是谁先提出来的,但在新洲团队里却很有市场,张晓舟和钱伟都曾经听过。

新洲团队应该能够轻松地打垮何春华那天带来的那些人,但问题的关键在于,他们都不知道,何家营到底有多少力量。

他们能够看到的只是何春华个人的武力,板桥那边大概有两百多人,瓦庄这边大概三四百人,何春华如果没有在他能动用的力量上撒谎,那他在维持自己领地秩序的时候还能派出六百人,说明他一个人的私兵至少也是这个数目。如果加上那些替他干活的青壮,他可以动用的最大力量应该在一千二到一千五百人左右。

那其他人的呢?

严烨和王哲从何家营逃出来的时候村里就有将近八百名从外来者中招募的护村队员，还有将近七百名青壮村民，这也是他们赖以统治这个村子的根本。几个月过去，即便是他们的力量没有任何发展，何家营那边至少也有两千人的队伍。但按照常理来推，村里的其他势力不可能看着何春华扩张力量而没有任何应对，何春华把自己原本两百人左右的队伍扩充到这么大的规模，村子里至少也会扩充同样规模的队伍。

即便这些人都和他带来的那些人同样水平，凭借一个减员后还不到五十人的新洲团队和仅仅是经过了一些简单训练的民兵，最乐观的结果也只是在野战中打垮他们，但却不可能攻破由这么多人把守的村子。

要知道，那是用来防御暴龙的体系，不太可能出现无人防守，或者是存在明显的薄弱点可以被轻松攻破的情况。

即便是他们没有强弓硬弩，但却不会缺少燃烧瓶和投矛之类的武器，更不会缺少用来驱赶恐龙的重物和烟球，真的打起来，防卫者只要站在高处往下扔石头都够进攻者受的。

倾尽全力却不能速胜，甚至会遭受巨大的损失，这对于联盟来说就是一场噩梦。

“如果何春华真的敢和我们翻脸，那我们就集中兵力把瓦庄村先占掉！高速公路的位置比村子高，打起来不会太费劲。这样一来，板桥村和何家营就被分割开了，何春华肯定舍不得抛弃板桥村，因为那边可以产粮食啊！那他相当于就被隔离在了何家营外变成一个弱小的独立势力，”高辉突然出了个主意，“我们把他和何家营分割开之后，可以尝试和村子谈判，想办法和他们恢复到和平状态。受损的主要是何春华的个人势力，而且村子外面还有大量恐龙在活动，除非他们能提前把那两只暴龙消灭掉，否则他们就不可能对我们发动突然袭击，我觉得讲和的可能性并不小。虽然我们肯定也得安排几百人长期在那里守卫，但村子的外围防卫体系总比高速公路好得多。”

“把村子剥离开，集中火力只打何春华？”张晓舟点了点头。高辉虽然经常都不靠谱，但他偶尔也能想出一些不错的主意。“如果万不得已，那也只能这样了。”

他最不愿意看到的情况就是远山的幸存者们相互残杀，但如果何春华真的要这么干，那他也只有奉陪了。

“张主席，”邱岳突然说道，“我觉得事情未必会走到这一步。何春华为了粮食想打学校，学校为了救施远也想对付他。一触即发的是他们两方而不是我们。这种时候，即使我们不答应帮忙动手，何春华也不至于蠢到把我们推到学校那一面去。我们现在要做的，应该是让学校认识到这一点，让他们从闭关自守的状态里走出来，成为我们可以借用的力量。只要他们从封闭状态走出来，那远山的三方势力就能形成一个相对平衡的形势，这样反倒能够形成长久的和平。”

“让我到学校走一趟吧！”他对张晓舟说道。

张晓舟站在新洲酒店楼上，看着护送邱岳的那队人到了地质学院门口，显然是在和卫兵们交涉，随后，对方回到传达室，十几分钟后，有人从地质学院内部出来，把他们迎了进去。

这样的待遇已经比之前他那次不成功的访问顺利了很多倍，但不知道为什么，张晓舟总觉得有些心神不宁。

“有什么情况及时通知我。”他对瞭望工作的负责人说道。

第3章 战争前奏

丰收节过后，最紧要的事情就是各种各样收费服务的推出，首先就是燃料、来自丛林的食物和盐，食物和盐的问题还好说，但燃料以前都是由联盟直接分配给各个区域，现在突然开始收费，不知道联盟的成员们会有什么样的反应。

梁宇也是拼了，为了搞好邱岳建议的这个赚钱大计，他一次性招纳了将近五十人，除了在康华医院外的那条集市上的商店，还在联盟的各个区域都设置了一个售卖木柴的商店。

邱岳下属的宣教部也全力投入配合这次转变，吹风的文章已经贴在了宣传栏上，每个店门口都有一名宣教部的工作人员等着准备向人们解释联盟不得不这么做的原因。

张晓舟也到不同的地方观察人们的反应，现在的供应依然是免费，但按照每个人一捆的数量发放，只能在个人所属的区域领取，并且要拿居民身份证来进行登记。这样执行三天之后，就将从免费转为收费，但收费很低廉，一工分就能买一捆。工作人员对人们的解释是象征性的收费，根本目的是杜绝浪费，提倡节约，但梁宇和邱岳的计划是，在人们习惯这种付费的方式之后，再慢慢地通过减量的方式把价格实质性地提上去。

那些来自丛林的各类植物的根茎果实花朵和昆虫也是如此，为了避免人们的不满，一开始的定价都很低，但是限量供应，准备后面再慢慢提价。而盐的定价则一开始就很高，同样严格限量，没办法，在没有找到可靠的来源之前，他们只能通过这种办法来让人们少用盐。

人们的反应算是在预期之内，联盟的许多成员小时候其实都经历过凭票购买各种生活用品的年月，在现在这种情况下，限量供应这种模式也在他们的承受和理解范围内。

人们的不满多来自集市上的那家工分兑换店。

因为现在暂时采取的是粮本位，玉米的兑换比例是固定的，各种食品的兑换率也很高，这没问题。但现实是，用食物来换工分券的人几乎不存在，更多的人是在用各种各样自己暂时用不上的东西或者是从附近没有人住的房子和工厂里捡来的东西来换工分券，这些东西的兑换比例就低得有点夸张了。

“这么大一堆东西？只换二十工分？你有没有搞错啊！你仔细看了吗？”两个年轻人堵在门口愤怒地叫道，“你知道我们找这些东西花了多长时间，把它们搬过来又费了多大的力吗？”

“我也知道你们不容易，可定价就是这么高，这是真没办法。主要是这些东西都没什么特别的，太多了，不稀罕。你想啊，人人都在织的遮阳网，两三天织一卷才五个工分，那不是更费力？”兑换点的负责人以前是一家典当行的老板，而评估员则包括前贸易公司采购员、前超市理货员和前废品收购站的老板，梁宇给他们的原则就是能怎么压价就怎么压价，定价标准主要看东西拆下来和搬运到这里所花费的劳动力，就当替联盟省点搬运的人工。除非是非常紧缺、提倡人们去寻找的东西，否则就都往死里压。

“就这么点工分，那我还不如扔了！”

“这已经是领导给的权限里我能给出的最高价了。你们搬也搬来了，扔远了你们还得浪费力气搬走，扔近了一会儿别人捡了又给送我们这儿了，白白便宜其他人你们不是更亏？二十工分也能买不少东西了，总比白费力气强吧？”

两个年轻人气不打一处来，可伸手不打笑脸人，更何况，旁边不远的地方就是治安联防点，真在这儿闹事，三天思想教育加义务劳动绝对逃不过去。

“算你狠！二十就二十！算我倒霉！以后我要是再来你这儿卖东西，我就是你孙子!”

“别这么说啊,这儿有份清单,都是价高的东西,你们看看,如果能搞到的话,那价格就不一样了!”

“药品,烟酒,食盐,品相完好的衣物,六成新以上的鞋子,各种完好或者残缺的近视眼镜……妈的,要是有这些东西,鬼才卖给你们这个黑店!”

“下一位!”兑换点的负责人假装没听到他们的话,笑着对后面的人问道,“您卖点什么?”

张晓舟脸上有点热,这么干在他看来有点夸张了,可梁宇一五一十地给他算过,他们要维系工分券的购买力,避免通货膨胀,这是必须采取的措施,否则的话,人们肯定就只会去到处找这些东西,而不会拿粮食来进行交换。另外一方面,不这样压价,旁边的商店里卖的东西就没有办法获取足够的利润,就养不活这些新增的工作人员,整个联盟现在已经有将近三百人在吃公家饭,包括张晓舟自己在内,如果不这么干,所有人都得饿肚子。

他决定以后再也不走这条路回办公室,但没走出几步,旁边的百货店里又有人叫了起来:“一双皮鞋一百工分?!你们怎么不去抢!刚才隔壁你们收的一双差不多全新的才给了十五工分,你以为我没看到?”

“那双和这双不一样啊,那双是猪皮的,而且鞋子里面都发霉了……这双可是牛皮的!你看这款式,这颜色,这成色?我们还专门做了处理,保证没异味没划痕,和全新的一样!你要买了,我还送你鞋油和刷子!”

“太贵了太贵了!便宜一点儿!”

“这都是联盟的定价,我改不了的!再说了,这可是实实在在的牛皮,结实,买回去穿个五年肯定没问题!这样的好鞋子整座远山城也没多少,卖一双少一双!老实跟你说,我是买不起,要不然,我早就自己买回去了。这些东西,只要好好保养,以后绝对会升值!今天不买,过几天就未必还是这个价了!”

张晓舟脚下一绊,差一点就摔了。他不顾周围那些来买卖东西的人的眼光,小跑着穿过这条街,匆匆忙忙进了自己的办公室,拿出纸笔计算起来。

没过多久,梁宇便拿着一份文件走了进来。

“正好我也要找你!”张晓舟说道。他接过文件,看了一下标题就惊讶了起来:“打击黑市法令？这么快就有黑市了？”

“现在还没有，可以后肯定会有的，未雨绸缪，总比事发了找不到依据好。”

“这个尺度怎么把握？”张晓舟问道，“总不能联盟成员之间交换东西也算黑市交易吧？”

“数量少次数不多而且不牟利的情况，算正常的交换，不在我们打击的范围内。我们主要是打击长时间干这个以此牟利的，还有私下倒卖紧缺和违禁物资的，”梁宇答道，他的表情很亢奋，“这也是反腐的一部分，时间长了，肯定会有人监守自盗。有了这个东西，我也好去给我手下那些仓管员敲敲警钟。”

“你怎么了？”张晓舟一边仔细地看文件，一边问道。

“我？”梁宇愣了一下，下意识地用手摸了摸脸，随即摇了摇头，“张晓舟，你知道今天早上我们赚了多少吗？”

他兴奋的样子让张晓舟想起商业街上那些不满的争吵。

“几家店加起来，净赚将近八百工分！八十公斤玉米！只是一个早上！”梁宇有些压抑不住内心的兴奋，“这还不包括那些收进来还没有修补处理的东西，这事情大有可为，大有可为啊！要是能维持这样的趋势，我们就能养更多脱产的人了！”

这当然是一件好事，但之前看到的那些景象却让张晓舟微微有些担心。“价差会不会太大了？”他委婉地说道。

“怎么会？”梁宇不在意地答道，“你放心，我们定价的时候就考虑过这个问题，定价高的都是非生活必需品，真正每个人都要用的东西价钱很低，不会有问题的！”

“你没理解我的意思，”张晓舟说道，“低价收之前我们谈过，我认为没问题，但高价卖，我觉得问题很大。”

“这话怎么说？”梁宇有些不解。

“我就说鞋子吧，一双好鞋子一百工分，相当于十公斤玉米，这放在以前，一点儿也不贵，还太便宜了。可现在，我觉得这价定得太高了！为什么这么说，你过来看我算的结果，”张晓舟对梁宇说道，“我们现在的平均亩产才多少？二百六十公斤！一个人只有半亩地，那就只有一百三十公斤，再上十分之一的税，扣掉三个月的口粮，平均每个人能支配的收入只是五百七十工分，相当于不到六双鞋。这是三个月的收入，而且还是平平安安什么病虫害都不发生，不买柴不买任何其他物品的收入！辛辛苦苦干了一个月，收入不到两双鞋，你觉得这不贵？要是有人运气好找到一车新鞋子，那算不算一夜暴富？会不会刺激到其他人，让大家都不种地不工作了，全都跑去冒险找东西去了？

"还有，我们当中有很多人逃难的时候放弃了自己家里大部分东西，以前我们的东西也都是直接交给团队，算是共有财产，因为没有具体的价值，也没有人计较。可现在如果标出价格，还这么夸张，比种地的收益高那么多，大家会不会有想法？会不会导致团队内部因此而分裂争吵？会不会有人跑回自己以前住的房子去拿之前属于自己的财产？那些东西应该算是他们的，还是现在住在那里的人的？"

梁宇亢奋的表情终于渐渐冷静了下来。他之前脑子里想的都是怎么尽快把联盟财政的窟窿补上，这些东西他不是没有想过，但都只是在脑袋里一过就被他抛了出去。

"是我想错了，太急于求成了，"他对张晓舟说道，"我现在就让他们把价格调整下来，之前卖掉的那些，我会让他们把买家找到，把差额退给他们。"

"我们得慢慢来，"张晓舟点点头，"我们现在与世隔绝，又继承了先前那个世界的很多东西，太复杂，变数也太多了。而且我们现在做的事情相当于要从集体共有的原始社会一步跨到计划经济社会，那就更难更复杂了。我们必须要小心翼翼一点点地来，步子千万不能太大了。"

"现在大家的购买力很弱，我们的财政体系也很脆弱，一不小心就会崩溃。但这只是短期现象。等到土地渐渐开发多了，挡雨遮阳的网也全部铺设好，劳动力就会慢慢解放出来，等到那个时候，我们再来考虑更进一步的事情。你要是觉得舍不得，有些东西可以先放着不卖，或者是定量限额卖，"他对梁宇说道，"别着急，一切会慢慢好起来的。"

张晓舟一边处理联盟的日常事务，一边心神不宁地等待着邱岳回来。

天快黑的时候，他终于回来了。

"以前只是听人说，没什么概念，今天我算是见识了。"他对张晓舟等人说道。

在万泽等人选择表面上明哲保身，暗地里推波助澜之后，地质学院在施远被劫这件事情上的立场彻底混乱了起来。大部分学生依然认为何春华的行为是对地质学院的践踏和侮辱，必须要尽快给何家营一个教训，但具体要怎么做，很多人却拿不出一个具体而又有操作性的方案来。

邱岳表明身份和联盟绝不会对学校动手的立场后，激进派的胆子大了不少，但问题是，他们依然没有办法说动占据了学校护卫队绝大多数的学生们拿起武器随他们去与何家营战斗。

“难道我们就这样看着那些奴隶主抽我们的耳光？”

“当然不行！”

“我们应该拿起武器，勇敢地去战斗！给他们一个教训！”

……

类似这样的事情不断上演。如果激进派是在施远被劫走的当天或者是第二天对学生们进行这样的鼓动，也许他们就成功了。但他们的瞻前顾后却几乎断送了他们自己的希望。

学生群体的确容易冲动，但这几天争论下来，大多数人的热血已经冷却，现实和理智已经重新回到了他们的大脑。

“不是说施远自己嘴贱去惹那个何春华才被抓的吗？”

“那小子在学校里横惯了，真以为是个人就应该迁就他啊？活该！”

“听说他被抓住以后直接吓尿了，真丢人啊！”

“就这么个人，亏他平时还以英雄自居。”

“凭什么要我们流血流汗去冒风险救他啊？”

越来越多负面而又不和谐的声音出现在学生群体当中，甚至让万泽等人都没有想到。就在他们悄悄地和邱岳接触，商量是不是转变行动计划的时候，激进派终于找到了救命稻草。

“杨勇？”张晓舟问道。

“就是他！”

杨勇出现在地质学院的北门，事实上，联盟的民兵也曾经搜索过那个区域，但以那么点人手要在那么大的一块区域把杨勇这样的人找出来，确实是一件困难的事情。

“他说了什么？”钱伟问道。

“按照他的说法，何春华其实很虚弱。”邱岳说道。

这些东西在他看来其实是重要的情报，只能由少数决策层的人掌握，但地质学院的激进派已经被逼到了悬崖边，一听到这些就干脆把杨勇带到所有人面前，让他把这些东西告诉所有人。

何家营高层内部的明争暗斗，其他大姓对何家的防备和掣肘，何春华的真实实力，板桥和瓦庄的武装情况和装备，劳工暴动，甚至还有之前暴发疾病导致许多人生病，让他实力大损的事情。

为了消除学生们的恐惧，杨勇甚至夸大地描述了自己逃出来的过程。

当然，他把这一切都归结到了何春华的残暴上。

“就因为不知道该怎么医治那些人，即使是已经知道了不会传染，他还是残忍地下令把那些人装上车，送到了暴龙活动的区域……”杨勇在说这些话的时候演技爆棚，触动了许多人，“很多人都不愿意这么做，结果被他当众责打……敢怒而不敢言。可后来呢？仅仅是因为他自己的表弟也得了这样的病，他就故意让更多的人生病，用他们来试药！这是人干的事情吗？我以前迫于无奈也在他的威逼下做了不少泯灭良知的事情，可这样的事情我真的是做不下去了。就为这个，他马上就翻脸，决定把他表弟得病的事情赖在我头上！我激愤之下，放了一把火，从那边逃了出来！”

他的故事让很多人都流泪了，尤其是那些博爱派的女生。人们无法想象，这样的事情会在自己身边不远的地方发生。

那可是几百条人命啊！

“禽兽！”马上有人骂了出来，“简直就不是人！”

“我们还等什么！面对这样众叛亲离灭绝人性的衣冠禽兽，我们还犹豫什么？！”激进派的几个头头终于在这时跳了出来，“打进板桥！消灭人渣！解救奴隶！把施远救回来！”

“打进板桥！消灭人渣！解救奴隶！”

人们终于被煽动了起来。

“战争看来已经无法避免了。”邱岳对张晓舟等人说道。

这是张晓舟不愿意看到的事情，但邱岳带来的消息却已经让他出离愤怒。

上百人，就这样残忍地直接把他们送到了必死的地方？然后为了救自己的亲人，又故意让上百人重新患病？

“骇人听闻!”老常摇着头说道,“简直是骇人听闻!”

板桥和瓦庄已经是何家营势力范围下条件比较好的地方,如果这两个地方都是这种样子,那何家营那个地方又会是什么情况?

“如果地质学院那边动手,那我们也动手吧!”钱伟大声地说道。

他已经完全无法容忍何春华这样的人存活在这个世界上,一想到自己还曾经对他这样的恶魔客客气气,甚至还去帮过他的忙,他就感到非常难受。

“不行!”邱岳和梁宇却同时叫了出来。

“为什么?难道就这样看着他们继续作恶吗?!”钱伟愤怒地质问道,“连地质学院这样闭关自守的地方都已经觉悟了,难道我们还不如他们?难道我们在知道何春华做过些什么之后,还要继续和他虚与委蛇下去?!”

“打仗的目的是什么?学校那边是为了救回施远,是为了解救板桥那边的奴隶。我们贸然加入进去,目的是什么?杀掉何春华?占领瓦庄村?还是彻底消火何家营?”邱岳说道。他的目的并不是把城北联盟也拖入这场纷争,而是为了说服张晓舟在地质学院败退的时候站出来吓走何春华追击的队伍,坐收渔翁之利。

但他却没有想到,用力太过,带来了他没有想到的结果。

钱伟和张晓舟其实是同一种人,如果钱伟有这样的想法,那张晓舟会不会也一样?如果城北联盟真的和地质学院联手开始对何家营作战,那他之前所有的谋划就都泡汤了。

这样的结果不符合城北联盟的利益,更不符合他自己的利益。

这让他急忙站了出来,竭尽全力阻止钱伟继续说下去。

“有什么不对?”钱伟大声地说道。

“你的出发点当然没错,这样的人渣败类人人得而诛之。但目标呢?我们这么做到底是为了什么?攻击何家营这么大的事情,会有什么样的后果?要做些什么样的准备,动用多少人手?你考虑过吗?总不能为了打他而打他吧?那和小孩子打架有什么区别?”

邱岳一连串的问题把钱伟问得头昏脑涨,在钱伟缓过神来之前,他又继续说道:“何春华不是什么好人,这我们早就知道了,只是没有想到他有这么坏。但为了消灭他，你准备让我们自己的人付出多少代价？和地质学院一起突然袭击解决掉他也许不难，可除掉他之后，还要不要继续攻击何家营？”

“那是他们经营了好几个月的地方，易守难攻。和我们的距离远，中间还有暴龙和其他肉食恐龙在活动，根本就没有偷袭的可能。你准备用多少条人命去把它攻下来？如果地质学院撤回去，我们单独上？战斗中的损失我们能够承受吗？”

钱伟不满地说道：“瞻前顾后，按照你这个说法，那我们什么都不要做好了！”

邱岳摇了摇头：“远山现在就只有三方势力，其他两方都在策划行动，我们当然不可能什么都不做，否则的话，我们就将失去好不容易才取得的微弱优势。但我们要怎么做，站在哪一方，必须经过认真细致的考虑，权衡利弊之后再决定。”

“那你说怎么做吧？”钱伟对于邱岳的不满已经到了顶峰。他承认这个人很聪明，也很有手段，但他就是不喜欢这个人。

这或许是理想主义者对现实主义者本能的抗拒，张晓舟其实也不喜欢邱岳，但为了联盟好，他强迫自己容忍了下来。

但钱伟没有这样压抑自己的必要。

“我也想快意恩仇，我也想做一个道德标兵，”邱岳说道，“但站在我们现在的位置，我们做出的每一个决定都将关系到联盟五千成员的利益和安危，已经和所有人的命运捆绑在了一起。我想你应该明白，我们都没有权利让别人为了我们的冲动或者是道德观而付出代价。如果我们那么做，那我们就和何春华、施远之流毫无区别。只要我们在这个位置上一天，我们就得把任何带有个人情绪或者是个人主观因素的东西抛开，纯粹理性地去做出判断。我们如果要做一件事情，一定不会因为它是对的，不会因为它是符合道德的，而是因为它对联盟中的绝大多数人都有益。只有本能地这样去考虑，我们才能说是称职的，我们也才没有辜负人们对我们的信任。”

这样的话可以说是很重了，但邱岳并非说给钱伟听，而是说给张晓舟听的。

“站在联盟的角度，我们只能考虑如何左右逢源，在双方的冲突中如何取得最大的利益。这听起来很卑鄙，但别忘了，对外人的卑鄙，恰恰是对自己人的崇高。”

钱伟已经完全听不下去，也不想讲话了。

“我明白你们的想法，你们一直把地质学院当作一片净土，一个远山幸存者的希望之地，潜意识里就把他们当作是自己人，而把何家营当做敌人。但我今天去看过之后，唯一的想法只是，何春华这个混蛋干了很多坏事，但这一次他是对的，这些人真的不配拥有这些东西。

"何家营毫无疑问是一个如同地狱一样的地方，但你们要搞清楚一件事，地质学院同样不是净土，只是一群自私自利者的集合。他们当中肯定有少数像夏末禅这样例外的人，但正是因为如此，他在那个地方的时候感到非常痛苦，宁愿抛下一切投奔我们，这难道还不能说明问题？"

邱岳的声音渐渐激昂了起来。

"对于联盟来说，这两个地方都只有一个同样的属性，那就是我们的竞争对手！地质学院表现出来的或许文明一些，温和一些，但他们所做的那些事情，本质上和何家营并没有什么差别，甚至更糟糕！我们不应该对他们当中的任何一方抱有不切实际的想象，也不应该对他们当中的任何一方抱有恶感，因为他们对于联盟来说，其实都是一样的！而我们要做的，就是想方设法地削弱他们，分化瓦解他们，但又确保均势不被打破。与此同时，竭尽全力积蓄力量，强化自身，最终以压倒性的力量把他们双方都吞并，把远山所有人都集合到联盟的旗下，把远山的所有幸存者和所有资源都统合起来，带领他们去征服这个世界！这是我们的责任，这也是我们的使命！除此之外，没有第二条路可以走，也没有第二个办法可以解决远山的问题！"

张晓舟惊讶地看着邱岳，他以前从未表露过这样狂放而又激进的想法，这与他平日的形象完全不合，就像是换了一个人。

"张主席，我理解你的想法，也钦佩你的为人，但你的想法有时真的过于天真了。你认为每一个人都是宝贵的资源，希望每一个人都能活下来，希望避免纷争。这个想法不能说不好，但你越这样想，越小心翼翼不肯付出代价，距离你的目标就越远。远山城三方对峙的局面一天不解决，我们一天不负起应有的带领所有人的责任，悲剧就不会结束，你的这种想法也就不可能实现，牺牲者也就越多。"

房间里彻底沉默了，所有人都看着邱岳，就像是第一次认识他。

"你的理想太崇高了，高到除了你以外，几乎没有几个人能做到，高到你只能一个人去完成这个理想，那它又有什么意义？为什么不把自己的目标放低一点儿，具体一点儿，让更多的人明白你想要什么，让他们来帮助你完成？等到这个低一点的目标实现了，再去想办法实现你最初的理想，难道不好吗？"

张晓舟突然感觉有些茫然，不知道该说什么，他看了看其他人，发现他们的状态和自己也差不多。

“这……”他张口说道，声音却很怪，就像是许久没有说话的人，唱出了一个和自己想象中完全不同的音符。

“这些事情我已经考虑了很久，今天也许不是一个很适合的时机，但我认为应该让你们听听我的想法，”邱岳终于又回到了他惯常的表情，微笑着问道，“生存这个概念太宽泛，也太不具体了。我们应该有一个更明确、更崇高的目标不是吗?”

张晓舟摇了摇头：“这我得好好想想。”

“我们不应该过分介入他们双方的冲突，”邱岳说道，“这是我个人的想法，也许不对，但我认为保持中立，在适当的时候出面调和对联盟来说是最有利的。他们双方因为敌对而隔绝，而我们却可以通过贸易与双方都保持接触和了解，这样的局面最能让我们获取人口和资源，也最有利于我们掌控局势。你们认为呢?”

邱岳的话让大多数人一时都说不出话来。

这让他接下来的话甚至都没什么人注意听。与他提出的目标相比，眼前这点事情又算什么呢?

“大家先休息一下，明天早上我们再碰头吧。”张晓舟只能这样说道。

但邱岳却在所有人离开后又叫住了张晓舟：“杨勇还说了一个事情，我觉得值得我们去试试。”

“什么?”

“他说在板桥村的劳工暴动之后，何春华那边在地面上对他们控制得非常严格，但考虑到悬崖下面的危险，他们反而没有派多少监工下去。只是定死了劳工们每天要上交的各类物资的量，不交够就不能上来。”

张晓舟马上就明白了他的意思。

“对，”邱岳点点头，“那些劳工应该对何春华怀有极大的不满甚至是仇恨，只是因为没有其他退路，回到地面之后又被严格控制，所以没有办法反抗也没有办法逃亡。我觉得我们可以利用这一点，不管是煽动他们逃跑，还是干脆鼓动他们，帮助他们策划暴动，对联盟来说都是非常有利的事情。”

“但这很危险，”张晓舟说道，“我们又如何取信于这些劳工？”

从联盟控制的距离板桥最近的区域放一条绳梯下去并不困难，但这也决定了，他们不可能派出很多人。

“有一个人很合适，”邱岳说道，“而且我相信他很愿意冒险去做这件事情。”

“严烨？”

“他本身就是从何家营逃出来的，有亲身经历，有对比，现身说法更容易获得那些劳工的信任，”邱岳点点头，“运气好的话，如果遇上他以前认识的人，这个过程就会很简单，而且非常具有说服力。更何况，他的能力早就得到了证明，穿越这几百米的丛林对于其他人来说很危险，但对于他来说应该并不困难。”

张晓舟仍在迟疑。

“之前他立的那些功劳都有些勉强，但这件事之后，应该不会有人对他的减刑再有异议了。”

“好吧。”张晓舟终于点头。

“那我现在就去找他谈谈，如果没有问题，明天一早就让他过去？”邱岳说道。

“这么急？”张晓舟有些惊讶，他其实一直在考虑如何修复与严烨的关系，但作为联盟主席和一个年长者，面对严烨那样的态度真的很难下手。

“地质学院那边动手也就是在这一两天了，如果抓紧时间，我们也许能够利用这次机会。”

面对邱岳炯炯的目光，张晓舟沉吟了许久，终于点了点头。

“安全第一，”他对邱岳说道，“告诉他，不要急于求成，有任何情况都以保全自己为主。他还年轻，有的是机会，不必急于一时。”

第4章
最好的安排

“考虑一下，要想从这里出去，这次就是最好的机会。”

严烨看着邱岳，没有说话。

所有的服刑者和被送来的轻微犯罪者目前都归宣教部管，这让邱岳从张晓舟那里出来之后，很方便地直接就到了严烨住的地方。

作为前两次冒险中可以说是唯一表现出色的成员，宣教部在张晓舟的暗示下尽可能给他提供了最好的条件，单人独户住在三楼。

靠近楼顶的房间太热，而底层的房间又太吵太潮湿，这个楼层最舒服。

但严烨却显然并不领情，或者说，他认为这是自己应得的。

他不喜欢邱岳。事实上，所有被宣教部管的人，没有一个喜欢他的。

他们每天都被强令到丛林里去从事艰苦而没有报酬的工作，这也就算了，但每天晚上吃完晚饭之后还要被逼着学习那些奇奇怪怪的规章制度和杂七杂八鼓吹联盟好、其他地方宛如地狱的东西，这就很让人痛苦了。

作为前两次冒险中唯一的英雄，严烨当然不用每天去做那些粗重的工作，而是进行一些针对丛林的训练，准备参与下一步的行动。但晚上的学习他必须参加。

大家都是有独立思考能力的成年人，这样的手段在他们看来简直没有任何意义。但没有办法，不老实完成，就没有饭吃。饥饿让所有人都只能老老实实地学习，然后围成一个圆圈谈心得体会，谈自己的懊悔和认罪，谈对联盟的认可和支持。

在严烨看来，这就是赤裸裸地在拍联盟，拍张晓舟的马屁，极其恶心。

但邱岳却是他平日里能够接触到的最高级别的联盟办事人员，他有什么建议和意见也只能通过邱岳转达，这让他只能捏着鼻子和邱岳相处。

他到底想干什么？

严烨绝不相信邱岳会这么好心替自己着想，作为张晓舟的忠实走狗，他应该是想方设法害自己才对。看上去是一个很好的立功的机会，但严烨不太相信张晓舟会把这样的机会就这样毫无代价地交给自己。

“为什么是我？这件事情既然这么简单，而且又这么重要，怎么会轮得到我这个犯人？”于是他问道。

“你说得没错，”邱岳笑着摇了摇头，“但我还是费了很大的力气说服其他人同意派你去。”

“为什么？”严烨问道。他并不觉得自己和邱岳的交情有这么好。

“因为我看好你。”邱岳说道。

门关着，没有人能够听到他们的对话。

“看好我？”严烨有些迟疑，这是什么意思？

“你很聪明，适应能力和学习能力都很强，又是新洲团队的元老之一，还担任过张晓舟的助理，大有前途。最关键的是，你够狠辣！”邱岳说道，“在现在这个世界要想成功，这一点很重要。像张晓舟那样妇人之仁成不了大事，只有在关键时候能狠得下心的人才能有所成就。”

“你对我说这些不觉得太可笑了吗？”严烨冷笑了起来。

“可笑吗？一点儿也不。”邱岳微笑了起来。

“你其实并不是我的第一选择，因为你有时太冲动了，但钱伟和张晓舟一样是个理想主义者，高辉这个人有时精明有时迷糊，又没什么主见，其他人加入的时间太短，资历不够。更关键的是，他们都不像你这样有着牵绊。”

“你到底想干什么？！”严烨的眼神一下子凶狠了起来。虽然是囚犯，但他身份特殊，身上还有刀，在这种地方杀掉邱岳这样的人一点儿也不困难。

“别太过紧张，”邱岳急忙张开双手笑了起来，“我对你没有恶意！有牵绊并不是坏事，我也有，老婆和儿子就是我最大的牵绊。某种情况下，有牵绊的人更能获得别人的信任，你觉得呢？”

“别绕圈子了！”严烨的手从刀柄上稍稍放开，但眼神依旧凶狠，“直接说你的目的吧！”

“我的目的其实和你一样，只想让自己的亲人过好。”邱岳说道。

“是吗？”严烨讥讽地说道。

“我今年已经四十二岁了，”邱岳摇了摇头，“但张晓舟才三十几？三十一？比资历，比年龄，比声望，我什么都比不上。我可不会奢望到取代他。”

严烨撇了撇嘴。

“但你可以。”邱岳却继续说道。

“你说什么？！”严烨的身体又一次绷紧了。

“这是你一直在考虑的事情，难道不是吗？”邱岳微笑着问道。

“你疯了吧！”

“为什么不呢？”邱岳摊开双手，微笑着摇了摇头，“你今年才十八岁？放眼整个联盟，年轻一辈有谁能和你竞争？张晓舟的个性让他不可能一直坐在联盟主席的位置上，他如果下来，也许比他年轻几岁的钱伟能接任一届，然后呢？”

严烨的呼吸不知不觉地放缓了。

“那应该是八年甚至是十二年以后了吧？”邱岳说道，“现在你最大的劣势是太年轻，但八年以后，十二年以后，他们都老了，而你却正当年，还有谁能和你竞争？”

“现在说这些有什么意义？”严烨说道，但他却没有发现，自己对于邱岳的敌意已经消失了很多。

因为邱岳所说的，正是他考虑过，而且正在准备实施的计划。

“当然有意义，”邱岳说道，“如果你真的有这样的想法，那你就要从现在开始谋划，从现在开始有目的地改变自己的一些做法，拉拢更多的人。这样一来，等那个时候到来，你有资历，有声望，有人脉，有功绩，众望所归，有什么不好？”

“但这对你有什么好处？”严烨不相信邱岳是个活雷锋，他这么说这么做，一定有不可告人的目的。

“我已经四十二岁了。”邱岳再一次说道。

"什么意思?"

"你觉得我们在这个世界上还能活得像以前那么久?"邱岳摇了摇头,"缺医少药,缺乏营养,生活条件恶劣,高温多氧,连吃的盐都是以前没有人会吃的工业盐。你觉得我能活到多少岁?"

这样的问题严烨怎么回答?

"能活到六十岁我觉得都是运气好了,运气不好,五六年之后死掉都是正常的。"邱岳微微地叹了一口气,"但我儿子才十岁。我活的时候当然可以照顾他,但我死了呢?"

"你想让我来照顾他?"严烨终于明白了过来。

"别人也许不能理解,但你应该可以理解吧?"邱岳说道。

"如果是这样,谁都可以做到。"

"不,"邱岳摇了摇头,"我儿子很聪明,而且比同龄人都懂事得多,只要你肯关照他,他一定会很有前途。"

严烨终于彻底明白了邱岳的意思。

张晓舟之后是钱伟,钱伟之后是自己,然后……是邱岳的儿子?

"你疯了!"他再一次说道。

十几年以后的事情,现在就开始筹谋了?这也太疯狂了吧?

"等你有儿子的时候你就会明白了,"邱岳却笑着摇了摇头,"你可以觉得我太疯狂,但如果有机会,为什么不尝试一下呢?联盟将会成为这个世界的主人,而你我的后代将会成为联盟的主人,难道不值得努力一下?"

"你就这么相信我?"严烨说道。

"当然不,"邱岳说道,"但与你合作最大的好处就在于,我们两家可以合为一家。"

严烨愣了一下,随即暴怒了起来。他一把抓住邱岳的衣领,将他按在了墙上:"说来说去,你打的原来是这个主意!你休想!"

"有什么不好?"邱岳却丝毫也不挣扎,而是平静地看着他,"你妹妹很不错,而我儿子也很优秀,他们的年龄还很合适。在这个世界,选择本来就不多,强强联合有什么不好?你有勇气,有力量和行动力,而我有智慧和经验,我们两家可以完美地互补。如果你愿意,可以把我儿子塑造成你所希望的妹婿的样子,这有什么不好?你妹妹总要嫁人的，为什么不为她选择一个最好的？”

“我不会拿妹妹来做肮脏的交易！”严烨说道，但他还是放开了邱岳。

“我也一样，”邱岳整了整衣服，平静地说道，“但这不是交易，而是富有远见的规划，甚至可以说是最伟大的规划。我们明明是在替他们筹划这个世界最好的未来，为什么要把它想得这么糟糕？”

“认真地考虑一下吧，”他对严烨说道，“这对于他们来说是最好的安排，对于你来说也是最有利的选择。我不会要求你强迫严淇现在就和我儿子结婚，他们都还小，提这个也太可笑了。但我俩合作的同时，可以让他们多一些接触的机会，让一切顺理成章。我相信在他们那个年龄段，没有比你妹妹更优秀的女孩，没有比我儿子更优秀的男孩。我们只要稍稍推动，一切都会顺利的。你将成为联盟的主宰，而接下来将是我儿子，你儿子，你侄子，这是最好的未来。”

“如果我没有妹妹，你还会选择我？”严烨问道。

“但你有妹妹，而我有儿子，”邱岳笑着说道，“这是命运的安排，很完美，难道不是吗？”

“你要我怎么做？”严烨终于问道。

“相信我，并且按照我的计划行动，”邱岳说道，“我不敢说自己有多厉害，但就凭联盟现在这些人，没有人会是我们的对手。”

“其他地方呢？地质学院？何家营？”

邱岳笑了起来。

“等到他们并入联盟的时候，他们早就没有任何机会了。他们当中的少数人也许会作为标杆和吉祥物被纳进高层体系，但请相信我，他们之中不会有任何人能够真正成为联盟的核心。你看看现在的联盟，有多少人来自安澜和新洲之外？人是一种很有意思的动物，排外就是他们的本能。”

“但我现在身上已经有案底了。”严烨说道。

“杀掉一个对联盟有隐患的混混，那算什么案底？只要略施手段就能完全反转。”邱岳大笑了起来。

最有趣的事情正在于，严烨几乎很难有机会知道，当初正是因为邱岳指出了张晓舟他们所犯的错误，并且说服了张晓舟，让他最终决定并不掩盖真相，而是把所有的事实和盘托出，公之于众。

这种操弄他人命运的快乐是他在原来的那个世界永远也不可能体会的。

而现在，他将开始另外一个魔术，一个伟大的魔术。

这真是一个再好不过的时代！

“别忘了我负责的是什么工作，只要你不再犯之前那样的错误，不要再被人抓住把柄，在我的帮助下，你很快就能成为除了张晓舟之外联盟最耀眼的英雄，没有人会记得你犯的错。你知道最有趣的事情是什么吗？张晓舟现在的位置决定了他已经没有机会再像之前那样去冒险，去建立功勋，相信我，只要你听我的，你就是未来很长一段时间里，联盟无人可以取代的明星。”

“他们会看着你这么做？”严烨依旧怀疑。

“他们不会，但我们这是阳谋，不是阴谋，”邱岳说道，“你明白这里面的区别吗？阴谋可以被阻止，被揭露，但面对阳谋他们只能被我们牵着鼻子走。你明白吗？最有趣的地方就在于，我们的目的并不是把联盟搞垮，而是全心全意地要让联盟强大起来。我们将利用规则而不是践踏规则，在这种情况下，张晓舟将是我们最好的帮手。而我们，将会踏着所有人走向辉煌。”

严烨沉默了，许久之后他才说道：“如果我们其中之一死了呢？”

“我很高兴你想到了这一点，这说明你开始认真考虑我的建议了，”邱岳看着严烨说道，“在你妹妹和我儿子的事情正式确定之前，我们算是有着共同的远大追求的伙伴。我不会给予你太过分的支持，而你也不用对我太言听计从，我们可以用这段时间来建立互信，磨合，并且进行布局。事情在这个阶段还不算进入正轨，你我之间的某个人如果死去，那协议当然就自动作废，我想这应该没有什么问题吧？等到他们的事情确定，那我们自然就成了亲密的盟友，我会全力帮助你，支持你，用我的全部资源去捧你，而你也应该相信我的谋划，全力以赴。在这个过程中，如果我们当中之一不幸丧生，剩下的那个人也应该继续把这个计划推行下去。”

“你的算盘打得很好啊！”严烨说道，“如果我死了，对你来说没有任何损失。你死了，我却还要继续履行协议？然后不管结局是什么，我妹妹都……”他咬牙切齿，不愿意说下去。

“话不能这么说，”邱岳摇了摇头，“你的风险当然更大，但我们成功之后首先获得回报的也是你，所以这其实很公平。更何况，如果你死了，我损失的是长达数年的布局和成功的机会，你觉得这对我来说无所谓？生命是很昂贵的，但昂贵的并不仅仅是生命，尤其是在这样的世界里，生命其实并没有想象中那么珍贵。我能给予你的是这个世界唯一的桂冠，你不想要？一定会有很多人愿意用一切去换取。"

"说得好像一切都在你的掌控中一样！"严烨说道。

"就现在而言，的确如此，"邱岳却微笑着答道，"我已经用种种方式试探过张晓舟和他身边的那些人，这样说也许有点自大，但在联盟现有的规则之下，他们当中没有一个是我的对手。我唯一不能做到的，就是把张晓舟取而代之。但这不是因为我的能力不足，而是我加入得太晚，他之前做得太好，威望太高。"

"我已经没有机会，但你的前途非常远大。也许你凭借自己也能成功，但有了我的帮助，将会如虎添翼。好好考虑一下，明天一早给我答复。"

"不用等到明早了。"严烨说道。

他向邱岳伸出了右手，邱岳笑了笑，重重地和他握了一下。

"你做出了一个正确的选择！"他对严烨说道，"相信我，这将是一个伟大传奇的开端。"

严烨微微地摇了摇头，但他不是在否定邱岳，而是依然觉得，这一切都太过疯狂了。

但就像邱岳所说，这样的目标值得去努力，值得去为之而奋斗。

更何况，在这个疯狂计划漫长的执行期中，有着无数的变数，邱岳想要掌控一切？也许吧。但他并不是一个木偶，他的命运，妹妹的命运，只会掌控在自己的手中，不会假手他人。

严邱两家掌控联盟的未来？那么久之后的事情，谁知道呢？

第5章

接　触

“你们沿这条路去安装绳梯，”严烨对安排来配合他的队员们说道，“我去监视板桥那边的动静。一个小时之后我过来找你们，时间够了吗？”

“应该足够了。”

“小心一点，这是一次秘密行动！我们必须要瞒住地质学院和何家营！”

“知道！”人们有些兴奋地说道。

严烨看着他们小心翼翼地用小车推着地锚、绳梯和要用到的工具消失在建筑物之间，确认没有人跟着自己，这才向板桥村的方向潜行了过去。

“春华哥！”

“又怎么了？”何春华皱着眉头问道。

杨勇逃离，何春潮的伤又没好，他突然觉得什么事都不顺起来。

张晓舟会把他抛出的那个饵吞下去吗？

“有人用石头裹着一张纸条丢了进来！你看看！”

何春华漫不经心地接过那张纸条，一秒钟后，他的眼睛瞪了起来。

“小心！”人们站在悬崖边上小声地说道。

严烨一手牢牢抓住绳梯，一手向他们挥了挥，随后便快速地向下爬去。

因为绳梯下方没有固定，在他向下爬的过程中，绳梯一直在不断地随着他的动作晃来晃去，如果是没有经过训练或者是不熟悉这个的人，仅仅是要克服恐惧感和保持平衡就要耗去绝大部分的体力，不过联盟在吼龙岭建的中继站采用的就是这样的绳梯，这样的软梯可以用在很多地方，平时训练得很多，对于严烨来说一点也不成问题。

不过他还是花费了五分钟才从悬崖顶端爬到崖底，这个地方悬崖的高度比康华医院那边高得多，当然更比工业区那边新的开发点高很多，足有二十多米。几个月来，周围的树木向悬崖的方向生长出了无数新的枝杈，抬头向上看去，已经被遮蔽得什么都看不到了。

悬崖边裸露的土上已经长出了密密的蕨类和苔藓，几乎看不出原来的样子，周围非常潮湿，不远的丛林里有一条小溪在潺潺流动，一切都在预示着，附近有一大块沼泽地。

不过这样的环境对于严烨来说也已经是很熟悉了，他检查了一下自己的袖口和裤腿，蒙好面巾，抽出砍刀慢慢地向南走去。

昏暗的环境中有无数的生物在悄悄行动着，但严烨对此丝毫不以为意，多次在未经开发的丛林中穿梭的经验已经让他可以轻松地分辨出什么地方有危险必须避开，什么地方可以直接蹚过去而不需要开辟道路，什么地方会有蜈蚣、蜘蛛和蝎子之类的危险昆虫，什么地方会有攀附在树叶上的吸血虫子。

就像邱岳所说，就目前而言，对于丛林没有人比他更了解，更自如，这将是他的另外一个优势和资本。

他甚至有余裕考虑与邱岳的合作。

完全相信他当然是愚蠢的举动，他不相信邱岳这样的人会把自己全部的想法都向他和盘托出，他也不相信邱岳会把所有的筹码都压在自己身上，他甚至不太相信邱岳的所有野心都源自父爱。

他也许没有勇气挑战张晓舟，但他难道不会想把老常取而代之？

要知道，老常已经有五十多岁了，一届之后，他退下来的可能性很大，到了那个时候，适合的候人选又有几个？梁宇？然后呢，还有谁？

以张晓舟的迂腐，邱岳成为联盟执委会秘书长并且实际掌控联盟大权的可能性甚至比严烨在八年十年之后接替张晓舟或者是钱伟大得多。

他不过是在广泛地拉拢盟友而已。

自己也许是第一个，属于长线投资。那下一个会是谁？

对于邱岳来说，拉拢自己的价值就是确保他儿子拥有一个光明的未来，但如果邱岳自己成了秘书长，那他可以调动的资源肯定会更多，可以用来交易的筹码和投资的对象也会更多，那他还需要自己吗？双方的地位还会像现在这样对等吗？

为了平衡和制约他，张晓舟会不会一直待在执委会主席的位置上？

不能让他成功。

严烨这样判断。

只有这样，他才会真正把所有筹码都压在自己身上。

前面突然传来了斧头砍在木头上的嘣嘣声，严烨马上把注意力全都收了回来，小心翼翼地向着声音传来的方向走去。

一片林间空地很快出现在他面前，同样是用木头绑扎在一起做成的用于阻挡大型恐龙的鹿角，同样是在丛林与空地的边缘点燃一个个火堆，放上潮湿的树叶制造烟雾熏走蚊虫，中间同样是用草木灰堆填出来的平地，用于临时摆放木头和从丛林里收集到的可以吃的东西，一切都与联盟的做法如出一辙，但却又明显地让人感觉到杂乱无章，充满了山寨的味道。

一种身为联盟一员的自豪和对于粗略模仿者的轻蔑很自然地就冒了出来，但严烨很快就把这种情绪压了下去，开始观察那边的情况。

几乎看不到守卫，也看不出有明显的监工，也许就像邱岳带来的情报那样，因为缺乏高效而又清廉的管理手段，他们干脆用了更加简单的办法，让工人们自己管理一切，然后用苛刻的目标来逼迫和驱使他们。

大概三四十人正在砍树，更多的人则分散在周边采集植物，挖掘蕨根，捕捉昆虫，严烨考虑了一下，悄悄地向着最深入丛林的那几个人的方向走去。

“喂……”他低声地叫道。

距离他不远处的一个人抬起了头，但他的目光却是看向了空地的方向。

“这边。”严烨再一次叫道。

“我靠！”那个人这时候才看到了躲在一棵树背后的严烨，吓得向后退了一步，一屁股坐到了地上。

“怎么了?!”旁边的几个人都慌张起来。

长久以来都没有什么大型动物从丛林里出来袭击他们,让他们变得有些麻木,但这并不意味着他们就忘记了自己身处一个什么样的世界。

“嘘……”严烨把食指放在嘴边。

他们几秒钟后才回过神来,随即兴奋地向他这边跑了过来。

“你是谁?从哪儿来的?”他们大声地问道。

“小声一点儿!”严烨急忙说道。

“你怕那些人?”其中一个人轻蔑地说道,“他们不敢管我们!不用怕他们!”

“你是哪边的?学校,还是联盟?”

“我是城北联盟派来的人。”严烨说道。

对于他们的表现他一点儿也不意外,与那些在来到这个世界后就再也没有离开过何家营的人不同,这些劳工被从何家营挑出来之后,首先到的就是与联盟一墙之隔的瓦庄村,即使是何春华再怎么封锁消息,也不可能让人们对此一无所知。更何况,按照邱岳的消息,这些劳工曾经贿赂那些守卫替自己争取更好的生活,他们肯定能从守卫口中得到一些关于这个世界的消息。

“城北联盟!”几个劳工兴奋地说道,“你们想做什么?把我们救走吗?什么时候走?”

“急也不急这么一会儿,”严烨原本还想表露自己也曾经在何家营待过的经历,但现在看起来,完全没有这样的必要了,“你们有领头的人吗?能不能让我先和他们谈谈。另外,还是尽量不要惊动守卫。”

“好!你等一下!”之前被他吓得摔了一跤的那个人说道,随即快步向砍树的那边跑了过去。

严烨看到那个人大声地对砍树的人们说了什么,他们随即停下了手中的工作,向这边看了过来。

一名守卫似乎注意到了他们的异状,但他却走过去,隔着十多米的距离说了点什么,随后就回到了自己的位置上。

两三个看上去孔武有力而且意志坚定的人向这边走来,很多人显然也想跟着他们过来，但他们说了些什么，那些人便重新捡起斧头，开始砍起树来。

“你是城北联盟派来的人？”当先的那个人大约三十四五岁，眉毛很浓，络腮胡，但头却有点秃。因为严烨这时已经把面巾拉了下来，他看着严烨的目光显然有些怀疑。

很显然，严烨的年龄让他产生了疑虑。

“我曾经是联盟张主席的助理，”严烨于是说道，这样的情况邱岳曾经考虑过，也给了他一些建议，“因为我曾经在何家营待过，所以他们特意派我过来。”

“那时候你住在什么地方？”那个人马上问道。

“鸿发超市旁边那幢楼，一楼以前是个发廊，还有一家燃气门市。”

“我知道那个地方，”另外一个人说道，“你什么时候去的城北？”

“大概两个多月以前。”严烨答道。

他简单地把自己的经历对这些人讲了一遍，当然，其中肯定省略了自己两次杀人的事情，而是更多地描述了联盟的情况。

这完全吸引了人们所有的注意力。

他们不厌其烦地让严烨讲述联盟那些普通人的生活，严烨便把刚刚才过去的丰收节拿出来讲给他们听。

人们七嘴八舌地询问着每一个细节，而严烨的每一句话都会勾起他们无穷的想象，将它们拼命放大。

“你运气真好！”好几个人羡慕地说道。为什么当初还能逃出去的时候，他们没有想过这么干呢？

“也是拿命拼出来的。”严烨说道。

之前那个人点点头。按照严烨的描述，他不止一次地与死神擦肩而过，一次两次或许可以说是幸运，但每次都能活下来，而且成为受到联盟主席信任的人，这就不仅仅是幸运了。

严烨从容不迫的谈吐也加深了他的这种印象，于是对严烨的身份再也没有了任何怀疑。

“我叫秦继承，”他对严烨说道，“在这四百多名劳工里算是勉强能说得上话的人。联盟想要我们怎么做？你说！”

“张主席并没有给我直接的命令要我一定达成什么结果，他只是知道了你们的情况，派我过来和你们接触一下，看你们有什么需要，看我们有没有什么可以帮忙的地方。”

“一切都看你们自己的意愿，”严烨继续说道，“如果你们想从这个地方逃走，我们非常欢迎。刚刚我已经说了，城北联盟现在百废待兴，开垦土地、制造工具、开发丛林，每一个地方都缺人手。我们正准备把困在东南那个区域的幸存者都救过去，等他们休养一段时间之后，就能凭借自己的劳动获取联盟正式成员的身份，获得属于自己的土地，为联盟工作换取各种各样的物资。你们的情况比他们好得多，如果你们愿意加入，我想张主席应该会很快就给予你们正式成员的身份。”

“每人半亩地？”

“对！”严烨说道，“每人半亩，终身所有，只需要上十分之一的税。土地由联盟组织人手帮助大家开垦出来，然后统一安装防雨和遮阳的设施。当然，你如果加入，也有义务同样帮助别人这样做。”

“这是应该的，应该的！”旁边有人兴奋地说道。这样的生活他们在何家营这样的地方根本就不敢想，别说半亩地，就算是没有，只要真的能够像严烨描述的那样自由自在地在城北联盟活动，自由自在地工作、休息，对于他们来说就是天堂了。

他们现在白天虽然都可以说没人管，有着充分的自由，但实际上，因为何春华给出的目标非常苛刻，如果不抓紧时间根本就交不出来，这让他们没有多少空余时间，甚至比之前有很多监工盯着的时候更加辛苦。

而晚上就更不用说了，只要回到地面，就被按照宿舍一队队地收缴了工具带走，关回宿舍里去。彼此之间不能来往，没有活动的机会，和囚犯也没有什么区别了。

这样的生活一开始的时候还能忍受，但现在，生病的人一个个被带走，工作量丝毫不减少，却没有新人补充进来，他们已经被那难以完成的目标压得越来越喘不过气来。

“你们可以派人过去看看具体情况，”严烨说道，“看你们现在这个样子，少几个人他们根本就发现不了吧？”

秦继承却还在问：“还有呢？联盟对我们还有其他的方案吗？”

“秦哥！！”好几个人一下子着急了。这已经是最好的结果了，还要什么？

“我们是可以走，可还有家人在上面的那些人怎么办？”秦继承压低了声音问道，

“他们又不可能丢下家里人跑掉！少几个人，甚至是少十几二十个人都没问题，一下子跑掉四五十个甚至上百个，你们以为他们不会找留下的那些人的麻烦吗？”

人们的表情开始纠结了起来。

“秦哥……你说得也没错，可我们总不能就这么陪他们送死吧？生病的人越来越多，谁知道什么时候轮到我们？”其中一个人说道，“现在明明有机会活命，难道为了他们，非要留下来等死？”

他的话让很多人都点起头来，人们在这段时间的同甘共苦当中已经有了不错的交情，但交情归交情，命却是自己的。

有几个人的脸色却变得很难看，不用说，那肯定是有家小的人。

“有很多人的家人都在上面？”严烨问道。

“大概有一半的人。”秦继承答道。很多人的家人要么失散，要么已经死了。但何春华当初去何家营挑人时，为了便于控制，专门挑了一批有家有口的。

事实证明，这样做的效果非常显著。家属同样能干活，但却让这些劳工和那些被挑出来的士兵老实了很多。这样的人往往比那些孑然一身的更能容忍，更愿意付出，也更容易服从。

“管得严吗？”

“对我们的管理很严，对家属倒是没那么夸张，”秦继承答道，“何春华那些人狠毒得很，每三天能和家属见一次面，但要是我们每天上交的东西不够，就扣掉一半的名额。”

为了逼这些人干活，他们也算是绞尽脑汁了。

“家属有多少人？”严烨问道。

“前前后后，加上死掉的那些人的家属，大概六百多，不到七百。”

那就是将近一千二百人了，这个数字对于城北联盟来说已经有些吃力。但如果能把这么多人救回去，那将是巨大的成功。更关键的是，这些人将成为他的第一批支持者。

“我不知道你们现在的生活是什么样子的，但我以前过的，那不叫人过的日子。”严烨于是说道。

他的话马上让很多人都有了共鸣。

“决定权在你们自己手里，我只想问问，你们难道愿意让自己的家人一辈子过这样的日子？难道你们愿意让自己的孩子一辈子过这样的日子？”

“当然不想！”

“那你们还犹豫什么？”严烨问道。

“要是只有我们自己，那当然没什么可犹豫的，可家属怎么办？”

“带他们一起走！”严烨答道。

“怎么带？”

“只要你们想，那就一定能有办法。联盟派我来，就是为了帮你们解决问题，”严烨说道，“关键是，你们怎么想？你们想不想从这样的日子里挣脱出去？想不想重新过上人的日子？”

他看着周边的人们，等待着他们的回应。

回答他的，是人们愤怒而又热切的目光。

“要是他们敢下来，分分钟把他们全干掉！可升降机一次只能装八个人，上去之后工具就被收缴了分开带走，怎么反抗？”

“这都不是借口，”严烨说道，“只要有勇气，不怕死，那些卫兵手里的武器就是你们的武器！关键是，你们有没有决心？有没有牺牲的勇气？”

第6章

准备行动

处理完又一批事务，张晓舟习惯性地走到了窗口，看着外面的世界。

远处，人们正在把那些已经干枯的玉米秆用镰刀砍断，一捆捆地运走，准备拿去彻底晾干后做燃料，而更远的地方，另一些人正在给一块地安装支架，铺设防晒和防雨网。

新的种植季很快就要到来了。

张晓舟现在很喜欢站在高处看这样的景象，这让他感觉很满足，看着人们通过自己的努力渐渐获取更好的生活，总是让他的身体里充满了使命感和更多的力量。

他把目光转向集市，这时候，他看到严烨和一名宣教部的工作人员带着几个人正慢慢从街头走过。

随着联盟的不断扩大，他已经没法记住每一个人，但这几个人的脸很陌生，而且胸前也没有佩戴身份牌和工作牌。

他们是什么人？为什么没有人通知我？

他转身向楼下走去，却在门口遇到了邱岳。

“张主席，你要出去？”

张晓舟点了点头：“有事？”

邱岳点点头，走进了他的办公室。

他只能又退了回去。

“严烨的行动获得了初步的成功，”邱岳说道，“板桥的那些劳工派了三名代表过来，想看看联盟到底是什么样子，和严烨说的是不是一样。”

原来是这样。

张晓舟站了起来。

“你不会想亲自去接见他们吧？”邱岳笑了起来。

“为什么不？”

“你现在是联盟主席，”邱岳笑着摇了摇头，“也许你自己没有察觉，但有时候，你有点太过热心了。”

“什么意思？”

“一个团体应该有它运行的规则，每个人各司其职，逐级解决。对外事务上，尤其需要对等和讲究逐级递进，”邱岳说道，“我理解你什么事情都想确认做好，但现在来的仅仅是几个劳工的代表，由我负责接待就可以了。如果是想要表示对他们的重视，那老常出面也已经足够了。你是联盟的最高负责人，如果现在就由你出面，那如果他们回去之后，更高一级的代表过来和我们谈，我们该怎么欢迎？用同样的规格？什么都由你出面，对你的威信将是巨大的损害。张主席，你不是讲究这个的人，但很多人偏偏就讲究这个。我们不能一次就把底牌全都用掉，否则的话，当我们需要表示更高一级的重视和欢迎，或者是在谈判中需要更高一级的人出来退让或者是强压时，该怎么办？”

张晓舟微微地摇了摇头。邱岳总是有很多道理，而且也总是能够自圆其说，但他真的很不喜欢这样。邱岳总是力图建立更多的规则，总是喜欢把一切变得越来越复杂，在人与人之间建立起一道道的壁垒和层级。

这一切也许是强化团体的需要，但张晓舟真的很不喜欢这些东西。也许他们源自那个世界，也许他们所有的一切都来自那个世界，但这并不意味着，所有一切经验都必须照搬。

科学和技术当然没问题，但张晓舟觉得人与人的关系不应该如此。

但他自己还没有想清楚。在安澜的失败和人们在玩笑中指出的那些让他意识到，自己的想法也许并不为大多数人认可，在这个位置上，他不得不强迫自己去考虑更多更现实的情况。在弄清楚自己的想法，找到一个更好的平衡点之前，他决定不再贸然行事。

“他们怎么说？”

“情况不太好，”邱岳说道，“将近一半的劳工有家属被扣押，这让他们投鼠忌器。其他人想逃到我们这边来，但又担心牵连其他人。刚才我和他们的代表之一谈了一下，他很担心这会导致他们内部的分裂，如果不处理好，也许有些人会去告密，阻止其他人逃走或者是暴动，从而导致严重的失败。”

“你有什么办法吗？”

“暂时还没有，”邱岳答道，“按照他们的说法，从上次暴动失败之后，何春华对于他们的管理就很严格，哪怕他们在悬崖下的丛林里可以为所欲为，但每天回去之后却什么都做不到。”

张晓舟的眉头皱了起来。

其实对于这件事情他也很矛盾，一方面，在知道了所发生的事情后，他希望能够把这些不幸的人解救出来。但另一方面，他也清楚，一旦这样做，就意味着与何家营和何春华撕破了脸。

单纯从对联盟有利的角度，鼓动他们暴动，并且占据板桥与何家营对抗对于联盟来说是最有利的结果。何家营将会失去一个可靠的，而且有可能是最大的粮食来源，何春华的力量将被极大地削弱。

而最重要的是，暗中支持板桥独立出去将把何家营的注意力全部吸引到那个地方，甚至让联盟可以左右逢源，从中取利。他们甚至可以从双方的冲突中摸清楚何家营的真实实力，从而做出更有针对性的计划。

何家营绝不可能容许这些人独立出去，成为一个独立王国，这对于他们的威信将是毁灭性的打击。

冲突必将发生，何家营到底是一只纸老虎，一个被吹起来的气球，还是一头饥饿的渴望吞噬一切的猛兽，在那种时候将被看得清清楚楚。

但有很多人必将在这里死去，而他们，本来应该是远山重要的力量。

张晓舟和钱伟都不太期望出现这样的状况。

张晓舟更希望能够让他们一批批地以意外死亡的名义从板桥消失，然后秘密地逃亡到联盟来。联盟与何春华不必撕破脸，这些人也可以获得新生，如果状况理想，也许何家营会一批批地投入更多的劳工，让他们可以源源不断地逃亡过来。

但这样的想法却在今天早上的会议上被全盘否定。

“这个过程太漫长，变数太多，根本不可能运行得下去，”邱岳在昨晚的那番言辞之后就变得激进了起来，也不再小心翼翼地照顾张晓舟的面子，这让他有点不舒服，但同时也觉得更正常了，“什么人先跑，什么人后跑？怎么安排？这需要强大的计划和控制能力。但死亡的威胁是实实在在的，多待一天就有可能意味着倒在终点前，有谁会愿意这样？”

他摇着头说道：“而且这也把何春华想得太傻了，以他的狡猾，不可能发现不了。”

“从长计议吧，”邱岳说道，“我们总能找到一个妥当的办法解决这个问题。”

张晓舟点了点头。

“对了，万泽那边派人过来，说是有事情要我过去面谈，”邱岳说道，“不知道是什么事，但他让我傍晚过去，不惹人注意。我想我大概要明天早上甚至是中午才能回来了。”

“这没问题，”张晓舟说道，“带一队人过去保护你，小心一点！”

太阳已经微微有些西垂，但今天的任务却还没有完成。一些人还在继续劳动，而更多的人却聚集在一起，不知道在说着什么。

“有点不对劲啊。”一名三十来岁的监工低声地说道。

“是不对劲，但你能怎么办？”他的同伴是个秃头，他一脸愁容地反问道，“不伺候好他们，就凭我们这十几个人，分分钟就被他们干掉。别惹事，就当没看到吧。”

“但今天的量？”

“他们以前不是藏过一些？应该能补齐。”秃头忧心忡忡地说道。

整个营地今天都不对劲，人们看他们这些监工的眼神明显和平时不同，有些刺头的目光中甚至明显带着一些残酷而又戏谑的意味，就像是一只残忍的猫在看着自己面前已经无处可逃的老鼠。

“阿弥陀佛，上帝保佑，今天千万别出事！”他在心里祈祷着，“今晚就去贿赂队长，哪怕把自己好不容易才攒下来的东西都送给他，无论如何也要把这份活换掉！”

“你能保证吗？”秦继承对严烨问道，“消息不会有误？”

“我跟你们一起行动，难道我会拿自己的小命开玩笑？”严烨说道，“声音就是信号，你们大不了按兵不动，会有什么损失？但如果真的有这个机会，你们愿不愿意把握住？这样的机会以后都可能不会有了，考虑清楚吧！”

“干吧！秦哥！”

“总比等死强！”

“是啊！我们干吧！”

“给刘顺他们报仇！”

……

人们七嘴八舌地说道，终于让秦继承等人下了决心。

“但联盟什么都没给我们……”秦继承说道，“就那么几把瑞士军刀……”

“你们想要的无非是武器，可就算我想办法运过来，你们怎么运上去？又怎么分配到每个人手上？”严烨说道，“我之前就已经说了，你们这种情况下，只能从守卫那里抢！那个时候守卫本来就不会很多，只要能打开局面，难道凭借区区几十个人就能挡住你们几百人？”

“但联盟只派你一个人过来帮忙，这也太夸张了！”

“人多了能混进去吗？”严烨反问道，“你们不是说他们要对每个人搜身？我一个人混进去容易，人多了，暴露的可能性就太大了，得不偿失。”他站了起来，走到秦继承的面前，“兵贵精不贵多，这件事情要成功，更重要的是对时机的掌握，我一个就足够了！秦大哥，要是我没有把握，会主动跟你们一起去？难道我活腻了？”

“我们所要面对的只是少数守卫，不需要多少人，不需要多少武器，所需要的，只是周密的计划，恰当的时机，干大事的决心和勇气！”严烨环视着周围的人，“计划就在我的脑子里，只要你们肯干，我马上就能告诉你们！时机就在眼前！而且只有这么一次，以后也许都不会有了！现在我们所缺的，只是勇气和决心！”

“你们有吗？勇气和决心，你们有吗？”他大声地问道，“我一个和你们这里没什么关系的人都不怕，都愿意拼，你们怕？错过这次机会，也许你们就永远也没有机会把家人从这样的命运当中拯救出来！你们将永远都是那些人的奴隶！你们的子子孙孙都将是他们的奴隶！你们还犹豫什么？等着天上掉馅饼吗？”

“你们还在害怕什么？学校和联盟的人会在正面牵制他们，这还不够？难道你们还指望别人把什么事都做了，你们来坐享其成？”他对周围的人们大声地说道，“别做梦了！现在这个世界，已经没有这样的好事了！你们想要更好的生活，没问题！但没有人会白白地把这些东西交给你们！要靠你们自己的双手，去争！去抢！去拼！依靠别人的施舍，你们就永远是奴隶！永远也抬不起头来！想要活得更好？那你们就必须证明自己！”

“你们还在犹豫什么？”他再一次大声地问道，“勇气和决心，你们有吗？”

“靠！”

“干了！”

“别他妈看不起人！”

人们终于冲动了起来。

“好！”严烨趁热打铁道，“秦大哥，那我们抓紧时间分工，把每个人的任务明确好。”

秦继承本身对于这些人并没有什么指挥权，他也只是被人们推举出来临时带头的人，面对被严烨煽动起来的人们，他根本无力去阻止，也无力去平息。

“好吧……”

“你们平时宿舍安排是怎么样的？我们要挑出最精干的人，尽量安排在几个相邻的宿舍……”严烨马上开始布置任务，“谁对家属区熟悉？”

一名监工想要过来搞清楚他们在干什么，几名手持斧头的劳工挡住了他。

“干什么？”

“呵……没事，我就是提醒一下，天色已经差不多了，可东西……”

“东西已经准备好了，”秦继承从人群里走了出来，同时对另外一名劳工说道，“老刘，你带几个人把东西挖出来。”

他们当然不可能一点儿准备都没有，为了应对可能出现的困难，他们陆陆续续把一些在每天任务之外的东西藏了起来，正好应对今天的问题，但这批东西交出去，他们也就没有退路了。

不过，他们本身也不准备再留什么退路了。

“老秦，没事吧？”这名监工小心翼翼地问道。

“没事。”秦继承摇摇头答道。

“那就好，那就好。”

“转过去！”搜身的那名守卫说道。

严烨面无表情地按照他的指挥行动着，他们已经是不知道第几批劳工，守卫们的身体和精神都变得有些疲惫，注意力和行动都变得迟缓了起来。他随手在严烨身上拍打了几下，便挥手放他过去。

他们这一批十个人全都到齐之后，另外六名全副武装的守卫便押着他们，向劳工的宿舍区走去。

严烨装作漫不经心地走着，实际上却在小心地把自己所看到的东西与之前劳工们画在地上的草图对比，当他们走到宿舍楼下，另外一队守卫刚刚下楼，而远处的升降机那儿，另外一队劳工刚刚被搜完身带出来。

一切看上去都井井有条，非常严密，难怪劳工们之前根本就没有反抗的念头。

他的心里却反而隐隐约约地兴奋了起来。

带领他们在这样的困难下成功，还有什么比这更能证明自己？

他已经按照约定做了自己能做的一切，现在，就看邱岳了。

“老实点，别惹事！”房门重重地关了起来。

严烨对人们点点头，其中两个人蹲了下去，艰难地把瑞士军刀抽出来，随后，他们把房间里一切可以用来加工成武器的东西都拿了过来，开始默默地削了起来。

“相信我！”严烨对他们说道。

他拿起一把末端已经削得很尖的牙刷，试了一下，对着其他人点了点头。

“严烨，你认为自己在联盟内部还有上升的机会吗？”

他摇了摇头。

“你已经被张晓舟定性了，为了迎合他，老常、钱伟、梁宇这些人都不会再对你假以颜色，他们也没有必要为了你这样一个年轻人而冒不必要的风险，”邱岳点点头说道，“你明白这一点，证明我没有选错人。”

“你在联盟内部已经没有什么前途可言了，”邱岳继续说道，“最好的结果也不过是立下足够的功劳提前恢复自由身,慢慢熬资历,成为下一个齐峰。也许还不如他。那样的你,不过是一个打手,有什么前途可言?"

严烨没有回答。这也是他曾经考虑过的问题,但除了联盟之外,地质学院和何家营都不是他愿意去的地方。这是一种很奇怪的感觉,一方面,他认为张晓舟这样的人总有一天会把联盟的前途断送掉,必须有人出来取代他,阻止他;另一方面,他对联盟却已经有了很深的认同。

与城北联盟的大多数人相比,他不但看着联盟一步步成立起来,也在那时候作为张晓舟的助手付出了大量的努力。虽然他的贡献比起其他人来说并不算显眼,但在他心里,联盟也是他生命中最值得肯定的成就之一。

"你的路在联盟之外,"邱岳说道,"不是说你要离开联盟到别的地方去,而是说,你必须要从张晓舟的控制下跳开,在他和他的那些党徒看不到的地方去建立你的功勋,打造你的基本盘,获取你的资本。"

严烨看着他,等待着他后面的话,于是邱岳笑了起来。

"这就是我替你争取这个机会的原因,"他对严烨说道,"地质学院正在酝酿一次对板桥的偷袭,消息来源你不用怀疑,我可以确保可靠性。关键是,你可以利用这次机会。"

"怎么利用?"严烨问道。

"杨勇你认识吗?"

严烨点点头。

"不知道是什么原因,他突然和何春华闹翻,制造了一场混乱后从那里逃了出来,并且带来了很多有用的消息,"邱岳说道,"板桥村那边大概有五百多劳工,加上家属,应该有近千人,他们被当作奴隶驱使,日复一日地辛苦工作。因为缺乏适当的卫生防疫手段,他们中有很多人生病死去,甚至在死之前就被抛出村子去喂了恐龙。你知道这意味着什么吗?那里应该已经成了一个火药桶,现在所需要的,只是一点点火星。"

"如果他们有这个勇气,应该早就已经动手了。"严烨却摇了摇头。

他很清楚何家营那些人的思维模式,因为他曾经就是那些人之中的一员。如果不是被逼到了底线,他也许还留在那个地方,像其他人一样,为了一点根本就不存在的活下去的希望而像个行尸走肉那样活着。

“你怎么知道他们没有动手?”邱岳说道,“按照杨勇的说法,他们曾经策划过一次不成功的暴动,但他们还没有具体实施,领头的人就被何春华杀掉,管控也变得越发严格了起来。不过就我看来,这不过是把爆发强压了下去,只要有机会,他们将会以更激烈的方式爆发出来。”

“你想让我去策动他们暴动?”严烨彻底明白了。

“不是我想,而是你,”邱岳摇着头说道,“这也许是你唯一的机会了。”

“你在搞笑吗?我这么干,难道张晓舟他们会同意?”

“你需要他们的同意吗?”邱岳反问道,“你杀那个樊兵的时候,张晓舟同意吗?醒醒吧!张晓舟那条路你早就已经走不通了!他,或者是他身边的那些人对你怎么想,现在对你来说根本就没有任何意义!你的目光必须跳出这个狭小的空间,站在更高的角度去考虑问题!”

“更高的角度?如果我这么干,相当于逼着联盟和何家营站在了对立面!我不被当成叛徒就是好的了!你这是帮我?”

“叛徒?那要看谁说了,”邱岳笑了起来,“只是你一个人,其他什么都没有,谁能把这件事情和联盟扯上关系?太牵强了吧?你不过是按照联盟的安排去和他们联系,却正巧遇上地质学院偷袭板桥,守卫空虚,于是被劳工们裹挟,不得不和他们一起暴动。然后呢?你在这种极其不利的情况下行事,不但力挽狂澜带领他们取得了成功,还和他们一起成功地占领了板桥村,让这群可怜的奴隶成了自己的主人!”

“谁会觉得你是叛徒?这样的传奇故事将会超越张晓舟以往所做的那些事情,成为人们津津乐道的谈资,并且不断发酵,最终成为你的资本!”

“你当我是谁?超人?”严烨却不为所动,“只有我一个人?带领他们暴动成功?”

“别看轻自己!”邱岳说道,“这件事情要成功,最不需要的恰恰是联盟的援助,而是你带给他们的消息,严密的策划,还有暴起一击的勇气。而这些东西,我们现在什么都不缺。消息,你已经知道了,策划,我马上就会告诉你,而勇气,你从来都不缺这东西,对吗?”

“你把所有人都当傻瓜吗?”严烨依然不为之所动,“就算联盟这边的普通人不知道,难道那些暴动的劳工也不知道?张晓舟他们只要随便找当事人一问就知道我在里面起了什么作用!”

“他知道了又怎么样呢？难道他会大肆宣传这是你的阴谋？这些人占领板桥对于联盟是非常有利的局面，非常振奋人心的局面，难道他非要揭露这一切？这对他个人，对于联盟来说有什么好处？”邱岳说道，“不要忘了，还有我，我不会让事情往这个方向发展的。”

“你究竟想要什么？”严烨问道。

“我想要什么？”邱岳笑着摇了摇头，“我想要地质学院吃一个大亏，明白何家营不是他们能惹的对象，明白自己只不过是一群弱鸡，必须与联盟联手才有存活下来的机会。我想要何春华吃一个大亏，让何家营吃一个大亏，不得不放低姿态与联盟合作。我想让板桥成为一块试金石，一面照妖镜，让我们看清楚何家营到底是强是弱。我想让板桥成为一个黑洞，一个伤口，让何家营的注意力不得不长时间地被吸引在那个地方，不断在那个地方失血。最后，我想要你在这个过程中成为一个真正的，足以媲美张晓舟的英雄，想要你获得一支经过铁血锤炼的队伍，并且以此成为真正有资格入场的玩家。”

他把双手摊开，微笑着对严烨说道：“这样的理由，你觉得足够了吗？”

“对你自己呢？”严烨问道，“你有什么好处？这件事情里你显然并不准备站出来，对吧？”

邱岳笑了起来：“我当然不会现在就站出来，那样对我们的计划并没有任何帮助。至于我的好处？我不是和你说过了吗？联盟将统一整个远山，而你我的家族将统治联盟。没有第一步，第二步将毫无意义。一个好的棋手不会只看到眼前的利益，严烨，如果你要入场，你必须时刻记住这一点。”

严烨完全不相信他的话，但他却无法完全否认和无视其中的一些东西。

跳出联盟，成为英雄，打造基本盘，获得资本，然后，走向成功。

“对你来说，最坏的结果是什么？”邱岳说道，“在这个过程中意外死去，还是失败后回来，继续服刑？张晓舟不会因为你试图替联盟获取利益而判处你死刑，你大可在法庭上大声地，理直气壮地把那些理由说出来，我想，很多人都会支持你，甚至是认同你。那时候人们将不会再把你看作是一个冲动杀人的热血少年，而是一个有勇有谋，为了联盟利益不惜一切的悲情英雄。有时候，失败，坐牢，同样也能成为一种资本，你明白吗？”

“那么，你还在犹豫什么？准备开始听我的策划了吗？”

“你们听！”天色终于蒙蒙亮了，远处突然传来了人临死前的惨叫，这让已经精神紧张等了一夜的劳工们像弹簧一样跳了起来。

严烨也从回忆中清醒了过来。

“真的来了！”人们看着严烨的目光再一次发生了变化，却不知道，他的双手同样也早已经满满的都是汗水。

“还不是时候，”严烨低声地对他们说道，“守卫在这个时候反而会更严密！回到床上去！养精蓄锐！”

“但是……”其中一个人焦虑地走来走去，严烨却放松了自己，闭上眼睛放缓了呼吸。

这样的表现让这个房间里的人们不由自主地忘记了他的年龄，忘记了他还有些稚嫩的外表。

有几个人学着他的样子回到床上，但却怎么也没有办法平静下来。而其他人则继续贴着墙，靠着门，听着外面的动静。

怒吼和惨叫声持续不断地传来，但时间却并不长，大约半个小时之后，一切突然又沉寂了下去。

“怎么了？”人们慌张起来。

外面隐隐约约有人在发号施令，随后是杂乱的脚步声。

严烨突然一骨碌从床上爬了起来，好几个人紧张得脸都白了。

“干吧！”他低声地对人们说道。

第7章

交　火

守卫们既兴奋又有些不安。

兴奋是因为，首领何春华不知道从哪里得到了消息，提前做好了准备，把前来偷袭的敌人打了个落花流水，狼狈而逃。

而不安则是因为，何春华在轻易打垮了来袭的敌人之后，果断决定乘胜追击，把那些被抓住的人当作人质，带人追着他们的脚步向北而去。他手下一共不到七百人可用，瓦庄那边还留了一百多人，现在只能把劳工营的守卫暂时抽调开，以一百多人的数量守卫整个板桥。

战斗中死去的那些人被遗弃在了路边，明显重伤的人也一样。

板桥周边的那几群恐龙早已经习惯了里面隔三岔五就有死人丢出来，它们应该不会尝试着攻击村子。但这一次的尸体这么多，血流了一地，不知道会不会把那只经常在附近活动的暴龙引过来？

将近三分之一的守卫都集中到了之前的埋伏圈附近，何春华临走前把大量的燃烧瓶留在了这个地方，让他们随时准备用这些东西把极有可能出现的暴龙赶走。

劳工暴动的可能性当然存在，但他们都被以十人为单位关押在各个房间里，彼此之间无法沟通，又没有武器，在不知道外面到底发生了什么事的情况下，应该不太可能铤而走险。

何春华已经安排人沿着刚刚挖通不久的隧道去瓦庄那边调人，准备在瓦庄只留五十名士兵。

反正他也只是去地质学院讹诈。

没有城北联盟帮忙，他并没有征服学校的信心。但地质学院的队伍已经被他完全击溃，还抓住了这么多人，乘着他们惊慌失措的时候，用这些人作为前驱挡箭，也许能直接攻破他们的防线，把他们的粮食抢出来！

即便是无法攻破他们的围墙，以这些俘虏为人质勒索个几百吨粮食应该也不是什么难事。

如果一切顺利的话，也许只要一个上午的时间就能搞定那群惊弓之鸟，那时候再带着人赶回来稳定大局，就是一场足以载入史册的胜利了。

“那些学生真弱！”两名守卫站在三楼的楼梯口低声地说道。

何春华其实并不完全相信纸条上的内容，但安排一些人做好准备对他来说并没有什么坏处。他把自己手下最能打，跟随自己时间也最长的那些人组织起来安排在靠北的营房和衣休息，并且加强了那个方向的哨兵，还让瓦庄的人做好同样的准备。

这是有人想要愚弄他，还是有人准备调虎离山，或者是疲兵之计？

何春华其实满腹疑惑，但凌晨的时候，他安排的哨兵叫醒了他，告诉他高速公路上有人影晃动，而且人数不少。

这让他马上振奋起来，并且迅速把自己的手下叫了起来，让他们做好准备。

但他还是没有动瓦庄那边的人，相反，他让人去通知霍斯，让他把那边的人全都叫起来，做好应对突然袭击的准备，同时让他安排好人，如果情况危急，就到何家营去求援，同时把人都沿通道撤到板桥这边来。

村里的那些人在通道贯通后开始对他控制的两个村子虎视眈眈。如果这真的是调虎离山之计，那说明城北联盟肯定和地质学院已经达成了攻守同盟，一起对何家营进行攻击。那与其把它白白丢掉，何春华宁愿把它交给村里的那些人，收缩自己的力量，用他们的实力去消耗城北联盟的攻势。

失去对瓦庄的控制当然可惜，那些种在屋顶和边边角角的玉米眼看没有多久就可以收获了，虽然数量并不是很多，但也是一大笔财富。但不管怎么说，毗邻丛林，能够源源不断获得补给的板桥现在才是他的根本之地。

“别给我来这套！别他妈给我来这套！”他低声地一遍遍在心里说着，骂着自己所知道的城北联盟和地质学院的所有人。

当然，骂得最凶的就是杨勇。

他可以肯定，地质学院胆敢攻击自己，最大的依仗肯定是杨勇所提供的情报，不然的话，那些没用的家伙根本就不可能有这样的胆量。

这个贱人最好是也跟着过来！

他在心里大骂道。

让我亲手干掉他！

“把那个施远给我带过来！”他突然想起了这个人，“找东西堵住他的嘴！”

要是埋伏不成功，就把他吊起来挂在那些人主攻的方向，看他们怎么办！他们过来一定是想把他救回去，如果以此要挟他们，不知道能不能动摇他们的军心？

但高速公路上那些人却花费了比他预计多了几倍的时间才从那上面下来，磨磨蹭蹭小心翼翼地向板桥村的北沿前进。

这样的表现让本来有些紧张的何春华手下的士兵们完全镇定了下来，有些人甚至因为他们来得太慢，让自己在地上趴得太久而有些不满起来。

但这也不能怪这次偷袭的组织者们。地质学院一直以来的既定策略都是收缩防守，他们平日的训练项目中，根本就没有夜晚行军这一条。

为了保证偷袭成功，他们特意选择了人们最疲惫精神最麻木的凌晨，但他们却没有想到，这意味着他们必须在半夜就把人员组织起来，带着武器、工程器具和用来破坏铁丝网的工具，摸着黑翻越高达四米的高速公路。

外来派在表决中清一色地投了反对票，这让他们有足够的理由拒绝参与这次行动，而策划和推动这次行动的激进派学生也不愿意他们的加入让这场行动横生变数，于是这次偷袭在一群外行的领导下完全变成了一场闹剧。

仅仅是把所有人弄上高速公路就花费了他们将近半个小时的时间。他们准备用来挡住对方哨兵的远程攻击并且撞开铁丝网的冲车太重，体积也太大，卡在高速公路的挡墙边上动弹不得。学生派的领头人之前设计的提升装置不起作用，完全没有像他们想象的那样悄无声息地把它弄上去。十几个人围着它忙得满头大汗，其他人却只能抱着自己沉重的弓弩，站在凌晨潮湿的夜风中焦躁地等待着。

人们的勇气和热情在这样的焦灼等待中早已经消耗殆尽，如果不是板桥那边显然还没有发现他们的行动，也许大多数人早已经提议转头回去了。

面对几个如同热锅上的蚂蚁的学生派领头人，杨勇一直不敢去触他们的霉头指出他们的错误，但这场闹剧同样也让他完全丧失了信心。他对于这次偷袭的成功已经完全不抱希望，开始悄悄地观察逃走的路线。

人们最终决定放弃那个看起来很好，想象中肯定也不错，却完全不实用的东西，决定直接派人去用破坏钳破坏铁丝网。

这个时候，距离哨兵发现他们，已经过了将近一个半小时，本来灰暗的天色也开始蒙蒙亮了。

“放他们进来。”何春华让人去下令。

御敌于城墙之外本来是最妥当的办法，但在经过漫长的等待之后，他对这些前来“偷袭”他的人已经完全失去了耐心，只想狠狠地给他们一下，让他们死在自己面前。

就这种水平还想来偷袭我？这是搞笑还是看不起人？

几个稻草人被竖在屋顶，背着光看不太清楚，这让偷袭者们没有意识到那其实并不是真人，他们按照杨勇的指点小心翼翼地避开了它们，靠近了一处防守的薄弱点。所有人都躲在房子下面的阴影里，等待着“狼牙”的人用破坏钳剪开那处的铁丝网。

事情到这里还算是顺利，带头的学生派领头人庆幸着自己的好运气，在铁丝网被剪开一个足够两人通过的口子后，他们为了鼓舞士气，首先抱着钢弩冲了进去。

“快！别弄出声音来！”他们低声地对其他人说道，“按照之前的分工，一半人去攻击兵营！其他人跟我去抓何春华！小心点！一定要抓住他！”

就在不远处的何春华气不打一处来，但还是等到有将近一半人进入之后，才大吼了一声：“打！”

正在狭窄的入口挤作一团的学生们大多都因为过度的紧张没有听到这声吼叫，但从两侧的楼房上扔下来的石头、砖块，甚至是大块的碎玻璃和尖锐的铁器很快就让他们惨叫了起来。好几个人被直接砸昏，另外一些人被砸得头破血流，大声地哭号起来。

“放箭！放箭！”张瑜大声地叫道。他的肩膀也不知道被什么东西砸了一下，这让他也慌张了起来，但他终究是接受过训练的退伍军人，忍着痛试图重整队伍。

但更多的人却已经完全失去了斗志。他们加入这次行动本身就只是靠着一时的激愤和冲动。这些情绪来得快，去得更快。半夜起床就没有了三分之一，在高速公路等待时看着别人犯蠢又去了三分之一，而现在，剩下的那一点点也全都烟消云散，什么都不剩了。

还处在铁丝网外的那些人回身就逃，而他们本来应该用手中的武器替那些遭到伏击的同伴掩护并且争取进攻或者是撤退的机会。

一名激进派的学生领头人大声地叫喊着试图让他们恢复理智，但他对这些同伴本身就没有什么强制力，反而被人流带到了高速公路旁边。他拼命地大声叫着，试图重新拉起一支队伍去把那些被困在里面的人救出来，但身边的人根本不想他，只是拼命地想要逃到安全的地方去。

那个小小的出口成了一个如同地狱一样的地方。三四个人同时试图从那里挤出去，在两侧的那两个人被铁丝网的断口扎得哇哇大叫，两侧楼上的守卫们把手边的东西拼命往这个地方扔，砸晕了几个人之后，其他人终于绝望地逃开了。

“跟他们拼了！”张瑜绝望地大声叫着。混乱中完全看不清敌人在什么地方，他胡乱地向远处射了几箭，但再去上弦时，却发现自己的箭筒被人在慌乱中踢到了一边，根本捡不回来了。

“放箭！放箭！”

人们慌乱地叫喊着，拼命地向着周围胡乱地发射。也有少数人试图向两侧楼房顶上的敌人放箭，但在这样的角度下很难瞄准，而且对方根本就不怎么露头，只是不断把东西从高处砸下来便足以对他们造成严重的杀伤。

“靠边！靠边！”终于有人想到了这一点，人们哭号着向两侧的墙角逃去，紧紧地贴在墙角。

那些已经制造了可怕伤害的东西终于无法再继续威胁到他们，但这么短的时间里，已经有四五十人倒在了地下，生死不知。

满地杂物和鲜血，有人大哭起来。

张瑜终于捡到了一个不知道被什么人丢弃的箭筒，他上好弦，盯着对面那幢房子的屋顶。

一个身影终于露了出来。

那个守卫在过于顺利的战局中变得极度兴奋，他拿着几块砖头，准备好好地瞄准一下，就在这时，一支弩箭射中了他的大腿，让他惨叫一声，失去平衡从屋顶摔了下来。

“砰！”他的脑袋撞在一块裸露的水泥地上，就像一个西瓜那样炸开，而这非但没有激起学生们的斗志，反倒彻底摧毁了他们的意志，让他们再一次向那个唯一知道的出口逃去。

“杀！”何春华终于从藏身的地方跳了出来，大声地叫了起来，“跪地投降不杀，其他的统统杀光！跟我一起叫，跪地投降不杀！”

面前的一幕让他热血沸腾，这样的场景比他以往所经历的任何场面都更震撼，也更激动人心。

一名学生向他举起了弓弩，但他却一点也不害怕，只是快速地向旁边闪去。

嗡的一声，一名跟在后面的手下闷哼一声摔倒在地，被身后的同伴一脚踏了上去，队伍在这个地方混乱了一下，但更多的人却手持长矛冲了上去。

那个学生慌乱地给手中的弩上弦，却马上就被人用长矛从侧面刺倒，他挣扎着将手中的弩砸向刺中他的那个人，两三个人冲了上去，一阵乱捅乱刺之后，他很快就彻底不动了。

场面完全是一边倒，学生们最远到达的地方甚至没有超过那个入口外五十米，只有七八个人在这样不利的情形下还试图抵抗，但在他们被刺伤刺死之后，剩下的所有人马上都跪在了地上，甚至是浑身颤抖着趴在了地上。

清理战场非常简单，因为所有人几乎都集中在一起，只要把还能动的抓来检查伤势，然后用绳子捆起来就行。至于那些骨折、大量出血或者是用矛刺了一下没有反应的人，那就当成已经死了，现在他们没有手段去医治这些人，也不可能去医治他们。按照何春华的命令，他们被直接拖到外面去，扔在了路边。

被杀掉和重伤的学生大概有五六十人，被他们抓住的却有将近两百人，几乎人人带伤。

而板桥这一方，只有四人中箭，三个人被矛刺伤，大概二十几个人在奔跑中扭伤了脚，或者是摔倒后被自己人践踏受了伤。死亡者只有三人，一人中箭后从楼上掉下来摔死，另外两个人摔倒后被践踏致死。

"大胜！大胜啊！"何春华激动得浑身发抖。

整个战斗的过程不到半个小时，即使是因为他们以有心算无心，又占据了地理优势，这样的胜利依然让人觉得不可思议。

"春华哥，我们现在怎么办？"何春潮兴奋地问道。

他的伤还没有全好，没法亲自上场杀敌，但指挥别人清理战场这样的事情对他来说并没有什么问题。

天已经完全亮了，高速公路那边的逃亡者已经一个都不见，全都逃走了。

"瓦庄那边什么情况？"他大声地问道。

"没什么动静！"

城北联盟那边没有动？这只是地质学院一方的行动？

他马上就看到了其中潜藏的机会。地质学院的人已经完全垮了，按照他们现在的状态，也许可以直接冲进去！

粮食，年轻的女人！这些都是这个时代最值钱的！不趁着现在这个时候，等联盟那些人醒悟过来横插一脚，那就亏大了！

"把这些人捆成一队！"他大声地叫道，"集合队伍！带上这些武器！我们走！"

"春华哥？"何春潮有点没弄明白。

"趁着城北联盟那边还没有反应，我们追过去干一票！"何春华大声地对何春潮叫道，"就算不能把他们的粮食全抢了，至少也要连本带利让他们吐出足够多的东西！"

"我要把人都带走！"他对何春潮说道，"让霍斯那边分一半人过来帮你，找人过来把这个地方重新封起来！盯紧那些劳工！告诉他们今天不出工了，让他们老实待着！"他的声音激动得都颤抖了起来，"今天这一票要是干成了，我们何家的大事就成了！"

第8章 暴　动

“小心！”人们一次次低声地说道。

两个人趴在门上听外面的动静，而另外两个人则在用那两把瑞士军刀拼命地拆着门活页。

“等一下！”他们低声地说道。

所有人的动作都停下来了，但那只是楼上的脚步声，大概是楼上的那些劳工正在焦急地走来走去。

“快！”秦继承说道。

守卫已经很久没有从门口经过，这让他已经完全相信严烨的说法，地质学院和城北联盟一定已经把何春华从村里引了出去，而这段短暂的时间就是他们唯一的机会。

螺钉被一个个地拧了出来，他们紧张地扶住门，随后小心翼翼地把它整个拆了下来。

严烨把所有的门活页和螺钉放在了一个床单里，然后把它打了一个结，变成了一个类似流星锤的东西。

“走！”他第一个走了出去。

他们所有的武器不过是用瑞士军刀上的小刀削尖的几把牙刷，几根电线，几条床单，还有他刚刚做成的武器。自从杨勇逃走的那晚之后，所有劳工的房间里就再也没有了家具，连几根长一点的木条都没有办法找出来。

好几个人突然迟疑了起来。

我们疯了吗？就凭这么点东西，我们真的能成功？漫长的等待同样消磨了他们所有的热情和勇气，未知的恐惧在他们被迫踏出这一步的时候突然被无限放大，让他们踌躇起来。

但严烨却没有给他们继续迟疑的机会。

“快！”他低声地对他们说道。

他小心地走到楼梯口，他们这里是三楼，可以看到几名守卫正在楼下聊天。他们所住的宿舍是以前村子里的出租屋，每层楼有两间房子，一条狭窄的内楼梯。房子一共有六层，除了一楼，所有的房间里都有十个劳工，正在忐忑不安地等待着他们的命运。

“上楼！”严烨小声地对他们说道，“想办法把其他人放出来！找找有没有工具，有没有能用来当武器的东西！不行的话，就用衣服蒙住窗户玻璃把它们敲碎了捡长的做匕首！”

一半人向楼上走去，而严烨和秦继承则和另外三个人留在这里，继续监视下面的守卫。秦继承把瑞士军刀从门缝里塞给了隔壁房间里的劳工，让他们拆门活页。

周围很安静，只能听到守卫们的闲谈，但却听不太清楚。严烨透过楼梯间的那个小窗户向外看出去，能看到一些工人正在把一辆卡车向前推，应该是准备用来挡住什么地方。

也许是之前地质学院那些人攻破的缺口？

“他们不会成功，”邱岳是这样说的，“有令不行，有禁不止，令出多门，祸乱不已，这样的地方不可能成功。我觉得他们很有可能把这次偷袭行动变成一场闹剧，然后变成一场惨剧。以何春华的性格，如果战事胶着，双方互有死伤，他也许会谨慎行事，可如果胜利来得太容易，他一定会铤而走险，孤注一掷！而这就是你的机会了！情况会不会发生到这一步，我没法说，只能拼运气，但我觉得可能性很大。如果事情不顺利，你就抛下那些人想办法逃回来，我们以后再找机会。”

说得真简单啊！

严烨忍不住冷笑了一下。

邱岳总是把自己装扮得很替别人着想，好像这件事情对于严烨来说只是一次进可攻退可守的冒险。但其实，只要踏出了这一步，他就再也没有退路了。

以一个失败者的身份灰溜溜地逃回去，邱岳绝对会把他放弃，而在那个时候，他也将被整个世界抛弃。

也许他不会死，但对于他来说，接下来的日子就只是苟延残喘，而这是他绝对无法接受的结果。

不成，则死。就这么简单。

楼上突然发出了咣当一声响，像是什么东西落到了地上。这样的声音在这样的环境下显得非常突兀，几个守卫相互望了一眼，把砍刀抽了出来，慢慢地向楼上走来。

“怎么办?”秦继承等人都焦急了起来。门已经被拆了，他们已经没有退路可走，可现在，这里却只有他们五个几乎没有武器的人!

“躲起来!”严烨把他们拉到侧面，低声对他们说道，“等他们过去之后，从后面用床单蒙住他们的头，用电线勒住他们的脖子！捅死他们!”

秦继承等人下意识地点了点头。

可这样的事情说起来容易，谁也没干过，能成功吗?

守卫们慢慢地走了上来，一共三个人，彼此之间拉得很开。

“先杀最后一个人。”严烨低声地说道。

秦继承的脑海里一片空白，似乎只有他自己的心跳和守卫们的脚步声。

他并不是之前那批暴动者之一，事实上，何春华已经把所有敢于在杨勇逃走那晚首先动手暴动的劳工全都吊死了。

他们的尸体现在还挂在那些电线杆和路灯杆上，每天上工的路上都会经过，都能看到。

以前他看到这些尸体时，除了恐惧和厌恶之外，更多的是仇恨。但现在，恐惧却变得空前强大了起来。

“喂!”一名守卫站在楼梯间对着上面叫了一声，他距离他们不超过一米远，只是因为他们躲在阴影当中才没有被看到。

“是不是听错了?”他们听到这个守卫对后面的两个人说道。

“还是上去看看放心一点儿。”另外一个声音说道。

他们于是再一次行动起来，第二个人的身影从他们身边走过，然后是第三个。

秦继承的呼吸突然停住了。

严烨在这个瞬间突然扑了出去！

秦继承以前很喜欢看动作片，尤其喜欢看那些拳拳到肉的对打镜头，但他可以对天发誓，他从来没有想过，当这些事情在他身边发生，一切看上去会如此荒谬，如此诡异。

噗……噗！

就像是有人用刀刺穿了皮革，随后便是鲜血从破开的颈动脉喷出来的嘶嘶声。

秦继承拿着电线和牙刷从藏身的地方冲出来，却在沾满了血的楼梯上滑了一下，向前直直地摔了下去。

第二个守卫马上回过头来，但他只看到自己身后的同伴被后面的一个身影放开，一个东西猛地向他的脑袋砸来。他下意识地侧身躲开，那个人却握着从死去的守卫手中夺来的砍刀，向他直扑了过来。

他甚至还不知道发生了什么，腹部便是一阵剧痛，随后被那个人撞倒在了楼梯上，那个人快速地爬上来，用手死死地按住了他的嘴，连续刺了四五刀，瞬间夺去了他的生命。

第一个守卫这时候终于意识到发生了什么，他张开了嘴，那个杀人者突然把手中的刀向他狠狠地砸过来，让他把这口气硬生生地憋了进去，转身就逃。

那个人迅猛无比地追上来，重新把那把刀捡了起来。

"杀了他！"他愤怒地低吼着。

守卫终于想到自己应该大声呼救，他回过头，看了一眼身后那个凶手的位置，可就在这时，他的头顶一阵剧痛，一下子失去了意识。

"干得好！"严烨提着刀走了上来。

那个守卫的头被花盆砸中，晕了过去，之前他们派到楼上的一个人有些惊慌地站在那里。

"现在可以放手搞了！快！把人都放出来！"严烨说道，随即压在那个守卫身上，一刀刺穿了他的胸口。

扔花盆那人哆嗦了一下，下意识地退了几步。

严烨愣了一下，随即放开手中的尸体，走上楼梯间的平台。

房间里的两个劳工还不知道外面发生了什么，不敢出声。

“里面的人让开一点!”严烨大声地说道。随即退后几步，狠狠地向门锁旁边的位置蹬去!

“快点!”何春潮对正在忙碌的人们说道。

之前被那些人破开的路口已经用一辆卡车堵了起来，但地上的血迹却一时还清不干净，一些中型恐龙已经开始在外面跑来跑去，撕咬着那些被扔在路边的人。死者的躯体被它们肆意地扯开，内脏和血溅得到处都是，而那些还活着的人则一直在凄惨地叫着，让所有人都心烦意乱。

之前就应该把他们全部捅死的！何春潮烦躁地想。

但现在再派人出去把那些重伤者干掉显然已经不现实，他们也只能继续忍受着那些人临死前的哀号，小心地戒备着，收集那些被扔在地上的长弓和弩，同时打水过来把地上的血冲掉。

后背的伤口也许是因为出汗受了潮，痒得厉害，让他只想把衣服脱了，趴在床上让小蕊用纱布一点点帮他擦干。

这个女人长得真是……一想到她，何春潮就越发全身发痒了，可惜自己的伤还没好，得了她之后还没有机会下手，只能过过眼瘾和手瘾。

真他娘的，要是早把那个杨勇干掉，自己就不用遭这个罪了。

不过要不是他逃到地质学院去，那些蠢货大概也不会自己上门来送死，那他们也不会取得这样一次大胜。

真的是发达了。

他看着那些正在被守卫们一一检查的弓弩想着。

即使是没有从地质学院那边敲诈到任何东西，这些被进攻者在慌乱中胡乱抛下的武器对于他们来说也已经是一大笔财富。何春华之前只是匆匆地挑走了五六十把看上去完好的弩，而就在他们离开后不到半个小时的这段时间里，他们已经找到了将近七十把钢弩和将近一百五十把长弓，装满了弓箭和弩箭的箭筒不计其数。

这些武器已经足够他们对何家营的其他家族形成压倒性的优势。有了这些东西，他们就没有必要再不断地扩充私兵的人数，完全可以用远程攻击摧毁任何人的反抗。

何春潮的脑海里已经开始浮现村里其他护村队在他们的强弩面前四散逃亡，跪地求饶的情景。都是乡里乡亲的，其实没有必要杀光他们，只要把最嚣张最不服他们何家的那几个刺头干掉，再让那些所谓的村老屈服，何家营就是他们何家说了算了。

皇帝当然是大哥何春成来当，春华哥怎么说也能当个一字并肩王，而自己嘛，再怎么说也能当个王爷大将军什么的。就像春华哥说的，只要他们征服了远山，这个世界就是他们说了算，当这些人繁衍生息开后，他们何家将世世代代地成为这个世界的主人。

何春潮有点想象不出未来自己会是什么样子。电视上那些王爷什么的，好像离自己太远了，而且拖着条辫子也他妈的太难看了。

不过搞个大园子，让一大堆奴才侍卫丫鬟什么的来服侍自己，再搞上七八个妃子福晋什么的，生上十几个小子，自己没事的时候带着人出去打打猎，微服出访什么的，这样的日子应该也不错吧？

"快点！"他随口对那些正在干活的人叫道，然后继续遐想起来。

何家营这边已经没有什么好货色了，不过学校那边应该会有不少女生吧？

又有人惨叫了起来，何春潮的遐思被硬生生地打断，这让他气不打一处来。

"你们几个，捡几把弩过去，把那些还在叫的人全给我射死！"他大声地对身边的守卫说道。

"春潮哥，好像有点不对啊？"一名和他一样背后受伤裹着绷带的小弟说道，"声音好像是从背后来的？"

背后？

何春潮一下子紧张了起来。

"把那些弩全发下去！全都给我打起精神来！"他大声地叫道，"胡平，你带几个人过去看看！小心点！"

他点到的那个小队长点点头，叫上自己的手下，一人举着一把弩，小心翼翼地向劳工营那边走去。

"霍斯那边的人怎么还没过来？"何春潮焦躁了起来，"都快半个小时了！派个人过去催催！他妈的！这小子在这儿给我装蒜是吧？告诉他，十分钟内再见不到他的人，老子就亲自过去了！”

身旁小弟点点头，叫上两个人往地下通道那边跑去，何春潮转过头，却看到那些正在清理战场的劳工已经因为周围的守卫都如临大敌，也惊慌地把手上的活停了下来。

“谁让你们停的？继续干活！快点！”

但两个方向去的人却都像是失踪了一样，许久都没有回来，这让何春潮彻底抓狂了。

“小何队长，要不要发信号向何秘书长求援？”一个部下小心翼翼地问道。他们这个地方本来就只有三十几个守卫，刚刚又派出去八个人，现在只有二十几个了。

“发发发！发你妈！”何春潮大骂道。

他的心里也在打鼓，感觉情况不对，但何春华那边万一正在紧要关头，他这边连是什么情况都不知道就贸然发求救信号，乱了军心，让一场大胜功亏一篑，那何春华绝对会干掉自己！

“别他妈干活了！”他突然大声地骂道。

劳工们不知所措地停了下来。

“你们这些人跟着我们也干了挺久了，”何春潮说道，“今天给你们个当兵吃粮的机会！每人领一支矛，等会儿让你们干什么就干什么！过了今天，你们就是我们何家的兵了！只要老老实实跟着我们干，保证你们有吃有喝有女人！”

这群劳工都是从瓦庄村的时候就跟着他们兄弟修防御工事的老工人了，只是因为年纪、胆量和其他杂七杂八的原因没能被选为士兵，他们平时看着那些新人被挑为士兵后，没几天就好吃好喝耀武扬威，心里早就有想法了，何春潮这么一说，大部分人马上就响应，跑过去向那些卫兵领取长矛。

这么一来，何春潮手下可用的人一下子增加了四五十人，虽然不怎么可靠，但最起码，没有之前那么捉襟见肘了。

“周楠！”何春潮大声地叫道，“你带上十个人到前面去看看是什么情况！不要走远，到转角看看情况就回来！杨欣欣！你带人沿边上那条路过去，让所有卫兵都往我们这边集中！”

“那万一恐龙进来呢?”

“恐龙你妈!”何春潮大骂道,“快点!”

那个名叫周楠的小队长战战兢兢地带着十个刚刚转正的劳工向前走去,他让他们都走在自己前面,这让劳工们也紧张了起来,一群人在路上磨磨蹭蹭的,几分钟都没有走到何春潮说的那个地方。

“周楠!你他妈在干什么?”何春潮看到他们这个样子,气不打一处来,破口大骂道,“给老子快点!”

“小何队长……”周楠苦着脸说道。

一支弩箭突然破空而来,射中了站在旁边楼房上的一名守卫,他惨叫一声倒了下去,随后尖叫着向远离房屋边缘的地方逃去。

人群一下子混乱了起来,四五发弩箭向何春潮和他身边的守卫射来,但却没有什么准头,远远地钉在了他们前面的地上。

他们惊慌失措地冲进了周围的房子,胡乱地向周围发射着,却根本没有看到敌人在什么方向。

“我靠!”何春潮大骂起来,“上楼!都给我上楼!把他们找出来,给我狠狠地射!射死他们!”

“我靠!”

不远的地方,几名暴动的劳工懊恼地骂道。

好运气似乎在这里终于用光了。

从宿舍里被解放出来之后,他们几乎就没有遇到过什么战斗的机会。何春华带走了绝大多数守卫,只留下了一百多人,而这些人除了要守卫劳工们的宿舍区和整理战场之外,还需要守卫板桥村外将近三公里长的外墙,人员严重不足。

一开始的时候他们还需要用偷袭等办法袭击那些落单的守卫,但到后来,任何落单或者是以小队碰上他们的守卫都毫无例外选择了投降。毕竟,并不是每个人都有勇气面对数百手持武器的暴动者,更何况,他们对何春华也没有多少忠诚可言,更多的,不过是恐惧和利诱。

即便是少数来自何家营的何春华的小弟也是如此,在保住自己的小命和高声叫喊示警之间，他们无一例外全都选择了保命。这也是劳工们从挣脱牢笼到现在，几乎没有发出多少声音，也没有惊动何春潮等人的原因。

唯一的意外只发生在家属区，当他们搜寻那些分散的守卫时，却看到其中一人正在欺凌一名劳工的妻子。愤怒的丈夫当场砍死了那个禽兽，这也是何春潮唯一听到的那一声惨叫的来源。

但即便是被何春潮派来侦察情况的那个小队也没有做任何抵抗，当他们发现自己被上百人包围之后，马上果断地选择了跪地求饶。

这让暴动者轻松地缴获了五把钢弩，于是面对留守者当中最大，同时也肯定是抵抗最坚决的集团，他们策划并实施了一次偷袭。

但没想到的是，弩箭毕竟不是枪，弹道什么的都完全不同，瞄准的时候必须考虑风向和抛物线等等问题，不是他们这些第一次使用的人能够掌握的。除了严烨那一箭瞄准对方的胸口却射中了大腿外，其他人瞄准了半天之后的射击完全落空，这让一次精心策划的偷袭瞬间就变成了笑话。

“缴枪不杀！”其他人却没有丝毫的迟疑，马上就冲了出去。

之前的一次次胜利让他们开始盲目起来，这里不过才二十几个守卫，他们能干什么？

“缴枪不杀！”人们手持着长矛、砍刀、木棍和其他各种各样的武器，从四面八方冲来，那些刚刚被何春潮提拔为士兵的劳工马上就丢下了还没有握出温度的长矛，干净利落地跪了下去。

“妈的！”何春潮在三楼的窗口狠狠地骂道，“养不熟的狗！”

“投降！我们投降！”那些劳工拼命地叫着，暴动者的脚步很快停了下来。

“何春潮！你没有机会了！快点投降吧！”人们大声地叫道，“放下武器走出来，我们就饶了你的狗命！”

“春潮哥？”周围的几个小弟胆怯地说道。

在得势的时候耀武扬威是一回事，面对这么多敌人当然又是完全不同的一回事。看着下面密密麻麻的人头，他们都胆怯了。

何春潮却拿起一把弩，毫不犹豫地向下射了一箭。

他也没用过这东西，但下面那么多人，距离又这么近，根本就不可能射失。

惨叫声马上就传了上来，下面的人群马上有些慌张了起来。

“只是一群乌合之众！放箭！给我放箭！”何春潮大声地叫喊着。

“春潮哥……”

“给我闭嘴！”何春潮暴怒地叫道，同时把另外一把弩立了起来，“谁他妈敢说投降，我现在就杀了他！别忘了你们都干过什么！投降？等你们出去，他们会放过你们吗？”

他的话让身边的人表情一下子扭曲了。

他们都是何春潮的心腹，这也意味着，在何春潮管理板桥村的那段时间里，他们没少干欺男霸女的事情。他们得势的时候，当然不会有人把这些事情拿出来说，但现在……

“你们手上早就沾了血！现在投降？那就是死路一条！”何春潮狂暴地叫道，“别忘了我哥还带着那么多人在外面！下面这些乌合之众，只要我哥带着人回来，他们全都得死！只要守住这里，以后论功行赏，你们就是我何家的功臣！”

人们终于被他的话说动，有几个跑到楼下去堵门，其他人站到窗口，开始疯狂地往下面射箭。

暴动者们根本毫无防备，四五个人马上就被弩箭射中，那种无处躲避又无法抵挡的恐惧瞬间就击溃了他们，让他们慌张地向周围逃开了。

“哈哈哈，看到了吗？”何春潮大笑起来，“找东西上楼顶去点烟发信号！只要我哥带着人回来，这些人就死定了！”

“怎么办？”秦继承等人好不容易才把暴动者的队伍重新稳定下来，他们躲在那幢房子的窗户射不到的地方，小心地观察着那边的举动。

“找桌子或者是门板，顶在前面过去破门！”严烨毫不犹豫地说道，“其他人朝他们放箭干扰他们！他们以前也没用过这东西，准头不会有多高，只要别像刚才那样聚集在一起就不会有多大的损伤！”

“可是……”

那几个被射中的人还在地上挣扎着，其中一个被弩箭从太阳穴刺了进去，已经当场身亡，这让人们恐惧了起来。

“都已经到这一步了，难道你们还想就这么算了？”严烨愤怒地问道，“要么他们死，要么我们死！等到何春华带着大部队回来，我们就逃都逃不掉了！我们必须尽快把这里拿下来，把外墙全部控制在我们手里！”

人们终于再度行动了起来，很快，他们就拆了几块门板，找了几张大桌子跑了过来。

“木头呢？”

“这里！”

“好！”严烨把之前的那把弩上了弦，从藏身的地方站了出来，“带上所有弓弩，分成几个方向，我们一起冲！把门破开！”

“射死他们！”何春潮马上就看到了那些从周围的墙角冒出来的门板和桌子，下面明显藏着不少人，这是要进攻了？“射死他们！”他狂乱地大叫着。

守卫们拼命地向那些人射击，但他们的准头同样糟糕得很，只有很少的几支箭射在了那些门板上，却根本没有办法伤到下面的人。

这让暴动者们马上勇气倍增，快步向一楼的大门冲去。

“射啊！射死他们！”何春潮拼命地叫着，人们走到楼下之后，因为距离拉近，弓弩的命中率终于提高了，一名攻击者被弩箭射中肩膀，惨叫着摔在地上，那张桌子马上向侧面倒下去，把下面的人都露了出来。

人们绝望地大吼起来，就在这时，严烨从另外一张桌子后面站了出来，对准那个窗口稳稳地放出一箭，那个正在瞄准的守卫被一箭射穿了脖颈，惨叫着倒了下去。

“放箭！放箭！”双方都在大叫着。

守卫者们居高临下明显占优，但随着更多的暴动者从地上捡起被遗弃的弓弩，绝对数量上的优势让他们渐渐占据了上风。守卫者们被射得连头都不敢冒，完全被压制了下去。

一群人抱着一根巨木向那道可怜的铁门冲了过去，只是第二下，它就彻底变形，扭曲，然后向后崩开，就连它后面那些临时用来挡住它的家具也在这巨大的冲力下变成碎片。

“冲啊！”人们兴奋地大叫道，但弩箭却从那道窄窄的通道里射了出来，把站在前面的人直接钉在地上。

人们又一次开始迟疑，但就在这时，严烨却从后面冲了上来。“冲啊！”他大声地喊着，“别给他们机会上弦！”

他对着门缝里面胡乱地射了一箭，马上丢下钢弩，抢过一把长矛向那道缝隙冲了过去，在他的带动下，人们的勇气终于又回到了身上，大喊着跟在他背后冲了进去。

站在楼道上的那几个守卫还在慌乱地试图上弦，马上被愤怒的攻击者们砍倒，一名守卫站在二楼向他们射了一箭，让人群中爆出一声惨叫，但他马上被四五个人追了上去，乱刀砍死在楼梯上。

“杀了他们！”人们疯狂地大喊着，不断地向楼上冲去，把一个又一个守卫砍死在楼道上或者是房间里。

“投降！投降了！”终于有守卫绝望地大叫了起来，但回应他们的，却是无数的利刃和绝望而又扭曲的脸庞。

“春华哥会杀光你们！”何春潮拿着一把上了弦的弩，站在天台的边缘，在他对面，是严烨、秦继承和另外二十个暴动者。

在距离他们不远的地方，几个暴动者正在拼命地扑打一个火堆，把那些还在燃烧的木柴和放在他们上面发烟的那些东西拨开。

“投降吧。”秦继承说道，“你已经没有胜算了。”

“然后呢？”何春潮却冷笑了起来，“信号已经发出去了，春华哥马上就会回来，你们一个都活不了！而且都会死得很惨！”

他的部下一个个被砍死在下面，这让他的精神彻底崩溃，已经无法像往常那样去考虑问题。

还可以杀一个人，但杀谁比较好？

是刚刚对他说话的那个人，还是站在他身侧，用弓弩对着他的满身是血的年轻人？

“投降吧，”秦继承说道，“我们会保证你的安全。”

他们都知道何春潮是仅次于何春华的第二号人物，抓住他，也许就能和即将赶回来的何春华谈条件，拖延更多的时间，甚至争取更好的条件。

战斗已经结束，但谁都知道，真正的战斗马上就要开始了。不把何春华的人打退，他们这么多人不可能在这么短的时间里逃到丛林里，再穿过丛林到达联盟控制的地区。但如果他们把何春潮控制在手里，也许就能让何春华同意让出一条路来？

“给你五秒钟时间，”严烨说道，“放下武器！”

何春潮愤怒了起来，他马上把手中的弩对准了严烨，却被严烨抢先发射，弩箭直接射中了他的胸口，他像被斧头劈中那样重重地向后倒了下去。

秦继承急忙冲了上去，这一箭直接刺穿了何春潮的肺，鲜血开始从他的嘴里喷出来。

这样的伤势对于他们现在的医疗手段来说，已经没救了。

“不是说好了抓活的吗？”他有些愤怒地说道。

“抓活的？你们真的认为何春华那样的人会为了一个弟弟而放弃这个对他来说非常重要的基地？”严烨看着他，忍不住只想摇头。

即便是已经到了这一步，他们仍然在想着妥协和交易？这怎么可能?!

“我们必须打这一仗！别无选择！”他对站在身边的人们说道，“你们都清楚板桥每天能够给何春华带去多少物资，他不可能放弃这个地方！他更不可能容许有人挑战他的权威，在他脸上狠狠扇了几个耳光之后从容离开！如果他容许这样的事情发生，那整个何家营存在的根基都会动摇。他一定会来，而且一定会不惜一切想要攻下这个地方，把我们全都杀掉！不论你们想不想，这一仗我们都必须要打！而且必须要打赢！赢了，我们就能成为自己的主人！输了，就是死！”

人们的脸上没有出现他所期望的对于战斗的渴望，暴动到现在已经过了将近两个小时，人们开始疲倦，热血和战斗的欲望渐渐消失。尤其是在有那么多人受伤，流了那么多血之后，一切都淡了下来。

“战斗还远远没有结束，只是刚刚开始。”严烨有些失望地说道。

仿佛是为了印证他的话，不远的地方突然有惊叫和什么人受伤的惨叫声传来。

“那是什么地方？”

“去瓦庄的通道！”有人答道。

“跟我来！”严烨马上说道。

十几个人跟着他匆匆离开，向那个地方跑去，在楼下打扫战场的暴动者们不知道发生了什么事情，但也习惯性地拿着武器跟着他们向那里跑去。

秦继承看着他们的背影，神情变得有些阴郁。

“他以为他是谁？”有人在旁边小声地说道。

“他是不是故意的?”另外一个人说道,“他害怕我们和何春华谈判,故意杀了何春潮?”

“曹元东！别乱说话!”秦继承呵斥道,但态度却并不坚决。

“秦哥,我越想事情越不对。”那个人却继续小声地说道,“这小子口口声声说是城北联盟派他过来的,口口声声说地质学院和城北联盟会在这边虚晃一枪把何春华引走。可你们忘了刚刚我们抓到的那些人是怎么说的吗？城北联盟的人根本就没有出现过！地质学院的人倒是来了,可根本就不是什么诱敌之计,而是真真切切地被打了个埋伏,死伤惨重！你们看看外面那些尸体,哪有这么诱敌的?”

他的话让周围留下的几个人的表情都纠结了起来。

“地质学院死了不少人,还被抓了两百人。我们虽然勉强能算是一切顺利,可也有不少兄弟受伤,甚至是牺牲了。何春华丢了板桥,又丢掉了这么多手下,算是吃了一个大亏！可城北联盟呢？他们一个人都没有损失,甚至连一点儿物资都没付出！我们都在这儿打生打死,他们却毫发无损,你们不觉得这里面有问题吗?”

“别说了!”秦继承大声地叫道。

人们闭上了嘴,但很显然,这样的话让在场的每一个人都猜忌了起来。

“不能再让那小子牵着我们的鼻子走了……”曹元东忍不住再一次说道。

“我说别再说了！你没听到吗?”秦继承一把抓住他的衣服,把他拖到自己的面前。

曹元东吓了一跳,赶紧点了点头。

“我们已经没有退路了!”秦继承阴沉着脸说道,“要是不信城北联盟,那我们怎么办？靠谁去?”

地质学院显然弱得不值得依靠,何家营不可能原谅他们,他们也不可能向何家营低头。如果和城北联盟也交恶,那他们这么多人到底应该怎么办？难道就凭借他们自己的力量和何家营周旋下去?

这样的事情秦继承不敢奢望,也不相信自己能够做到。

“这些话烂在肚子里就行了!”秦继承说道,“先过了这一关再说!”

远处突然爆发了一阵喊杀声,不久之后,声音便迅速地平息了。

“我们下去!”秦继承说道。

从通道出来的援兵碰上了一群暴动者，双方在通道口附近爆发了一次小规模的战斗，援兵人多，但却被困在狭窄的通道里没法一次性投入全部兵力，而暴动者却没有预料到在这里会遇上这么多敌人，被打了一个措手不及，损失了四五个人。

好在严烨带着上百人匆匆赶来，并且用弓弩兜头就是一阵乱射，把从瓦庄过来的援兵逼了回去，然后马上用大量的建筑垃圾和各种各样的重物堵住了这个地方。

“这里要派人看守！”严烨对跟在自己身边的人们说道，“要小心他们挖开这个地方攻出来！”

暴动者们茫然地点点头，严烨从身边的人当中挑出了自己曾经在战斗过程中见到过表现勇敢的一个人，让他负责挑选人员把这里负责起来。

百废待兴。

劳工们大多都没有遇到过这样的情况，更没有考虑过应该怎么做，他们的社会经验和人际交往能力也许比严烨这样一个年轻人强得多，但在这个时候，严烨之前所表现出来的那些果断、干练甚至是狠辣的特质却让他们忘却了他的年轻，下意识地按照他的安排行动起来。

尽可能坚守下去，让何春华在板桥村的高墙前面损兵折将，让他不得不动用何家营的力量，从而让所有人看清楚何家营到底是什么成色。然后，在这个过程中渐渐磨炼和控制一支队伍，成为一个英雄，一名统帅，一个棋手。

这是邱岳计划中的最后一环，简简单单，不到一百字，但严烨现在就已经可以想到那代表着多大的困难，需要付出多少努力，葬送多少生命。

他总是把事情说得这么简单。

对于那些阴谋诡计的部分他给予了严烨很多帮助，他准确地预料了事情的走向，预料了何春华的反应，甚至帮助严烨草拟了鼓动和说服劳工们暴动的那些言辞，可以说，没有他的这些策划，事情根本就不可能成功。

但他对于更艰难，需要更多勇气，更多坚韧，更多牺牲的部分却语焉不详，没有给出任何细节方面的情况。

长达三公里多的外墙要怎么守卫，多达一百多人的俘虏和将近两百没有参与这次暴动的劳工应该怎么办？派人看着他们？那当何春华带着大部队攻过来的时候，他们如果从内部发起暴动，又该怎么办？

将近七八百名家属该怎么安抚，怎么派上用场？

甚至于，他们要怎么获取物资，怎么分配物资，怎么养活这么多人，并且让他们愿意留在这个地方战斗下去？

一概没有。

邱岳列出了该做的事情的提纲，但他却无法告诉严烨，具体应该怎么做。这或许是因为他自己本身对于这些东西就并不在行，甚至可以说是一窍不通，他所擅长的，只是关于人心，关于宣传鼓动的那些东西。

严烨不得不庆幸自己曾经作为助手跟随在张晓舟身边，张晓舟那时候也许并没有刻意地想过要把他培养为接班人或者是别的什么人，但在那段时间里，他跟随在张晓舟身边所看到学到的东西在这时候却派上了用场。

“我们要做一个人力资源的统计和调查，还要派人去统计板桥的物资。”他重新找到秦继承，对他说道，“但首先，我们得尽快把手头的人力组织起来！编队，编组，明确指挥和归属关系，武装他们！这在何春华回来之前就必须完成！”

人类军队的力量也许有许多种来源，武器、训练、战术，但不管技术怎么发展，策略怎么变化，组织度永远都是它的力量最根本的来源之一。

把暴动者们分组很容易，直接按照之前的宿舍划分就行，每个组推选出一名负责人也不难，甚至连选出十几个队长也不难，之前的战斗中，哪些人勇敢，哪些人胆怯，哪些人有能力，哪些人临危不乱，早已经一目了然。

但困难却在于，在这之上，由谁来带领和指挥他们？

“我们需要一个人负责管理，另外一个人专门负责打仗的事情！”严烨说道。

他希望秦继承能够主动站出来承当管理的责任，而他来负责作战的部分。这样分工对于大家来说都是一个不错的结果，秦继承显然没有作为军事头脑所需要的果断和勇敢，也没有任何军事方面的才能和知识，让他来带领大家作战将是一个灾难。

很多时候，军事头脑要做的并不是从无数个选择中选中最优的一个，而是在面临突发事件时，有迅速做出判断并且带领人们贯彻执行的决心和能力。他的选择不一定是最好的，但只要坚定地执行下去，通常也不会有太差的结果。

很显然，秦继承并没有这样的决心和力量，但他之前在劳工当中的声望和地位应该能支持他做好管理事务。

“就这么点人，我想没有必要再分这么细了。”秦继承却说道。

但如果分为民政和军事两个体系，很显然，负责民政部分的人将自然而然地成为副手，而这是秦继承无法接受的事情。

之前曹元东的那些话多多少少对他和他身边的人造成了影响，随着暴动的成功，越来越多的信息被他们了解和掌握，联盟在这件事情里扮演的角色就越发变得可疑起来。

他们这些暴动者无疑已经在不知不觉中成了几个大势力之间角力的牺牲品，这让秦继承对严烨很自然地产生了恶感。

让严烨继续带着他们这些人按照联盟编制的剧本走下去，彻彻底底地变成联盟利益下的牺牲品和工具？

这不可能。

“那还有什么可说的，秦哥你继续带领我们不就行了！”曹元东马上大声地叫道，“大家觉得怎么样？”

人们迟疑了一下，秦继承在之前的暴动过程中表现得实在是乏善可陈，也许他在干活的时候是一个不错的带头人，和那些监工交涉的时候也表现得不错，但打仗？人们几乎没有对他留下什么印象。

“我选严烨！”一个不明就里的暴动者说道。

曹元东马上嗤了一声，这让提名严烨的那个人和严烨本人都皱起了眉头。

“我不是那个意思，不过严烨也太年轻了一点儿。”曹元东意识到了自己的错误，喃喃地说道。

“这和年龄有什么关系？”那个人大声地说道，“他的表现大家都看在眼里……”

“严烨是联盟派来帮助我们的人，他是联盟张主席的助理，和我们不一样，有着更好的前途，”秦继承却在这时大声地说道，“他肯定会继续帮助和指导我们，但我觉得还是推选一个我们自己的人更好一些。”

严烨看着秦继承，秦继承对着严烨笑了笑，但却微微有些不自然。

人们却被他的话说服了，严烨的表现远远超出了他们对于一个年轻人的所有预期，这样的人肯定是联盟的重要人物，留在他们这里的可能性并不大。与其选他然后马上又要面临另外一次选举，倒不如直接一步到位把能够长久带领他们这些人的代表选出来。

不管他们是撤离到城北联盟，还是占据这个地方，这显然都是迫在眉睫的事情了。

“对你来说，最大的问题就是如何掌控局面。你的年龄始终是一个大问题，一个年轻人想要快速上位，按部就班四平八稳的局面显然不行。你必须要尽可能制造乱局，大部分时候是针对敌人，但有些时候，也许也必须针对自己人……不过你必须非常小心，你明白吗？”

邱岳的话当时严烨不以为然，但现在，他却突然有些明白了。

他的目光让秦继承突然有些发毛，在这个时候，他突然想起了严烨杀死那三个守卫时的情景，如果他扑过来……虽然理智告诉他这是绝不可能发生的事情，但他的心里却无法遏制地恐慌了起来。

“就这样做吧，”严烨终于说道，“不管你们选谁，一定要快！我们已经没有多少时间了！”

秦继承大大地松了一口气。

陆陆续续又有人提出了其他候选人，多半都是在之前的暴动中有着良好表现的，但他们终究还是没有办法击败秦继承，最终，还是秦继承获得了最多的选票。这样的结果当然并不能完全代表所有人的想法，因为还有不少人留在了各个需要人看守的地方，但已经没有时间来问所有人的意见了。

“开始分工吧！”严烨马上说道，“俘虏营、围墙，还有通道口，这些地方都必须安排人手，我们有内线优势，可以保留一部分人作为预备队，随时调整防御重点，但有些地方该投入的兵力也不能少。围墙靠北这一段必须投入足够的人力，以免遭到突然袭击，其他地方可以适量减少人手，但必须要做好应急的准备，约定好警报信号。”

“哨兵可以配弓，但所有还能用的弩都由作为机动的预备队使用，你们觉得呢？”他快速地说着，秦继承等人差点就跟不上他的节奏。

没关系。

严烨在心里说。

这样的局面下，除非有人犯蠢，或者是有内鬼，何春华那些人在没有什么攻城设备的情况下攻进来的可能性几乎不存在。防御作战不会是一天两天的事情，考验的将是双方的耐性、韧性，以及勇气和智慧。

人们只要有眼睛，自然能够看到谁更适合在这个位置上。而在这段时间里，他也可以拉拢到足够多的支持者。最不济，他也要拉出一支属于自己的队伍来。

“预备队由我来带，可以吗？”他看着秦继承问道。

秦继承迟疑了一下，严烨便马上点了他之前就已经看好的那几个组，将近五十人。“你们跟我来，我们抓紧时间适应一下弓弩的使用！秦队长，我觉得你最好抓紧时间安排人搬些木头石头之类的东西到楼顶去，也许我们很快就能用得上那些东西了。”

第9章 三方交汇

“不要放箭！不要放箭！”蜂拥而至的人流中，那些被俘虏的学生痛哭流涕地大声叫着。他们中的一大半都被用绳子捆成一队推在队列的最前面，这让本来就已经变得很稀少的守卫们越发惶恐和不知所措起来。

“怎么办?”他们看着正在快速靠近的人流，惊慌失措地相互大喊着。

“站住！站住!”有人大声地对着那些人叫道，但他们的声音却淹没在那些俘虏的哀号声中，几不可闻。

那些熟悉的面孔让他们没有办法下手，但攻击者们却躲在人墙背后，不断地向他们射击。

“撤！撤!”守卫的小队长终于叫道。

他们匆匆忙忙地放弃了围墙向学校里面逃去，攻击者的人流就像是一道洪流，瞬间就吞没了这个地方。

“你们几个守住这里！其他人跟着我，冲!”何春华兴奋地大叫道。

一切果然都像他想的那样！大胜已经在眼前了！

他挑选的时机的确非常好，这个时候，那些从板桥村逃回来的学生惊慌失措的行为正让整个地质学院都陷入恐慌当中。

外来派的万泽等人虽然早有准备，趁着这个机会站出来整顿溃兵，重新拉起队伍，去接应那些人，但地质学院拖拖拉拉的风气不是马上就能改变的，何春华攻到门口的时候，他们才刚刚把队伍拉起来，甚至都还没有把他们武装起来。

幸亏围墙那里终究还来得及把警报信号发出来，而大多数人也因为知道了刚刚发生的惨败，全都集中到了教学楼这边。他们马上动手用桌椅板凳把几个入口封了起来，而这时，何春华的队伍已经蜂拥而至。

“攻不进去！”乘胜而来的攻击者们尝试了一下，但却无法攻进去，他们试图从窗口爬进去，这让他们离开了人墙的庇护，于是遭到了防守者们的迎面痛击，不得不退了回来。

“投降吧！”何春华躲在人墙背后，得意扬扬地大叫道。

“你休想！”万泽隔着窗户大声地说道。他们把桌子立起来，以此来抵挡流箭。

“我给你们十分钟时间考虑，”何春华高声叫道，“十分钟之后，我就开始杀这些人，每分钟杀一个！我抓住了将近两百个，可以杀三个多小时，时间多的是，你们可以慢慢考虑。”

“你这个禽兽！”

“哈哈，你们这些蠢货也敢来打我？”何春华完全占据了优势，大笑着说道。

教学楼里的人显然比他手下的士兵多得多，但他看到的都是一张张苍白而又恐慌的脸，这些人已经被吓破了胆，不是他的对手了。

他带着队伍追出来的时候，最好的盘算不过是占点便宜，捞一笔走人，但现在，他觉得自己把这个地方彻底占领也不是不可能的事情。

当初何家营靠着两千多村民和两千多租住在村里的外人就控制了将近两万人，让他们服服帖帖。虽然现在他只有不到五百人，可如果能彻底占领这块宝地，抛弃板桥和瓦庄那边把所有人调过来也值得。

这块地方可比远山任何一个地方都好多了，他回头看着那些刚刚在行军过程中被他们破坏出一条通路的广阔番薯地，心中的喜悦几乎无法遏制。

可以把那些长期跟着自己干活的劳工也武装起来。

他这样盘算着，这些人比那些在悬崖下面冒险的劳工要可靠得多，只是年纪偏大，心不够狠，但给予他们高人一等的地位，他们应该会欣喜若狂感激涕零，这样的话，他马上又能多两三百人手。以将近一千人来压制学校，再把学校里的刺头和领头人全都杀掉，这样应该就可以了。

“找点可以烧的东西过来！”他对手下们说道，“堆在门口，一会儿烧了他们！”

眼见成功就在眼前，士兵们也开始积极起来，他们小心翼翼地以那些俘虏为肉盾，很快就从周围弄到了一大堆柴火，并且逼迫着那些俘虏把它们搬到了教学楼周围。

“还有两分钟！”何春华大声地叫道，“要么出来投降，要么被烧死！你们自己选吧！”

万泽等人焦急万分。

“现在唯一的办法就是冲出去和他们肉搏，”一名退伍军人说道，“近距离下人质就不起作用了，我们人比他们多，只要能给他们一定的杀伤，他们未必还能坚持下去。”

“那会死很多人！”一名女老师在旁边说道。

“总比我们全都变成奴隶好！”

“干吧！”李乡点点头，“把所有男丁都组织起来，准备冲！”

邱岳站在一旁饶有兴味地看着他们，这让万泽心里一阵无名火起。

“你现在满意了？”他压抑着内心的极度不满问道。

“我觉得你们还可以等几分钟，”邱岳说道，“虽然我不在，但以张主席的个性，他不可能看着你们被攻破而袖手旁观。我们在新洲酒店那边二十四小时都有人瞭望，这边的情况他肯定早就已经知道了。我们的决策虽然比你们快，但拉起队伍过来也需要时间。”

“谁让你们的攻击和防守都崩溃得这么快？”他摇着头说道，“前后还不到两个小时，尤其是防守，不到十分钟就垮了，这确实太出乎我的意料了。”

万泽忍不住低声骂了一句，就在这时，楼上有人狂喜地冲了下来。

“来了！联盟那边的队伍来了！”

万泽呆了一下，随即推开挡在自己面前的人，匆匆忙忙地向楼顶冲去。

一支队伍从他们放弃的东门长驱直入，只是几分钟时间就逼近了何春华安排围困教学楼东侧的队伍，让他们马上慌乱了起来。

他们慌张地向联盟一方的队伍放箭，但对方早有准备，顶着用桌子做成的巨盾往前冲，只是一个冲锋，何春华的那支队伍就彻底溃散，没命地向大部队这边逃了过来，差一点把整个队伍都冲散了。

何春华慌忙把十几个俘虏拖到这边挡在阵列前面，好不容易才稳住了队列，随即破口大骂起来：“张晓舟！你他妈什么意思?!”

教学楼上爆发出一阵欢呼声，这让何春华越发感到不满，但在这种时候，他也不敢再轻易地把自己暴露在对方的射程之下，于是他随手抓起一名胳膊受伤的俘虏，把他挡在自己面前，慢慢地走了出去。

“张晓舟！张晓舟！”他大声地叫道。

全身穿着简易盔甲的张晓舟走了出来，高辉想要挡在他面前，但他笑了笑，把高辉轻轻地推开了。

联盟最好的射手也很难保证在这个距离上的命中率，他不相信何春华手下有这样的人才。

“这就是你给我的答复?”何春华愤怒地叫道。

不管是谁，在面对煮熟的鸭子飞走的局面时，大概都很难平静得下来。

张晓舟没有回答他的问题，而是对他说道：“差不多该收手了。”

“我收你……”何春华下意识地就破口大骂出来，话到一半他才意识到自己的失态，“张晓舟，你看看这里，这么好的地方你不想要？你看看躲在房子里的那些废物的样子，他们有什么资格拥有这些东西？你什么都不用做，脏手的事情都让我来干，只要让我干完这一票，咱们哥俩什么都好说。你想要什么？人口，物资，地盘？咱哥俩都好商量！”

张晓舟摇了摇头：“抱歉，何秘书长，我不能接受这个建议。你最好是马上带着你的人离开这里，否则的话，你大概就没有机会再回去了。”

过去几个小时内发生的事情完全出乎张晓舟等人的预料，虽然他们早就知道地质学院和何家营方面都有动手的想法，但战争发生得如此之快，还是大大超出了他们的预期。

新洲的瞭望台发现地质学院向何家营行军时，马上就派人通知了他们，这样的变故让他们有些措手不及。张晓舟马上派人到地质学院去找邱岳，但因为采取军事行动而处于极度紧张状态下的地质学院一方却把他派去的人扣押了下来，和邱岳软禁在一起。

时间就这样白白地浪费在了不必要的地方，缺乏足够信息让他们没有办法及时做出正确的判断，钱伟希望联盟能够配合地质学院的行动，同时攻击瓦庄村，但老常和梁宇却反对他的这种激进想法。

“之前我们已经讨论过这个问题了，”梁宇说道，“介入他们双方的争端对联盟来说并不是最好的选择。”

“但是，难道我们就眼睁睁看着他们两家打，什么都不做?”钱伟试图获得张晓舟的支持，但张晓舟也在犹豫。

邱岳那天所说的那些话确实打动了他。

作为联盟的领导单纯从联盟的利益出发也好，为了更多人的未来长远考虑也好，联盟用最快的速度强大起来并且在这场竞争中获取胜利，把远山所有人纳入联盟之内，最终统合这个世界所有人类的力量，征服和改造这个世界，这样的理想可以说完全触动了他的内心。

应该要为了这样的目标而牺牲一些东西，牺牲一些人吗?

几天来他一直在思考这个问题。

事实上，从离开安澜的那一天起，他就一直在思考类似的问题。

因为舍不得抛弃任何人，舍不得付出任何代价，反而会让这样对峙的局面持续下去，从而让更多人死去吗?

也许他应该做出改变，应该违背自己的内心，从一名领导者的角度去考虑问题，但他还是无法完全说服自己。

“集合新洲的人，让他们做好战斗准备。”他对高辉说道。

钱伟兴奋了起来，而梁宇则有些惊讶。

“只是做好准备，以防万一，”张晓舟却对他们说道，“征集民兵，在新洲酒店附近做好战斗准备。”

“总动员吗?”钱伟问道。城北联盟已经持续两个多月的民兵训练多多少少有了一些成效，以他们现在的动员能力，如果进行总动员，可以征集到一千三百名民兵，但这也是他们所有能够拿起武器的男丁的数量了。

“不，动员一小半人，只是以防万一。”

张晓舟最终决定按照那天讨论的结果行动，这就意味着，城北联盟并不直接介入地质学院和何家营的斗争，而是保持中立，旁观他们两家消耗实力。但在这么近的地方爆发战斗，他们不可能一点儿应对和预防手段都没有。

让他们没有想到的是，就在他们调集民兵的时候，板桥那边却已经分出了胜负。按照瞭望员的汇报，地质学院惨败，伤亡惨重。

“怎么会这样?”钱伟完全无法相信自己看到的东西。

在他的预想中，地质学院也许很难攻下板桥，毕竟他们都没有经历过冷兵器时代的战争，武器水平却毫无疑问已经退化到了冷兵器时代，但他们应该起码能够与板桥村的守卫们僵持一段时间，互有死伤。

顷刻之间就一败涂地，这也太让人难以接受了。

防守方的优势真的这么大?

焦急之下，他不断地催促着民兵集合，而他们的行动让何春华安排留守瓦庄村的霍斯紧张了起来，不敢把手里的人按照何春华的命令调到板桥去，无形中帮助了暴动的劳工们。

让张晓舟没有想到的是，何春华竟然果断地决定乘胜追击，而地质学院在他的攻击下竟然连半个小时都没有抵抗到就被长驱直入。

“我们必须帮助地质学院了!”钱伟焦急地大叫起来。

一旦地质学院被何春华征服，局势就彻底崩了。

张晓舟终于下了决心。“通知队伍，出发!”

“怎么打?”钱伟问道。

“彻底打垮他们!”张晓舟说道，“把地质学院从他们手里救出来!”

以新洲为箭头，联盟的部队几乎是摧枯拉朽般地击溃了何春华的手下，但面对那些被押在阵列前方的人质，他们也不得不停下了脚步。

“难怪他们那么容易就攻到了这里，”高辉说道，“太卑鄙了!”

但他们却无法无视这些人的安危，这些人对于联盟来说也许不是什么负担，但如果联盟罔顾他们的生命继续对何春华的部队发起进攻，从而导致他们全部被杀，未来这肯定会成为城北联盟吞并地质学院时的一个障碍，一个心结。

不能在这里消灭何春华当然很可惜，但对于联盟来说，地质学院的重要性远远超过了何春华。

“你到底想怎么样?”何春华的脸彻底拉了下来。

“马上停战,带着你的人回去。”

“这不可能! 是他们先来打我的!”何春华阴沉着脸说道,“当我好欺负,随便什么猫猫狗狗都可以蹬鼻子上脸吗? 不给他们点颜色看看,我以后还怎么混?!”

“我不管你们是谁先动手,”张晓舟说道,“今天死的人已经够多了。接下来的问题必须通过谈判解决,哪一方不同意这个做法,城北联盟就和另外一方联合起来把他先消灭掉! 你自己考虑吧!”

何春华冷笑了起来,就在这时,身后却有人轻声地惊呼了起来。

他转过头,看到板桥的方向有一股黑烟飘了起来。

邱岳终于笑了起来,他拍了拍万泽的肩膀,道:“准备谈判吧。”

场面一下子尴尬了,何春华脸上的表情变来变去,他看着张晓舟,想知道这和联盟是不是有关,但张晓舟却和他一样,看上去对此一无所知。

怎么回事?

这是何春华带着队伍来追击之前和何春潮约定好的信号,表明板桥遭遇了重大的问题。何春华很了解这个堂弟,他或许没有多大的本事,但却是个好面子要强的人,除非那边出了大乱子,否则的话,他不可能做出这样的选择。

何春华想起了那张字条,忍不住回头看了一下教学楼那边,难道是地质学院的阴谋? 但他们拿这么多人命来搞这样一个阴谋,是不是太夸张了?

板桥那边到底是怎么回事? 如果联盟没有打过去,那他唯一能够想到的就是劳工暴动,但凭借何春潮手里的一百多人,再加上他之前就让霍斯调去的五十人,将近两百人还镇压不下去?

“何秘书长?”一名部下有些担忧地低声问道,但何春华却瞪了他一眼,让他不敢再继续说下去。

事情到了这个地步,继续打下去已经不可能了,但如果就这么匆匆退走,那就什么都没了。

“好,张老弟,我给你面子!”何春华于是大声地说道,“但他们既然敢来打我,那就也要做好付出足够的代价的准备!”

“去把地质学院的人叫出来。”张晓舟低声对高辉说道。

何春华干脆地把队伍往后撤了一段,然后把那将近两百名俘虏推在阵列前面,强迫他们全都跪下来。他很清楚,这些人就是他最大的依仗了。能够从地质学院和联盟榨出多少好处,现在就看他们了。

但就在他们准备和谈的时候,那道烟却在几分钟后就消散了,这非但没有让何春华感到安心,反倒让他越发担心了起来。

是事情已经被平息了,还是春潮他们都已经完了?

他很清楚,事情应该是后者,让何春潮决定向他发出信号救助,一定是因为情况已经恶化到了很严重的地步,不可能在短短几分钟后就彻底平息。但他对自己身边的部下们解释时却说:“没什么好担心的,事情肯定已经解决了!哈哈!”

他强忍着派一支队伍回去察看究竟发生了什么的欲望,把自己的注意力重新放回到谈判上。现在已经没有什么可做了,如果示警信号一直还在,那他当然应该尽快完成谈判回去救援,但敌人连发信号的地方都已经占领了,那贸然回去,除了动摇军心,让他赔个血本无归,不会有其他的结局。

他的心在滴血,但态度却越发嚣张了起来。

“五百吨粮食太多了,我们拿不出来。”万泽说道。

谈判地点就选在教学楼前的一块空地上,三方之间相隔有四五米,说起话来还很费劲,但事情已经到了这个分上,又有何春华劫持施远的事情在前,谁也不愿把自己的安危交待在这种地方。

值得一提的是,何春华用来挡在自己面前以防暗箭的肉盾就是施远。这一方面是故意恶心人,另一方面,也是给万泽施加压力。如果他死咬着不肯退让,把物资看得比那将近两百条人命重要,那施远作为当事人就有了足够攻击他的东西。

“那行啊!”何春华大声地说道,“就按你的意思,反正每人差不多两吨半粮食,要是你嫌多,我杀掉一些人减轻你的负担就行了。这不是顺便帮你把这些人清理掉,省得你不好独揽大权,你说是吧?你就说吧,你准备给多少?我这边好安排动手。”

他的话让施远和那些听到了这些话的俘虏都骚动了起来,万泽的表情变得狰狞起来。这当然是何春华在故意挑拨,用这种办法给他们施加压力,但他不得不承认,这踩在了他的软肋上。

别的地方这样的伎俩或许不会奏效，但这里是地质学院，只要施远那些人回来，他们为了给自己的失败找理由，一定会抓住任何机会和借口，哪怕它们再荒诞不经。

为什么死的不是他们？

万泽忍不住这样想。

“何秘书长，既然是谈判，双方都有点诚意吧。”邱岳微笑着说道。

和万泽等人一起从教学楼里出来之后，邱岳马上就到了张晓舟等人身边，简单地交换了一下情报。

联盟方面迅速达成了一个共识，地质学院已经遭受了重创，为了维持均势，要尽可能避免何春华在这个事情里获取太多的好处，陡然做大。对于联盟来说，把地质学院从灭亡的边缘拯救出来，又打压了何春华的气焰，还保持超然和中立的态度，这是最有利的局面。

张晓舟派高辉悄悄地带一队人绕路去看板桥那边发生了什么情况，这边则先拖延一下时间。

“诚意？好啊，那就四百吨！”何春华说道，“一下子减了两成，这个诚意够了吧？”

“你给我们造成了这么大的损失，还有脸勒索这么多？”一名地质学院的代表愤怒地说道。

这也是地质学院的无奈，谈判这样大的事情，当然不可能由万泽或者是外来派一言而决，地质学院派来的谈判代表足有五人之多。主要由万泽负责，但他也不能完全无视其他人的意见。

“损失？”何春华冷笑了起来，“要是你们不起坏心，哪来的什么损失？我告诉你们，要不是看联盟的面子，你们现在已经都是死人了！那些东西我想怎么处理就怎么处理，现在只要那么一点点，已经很给你们脸了。怎么？不想要？”

“张老弟！”他把脸转向张晓舟，“你也看到了，现在不是我不谈，而是他们在这儿叽叽歪歪。你说怎么办吧？”

“你要是真想谈，那就拿出点诚意来，不要狮子大开口，”万泽说道，“你自己清楚，我们之所以采取下策，完全是因为你不讲道义绑架了我们的人！”

“那你们也可以来谈啊，什么都不说偷偷摸摸就来打我，输了又不认？”何春华哈哈大笑起来。要不要把纸条的事情说出来给他们添堵?他看着两方的人,犹豫了一下,决定再等等看。反正字条还留在他手上,这样的事情不管什么时候拿出来都是一颗炸弹,大可以用在更有利的时候。“我没有时间和你们在这儿浪费,你们再这么叽叽歪歪的,那我就不客气了!”

他顺手一拳砸在施远的肚子上,让他疼得像个虾米那样弓了起来,喔喔地哼着,但是嘴里塞着布条,却叫不出来。

“疼吧?”他抓住施远的头发把他提了起来,“别恨我啊,要怪就怪你那些朋友,他们让我不高兴,那我只有自己找乐子了。”

万泽等人的心情极度复杂,但却不得不高声地抗议起来。

何春华对身边的一个小弟说了几句,他愣了一下,随即点点头跑回了队列里。片刻之后,一队人押着几个俘虏离开了大部队。

“何秘书长?”邱岳问道。

“没什么,给他们点紧迫感,省得他们浪费大家的时间。”何春华说道。

临近的一幢房子很快就燃起了黑烟,很显然,何春华派去的那队人正在那边纵火。

“你!”万泽等人愤怒地叫道,经过这么一段时间,地质学院的队伍肯定已经整顿好了,配合联盟这支战斗力很强的队伍,肯定能把何春华和他的这帮人在这里彻底消灭掉。

但将近两百名俘虏跪在前面,背后是手拿砍刀或者长矛的士兵,在他们冲过去之前,俘虏就全没命了。

没有人能够承担这个后果。

高辉这时候满头大汗地跑了回来。

邱岳看了看他们,悄悄地退了回去。

“那边有很多恐龙在活动,没有办法靠近,但看情况,应该是出了什么变故,”高辉一路跑得气喘吁吁,“按照瞭望员的说法,应该是发生了暴动,何春华留下的人全被抓住了。”

“丢了板桥,对他来说相当于砍了一只手,”邱岳不动声色地说道,“失去了我们卖给他的那些升降机和起重工具,哪怕是背靠五金机电市场,他想要在何家营南边那块地开辟新的开发点也不是件容易的事情。更何况，在那里搞开发就不是他说了算，会有很多人插手，他们自己内部就会斗起来。”

“有人看到严烨吗？”张晓舟却问道。

高辉摇了摇头，距离那么远，即使是有望远镜，看到的也只是一个个豆大的人影，大概能猜出发生了什么事，却看不出具体是什么人。

“尽快派人过去找机会和他们接触，高辉，这事交给你了，”张晓舟说道，“如果从地面过不去，那就走丛林下面。总之一定要尽快搞清楚板桥发生了什么。”

“张主席，那这边？”邱岳问道。

“能拖就拖，多一点时间，板桥那边就多一点机会准备。”张晓舟说道。

联盟还不准备和何家营直接撕破脸开战，而是决定尽可能保持中立立场，这就决定了，他们不能直接大张旗鼓地给予板桥那边支援。但在张晓舟看来，能帮一点就是一点。

“但何春华这边看样子不会再让步了……”邱岳说道，“我觉得失去板桥的地盘、人力和物资对他来说是个足够大的打击了，四百吨粮食看上去很多，但他应该搞不出什么花样来。”

“你和万泽他们商量吧，”张晓舟说道，“就算答应下来，人员和粮食怎么交割，怎么保证这些人的安全和健康，还有很多细节要谈，尽量拖时间。”

何春华看着邱岳又快步走了回来，低声和地质学院那边的代表商量着什么，心里的火气一阵阵地冒。自己明明已经快要全胜，却被联盟过来截了胡，这样的感觉让他心里的戾气越来越难以压抑。

那股戾气让他有一种欲望，想要当着张晓舟的面杀死几个俘虏，看看他究竟敢怎么样，但站在张晓舟身后不远处身着全新甲胄的新洲队员和更远处队列森严，以长弓和投矛装备起来的联盟民兵却让他不得不打消了这个念头。

张晓舟带来了将近四百人，加上地质学院在慌乱中收拢的败兵和动员的民兵，力量对比已经远远地压倒了他，如果不是手边还有这么多俘虏，说不定他们早已经打过来了。

何春华并不蠢，他当然知道自己的手下打顺风战或者是防守还可以，在现在这种情况下打一场硬仗，只要出现一定的伤亡，他们肯定很快就崩溃了。那时候就不是捞好处,而是亏掉老本了。

但这种感觉却让他越来越无法压抑自己的怒火。

“到底怎么样？别他妈拖拖拉拉的,你们到底想不想谈？不想谈,这些人我现在全杀掉算了!”

“别总拿这个来要挟我们!”万泽态度强硬地答道,学生派的失败早在他的预料之中,甚至可以说有他们这些外来派的一份功劳,他只是没有想到他们会败得这么惨这么彻底,“你杀了他们,那这里就是你的葬身之地!”

他的底气来自邱岳,刚刚的那道烟何春华可以看到,他们当然也看得到。邱岳悄悄地告诉他,板桥那边的劳工暴动了,而且已经占领了整个板桥。

这当然让他感到很不爽,因为显而易见,这事必然和联盟有关,甚至可以说,联盟利用了他们对板桥开战的机会。

但不管怎么说,这总归让他出了一口怨气。

“我靠你妈！信不信我现在就先杀十个人给你们看看!”何春华再一次大声地叫道。

“你们双方都做点让步,”张晓舟再一次站了出来,“今天死的人已经够多了。何秘书长,把你的人叫回来,谈判期间不要再搞这些小动作了,没有任何意义。”

这样的态度让何春华非常不舒服,也非常不习惯,但张晓舟站在那里静静地看着他,却让他有种无从下手,不知道该怎么应对的感觉。

“四百吨粮食换所有人,可以,但我们要先清点人数。”地质学院那边终于罕见地以前所未有的高效达成了决议,这或许是因为那些俘虏一直持续不断地哭喊,也有可能是因为又一幢楼烧了起来。

“怎么交割?”万泽问道。

第10章

坚　守

“它过来了！”人们惊慌地说着，谁也想不到，他们首先要防御的并不是何春华的反击，而是那只暴龙。

“别惹它，也别做任何可能引起它注意的事情。”严烨小声地对身边的人们说道。

对于如何应对，甚至是杀死中型恐龙，他可以说有着丰富的经验，但对于如何应对暴龙这样的庞然大物，他还真不知道该怎么办。毕竟这东西在城北早已绝迹，他也没有多少机会面对它。

“发烟球，发烟球！”一名从被关押的地方来的守卫一脸紧张地小声说道，“如果它有往这边来的迹象，就赶快点燃了发烟球扔到它前面，如果不行，那就用燃烧瓶！”

信息快速地传递给了附近楼上负责守卫的人们，人们慌乱地寻找着火种，然后把那些东西搬到顺手的地方。

幸运的是，这只恐龙大概是早就已经形成了条件反射，知道一旦靠近村子就会有刺鼻的烟雾和火焰冒出来。它只是把那些被抛弃到路边的人吃光，然后便心满意足地离开了这个地方。

人们心里绷着的那根弦终于放松了下来，而这时，天已经快黑了。

他们不知道地质学院那边发生了什么，板桥村最高的建筑只有七层，即便是站在楼顶的天台上也看不到那边的情况。但人们都相信，何春华那样的人不可能就这么轻易地放过他们。

他是在积蓄力量，还是在酝酿着什么阴谋诡计，又或者是在等待他们放松警惕？

人们的精神从凌晨地质学院偷袭的那一刻起就一直紧绷着，到了现在，很多人都变得疲惫不堪。

“这样下去，等到何春华带人攻过来的时候，我们的人早就已经全垮了。”严烨找到忙碌得不可开交的秦继承说道。

“那你说怎么办？”秦继承说道。

“必须让我们的人轮换休息，放哨这样的事情不需要强劳动力也可以做，家属都可以动员起来。壮劳力只要做好应急的准备就行了，没有必要让他们一直这样戒备着。”

“没这么简单，”秦继承说道，“我们要看守的地方太多了。”

因为板桥的地盘更大，房子也更多，何春华手下那些士兵的家属有相当一部分安置在这里，而那些一直跟着他干活的劳工的家属也同样如此，两者相加，大概有将近八百人。

而之前被他们俘虏的守卫有一百多人，没有参与暴动的劳工也有一百多人，对于暴动者来说，这将近一千人都是隐患。

暴动发生的时候他们当然不敢反抗，但现在一切都沉淀下来了，难保他们不会动什么心思。更糟的是，当何春华带人来进攻的时候呢？他们就是借着这样的机会占领了这个地方，如果这些人也来这一出，那他们就彻底完蛋了。

毕竟，暴动者加起来也不过五百多人，就算是加上他们的家属，总共也只有不到一千二百人。凭借这些人，他们要守卫将近三公里长的外墙，还要盯住那些俘虏不让他们有机会捣乱，再加上后勤之类杂七杂八的事情，完全就忙不过来。

这是他们暴动前没有想到的问题，严烨没有想到是因为他不了解板桥的具体情况，而秦继承他们没有想到，是因为他们之前根本就没有把这些人当作敌人。

理论上说这些人都和他们一样是被何春华压迫的弱者，但他们的家人在何春华的逼迫下拼死想要攻进来的时候，难道他们会眼睁睁看着无动于衷？

这些人可不是何家营里那些被饿得半死奄奄一息的行尸走肉，当初何春华选他们来的时候经过了仔细的挑选，他们这些人都经历了饥饿的考验，身体的底子并不差，在板桥这里恢复了一段时间之后，已经有了一定的劳动能力，平时也都要从事各种各样的工作。他们这么多人真的爆发起来，足以动摇暴动者们的根基。

“也许我们可以把这些人当作人质，逼何春华的手下倒戈？”曹元东出了个主意。

“不行！”秦继承马上说道。

他们所做的一切本身就是为了反抗暴政，结果他们的所作所为和何春华如出一辙，甚至比他还要卑鄙和残酷？

有多少暴动者能够接受这样的行为？大部分人都还保有良知，让他们在战斗中杀死敌人可以，但让他们去欺凌和屠杀这些手无寸铁的老弱妇孺……那样做的话，也许不用何春华打来，他们自己内部就要先乱了。

“可以把他们从地道里放回到瓦庄那边去，”另外一个人说道，“这些人反正也不会和我们一条心，杀又不能杀，留着他们在这里也是隐患，还浪费粮食，不如把他们都放回去。反正我们也只是顶过这一阵就要全逃到联盟那边去，留着这些人，撤退的时候反而不方便。”

秦继承和曹元东等人下意识地看了严烨一眼，曹元东马上表示反对：“那我们的情况不就被他们带过去了吗？留着他们，情况危急的时候起码能当肉盾。”

“这样的话别再说了！”秦继承从严烨的脸上什么都没有看出来，这让他越发茫然和烦躁起来，“拿这些人当人质当肉盾，这种事情你做得出来？再说了，我们有什么是他们不知道的？我们有多少人，能有些什么武器，这里的地形是什么，说不定他们比我们还要清楚。”

“那真的就这么白白地把他们放走？”曹元东说道，“这可是将近一千人！把他们放回去，让何春华可以毫无顾忌地来打我们？留着他们，何春华带人动手的时候起码会有点顾虑吧？”

“但我们同样也有顾虑，本来就没多少人，还要分一大半去看着他们，防守的力量不就被削弱了吗？战事危急的时候你调不调这里的守卫？如果调走了，一不小心让他们暴动了怎么办？”

几个人眼看就要吵起来，严烨却一直在考虑着，如果是张晓舟在这里，他会怎么做？随后，他突然问道：“我们抓住的那些人，他们的家属应该都在板桥吧？”

秦继承有些不理解他的意思：“也许吧？但这有什么用？他们不可能投降。”

“为什么不会？也许他们在何家营的确算是二等人了，可是，那也不过是何家的狗而已。如果是你们，在自由和当狗之间，你们会选择什么？趁着何春华他们还没有回来，把这些人聚集起来，让他们自己选择！哪怕只有一个人选择加入我们，我们要担心的对象也会减少好几个，而我们的力量却会因此而增加！我相信，愿意加入我们的绝不会只有一个人！”

人们很快就被聚集在了一起，因为时间有限，暴动者们只能就近把俘虏们带到了何春华经常用来鞭笞犯错者、当众虐杀反抗者的小广场。广场中间竖着十根用来绑人的柱子，天已经黑了，火把的光线下，柱子上那些已经渗进去洗不干净的血看上去让人很不舒服。

严烨对这个地方没有什么感觉，反而觉得很适用。但对于秦继承等人来说，这个地方带给他们的全都是不好的回忆，让他们感到有些压抑。

周围的人们泾渭分明地站成了几块，暴动者们手持武器分散在周围，防止有人反抗，他们的家属则站在广场正对面的位置。他们的左侧是那些被俘虏的人，忐忑不安地蹲在那里。而右侧则是那些不属于暴动者的劳工的家属。

他们平日里与这些最低级的劳工的家属也很少接触，双方居住的区域离得很远，平时要干的活强度也完全不同，食物和补给更是有着巨大的差异。

何春华故意在自己的地盘上建立起了四层阶级，第一级当然是他本人和如何春潮、霍斯这样来自何家营的高层，第二级则是被他精心挑选出来的士兵和他们的家属，第三级是那些长期跟着他干活，“忠诚度”在他看来值得信任的劳工和他们的家属，而第四级就是秦继承他们这一批不久前才被招募而来，被投入丛林去做最危险也最辛苦的工作的劳工和家属。

虽然时间并不长，但四个阶级当中已经渐渐开始形成一层看不见的隔阂，如果何春华的统治能够一直持续下去，也许在一代人之后，这样的阶级将会固化下去，并且渐渐稳固下来。

那样的话，今天严烨想要做的事情就不太可能奏效了。

“开始吧。”他对秦继承说道。

何春潮的尸体被拖了上去，绑在最中间的那根柱子上，接下来则是那些被他们俘虏的来自何家营的年轻人。他们曾经在这个地方作威作福过很多次，甚至以在这个地方鞭笞犯错者为乐。换成他们自己被绑在这些地方，他们当中的很多人都直接吓尿了。

严烨很快就走到了他们前面，站到了俘虏和他们家属的前面。

“何春华已经败了，他中了地质学院和城北联盟的埋伏，灰溜溜地逃回何家营去了！板桥这个地方已经被我们解放，成为我们所有人自己的家园！”他看着那些俘虏，毫不迟疑地撒着谎，“何家营的暴政很快就会结束，那些靠吸我们的血，奴役我们而高高在上的蛀虫很快就会被掀翻！被打倒！被踩在脚下！想想他们给了你们什么？想想他们从你们这里夺走了什么！”

“他们杀了我儿子！”一个家属这时候突然站了出来，一脸悲愤地说道。

他的儿子也是丛林劳工中的一员，而且是第一批进入丛林的劳工之一，同时，他的儿子也是第一批患病者之一。他的儿子在患病之后，马上就被隔离，然后抛出村子喂了恐龙。

他之前一直以为儿子得了急病死了，直到今天他才知道，何春华把他的儿子活生生地喂了恐龙！

一大批家属马上痛哭了起来。

何春华招募第一批劳工时，为了便于控制，招纳的都是身体健康可以干活的有家属的人，后来发现进入丛林的人很难管控而且死亡率很高之后，他才开始招纳那些完全没有负担的劳工。

但为了拉拢还活着的那些劳工和士兵的人心，他也不可能把这些牺牲者的家属就直接赶出去，那一百多名牺牲者的家属就这样留了下来。而现在，他们在知道了真相之后，心中的痛苦和愤怒几乎将他们吞噬。

俘虏们开始骚动了起来，他们中的一些人当然隐隐约约地知道发生了什么，但这样的事情何春华不可能大肆宣扬，经手者也不会觉得这是一件值得骄傲和吹嘘的事情，大多数人都知道有人生病，然后死掉被扔了出去，但他们完全不清楚，这些人是在还活着的时候就被抛了出去。

“何家营那些人是没有人性的！这样的事情也有可能发生在你们头上，有可能发生在你们的家人头上。别忘了，你们也是受害者，”他学着张晓舟的样子，大声地说道，“你们明明是自由自主的人，明明有着自己的家人，自己生活，为什么被他们逼着来做这些你们根本就不愿意做的事情？他们强迫你们泯灭自己的人性和良知，让你们变成他们的爪牙和禽兽，让你们成为这些罪行的帮凶！难道你们愿意和他们一起走向灭亡？你们现在有机会改变这一切，你们有机会获得自由，重新成为自己的主人。你们可以为了自己和家人更好地生活而战斗，而不是成为奴隶主的走狗！”

“跟我们走吧！加入我们，带着你们的家人，跟我们一起到城北联盟去！我们一起通过自己的努力去获得更好的生活！”

他张开双臂，注视着俘虏们，等待着他们的回答。

秦继承等人不安地看着这一幕，担心着万一要是没有人倒戈那该怎么办。

好在，片刻之后，终于有一个俘虏摇摇晃晃地站起来，向这边走过来。

“你说的是真的吗？我们真的能够加入你们，一起到城北联盟去开始新生活？”

“当然！”严烨毫不犹豫地答道。

“那么……”这个俘虏说道，“我愿意加入！”

“你叫什么？”严烨笑着拥抱了他一下。

“李思南……”俘虏答道。

“欢迎你的加入，李思南！”严烨抓住他的右手，高高举了起来。“你做出了正确的选择！”

有了他作为榜样，更多俘虏犹豫不决地站了起来，表达了想要加入暴动者，摆脱这种命运的意愿。

场面变得有些混乱。

这时候，突然有一个暴动者冲向了被绑在那些柱子上来自何家营的那些人！

在人们的惊叫声中，他一刀刺向了其中一个人，鲜血一下子喷了出来！

人们都被惊呆了。

“我老婆，我女儿……这该死的畜生！”当严烨等人想要把他控制住，他却突然把刀扔在地上，满身是血地号啕大哭了起来。

人们的脸色都变得很难看，而那些何家营的人却惊恐地拼命挣扎了起来。

他们曾经对这些人和他们的家属做过很多难以用语言描述的事情，在他们的所作所为里，奸淫妇女甚至都不能算是很严重的罪行，仅仅是他们用于取乐的项目，很多士兵的妻女其实都被他们要挟得手。这些鲜血突然唤醒了人们心中痛苦而又愤怒的回忆，甚至连那些俘虏的眼睛也红了。

“报仇……杀掉他们！”

人们开始大声地叫喊，一些人甚至已经冲上台去准备活生生把这些罪人打死，秦继承和严烨等人急忙带着人想把他们挡下来，但却完全无法阻止激愤的人群。

拳打，脚踢，刀捅，甚至是牙咬，只是短短的几分钟时间，那些曾经不可一世高高在上，把这些人当作猪狗一样践踏的人就被全部杀死。

人们用这样的方式宣泄着自己的愤怒和恐惧，许多人的内心突然变得坚决了起来。

已经做了这样的事情，那就没有办法回头了。

就算是那些没有动手的人也一样。在何家营生活了那么久，他们都清楚那些高高在上的人有着何等扭曲的思维方式。在场的人都有可能成为他们仇恨和迁怒的对象，在这一刻之后，在场的人们再没有退路。

严烨长长地吁了一口气，虽然并不是他想要的方式，但却意外地得到了他渴望看到的结果。

“有人来了！”突然有人匆匆跑来说道。

“哪边的人？”秦继承急忙问道。

“他们说自己是城北联盟的人！”

“真的是你小子干出来的大事！”高辉远远地给了严烨一拳，随后大笑摇了摇头。两人的关系其实很好，但在严烨犯事进了劳改队之后，他们就几乎没有什么机会再见面了。“我早就猜到是你！”

“怎么现在才来！”严烨和他拥抱了一下问道。看到高辉，他整个人似乎都轻松了很多。

“你还好意思问！”高辉抱怨道，“外面都是恐龙，还有暴龙！我怎么过来？你们在升降机那个地方也不安排几个人值班！我们在悬崖下面喊得脖子都哑了，愣是没有反应！”

严烨愣了一下，随即摇了摇头。他还真没有想到这一点。

“我来给你介绍，这是秦继承秦大哥，这是……”他拉着高辉向秦继承等人走去，

“这是联盟张主席的助理，高辉。”

“你也是张主席的助理？”秦继承问道。

高辉稍稍愣了一下，随即答道：“张主席要管的事情太多，所以有好几个助理。”这时候，他看到了广场上那血淋淋的场面，不由得吓了一跳：“你们这是在干什么？”

“没什么，”严烨很快把话题引了过去，“你给我们带来了什么消息？快点说说！”

“何春华已经带着人回到瓦庄了？”

“没办法，”高辉摇摇头说道，“他手上有将近两百个人质，地质学院没有办法承受这样的损失。张晓舟他们已经尽可能拖时间，但何春华主动释放了五十个人质，换了一批粮食，然后就强行回撤。那种情况下，联盟除非要和他们拉明了开打，否则的话，就没有理由非把他们留下。”

“五十个人质？”严烨轻声地问道。

“他把包括施远在内的领头的人全放了，这家伙，真的是奸诈得很！”高辉说道。

那些人为了洗清身上的污点，只有两种选择，一种是拼命地想办法打败何春华，一种就是拼命地替自己找借口。很显然，何春华还有将近一百五十名人质在手上，那些人也不可能自己得救之后就不管其他人的死活，那他们唯一能做的就只有后者了。

高辉他们不知道的是，何春华在释放施远等人之前，还把那张通风报信的纸条拿出来给他们看，只是没有让施远等人带回去。

这马上让施远等人找到了救命稻草，并不是我们无能，而是我们当中出了奸细！否则的话，我们本该轻松获胜的！

奸细是谁？那当然是谁从中得益就是谁！

外来派，或者是联盟！

他们的仇恨都迅速转移到了这些人身上，甚至没有人怀疑纸条的真实性。就像是在沙漠中因为缺水而昏昏欲死的旅人，看到远处波光粼粼便不顾一切地向那里冲过去，根本不考虑那是实物还是幻影。

“何春华今天带走了将近二十吨粮食，”高辉继续说道，“地质学院那边同意支付他四百吨粮食赎回所有俘虏，因为运输不便，陆续交割，然后一批批释放俘虏。何春华承诺不虐待俘虏，也不逼迫他们做任何危险的事情，保证他们的健康和安全。双方达成共识之后他就带着第一批粮食车走了,而且根本就没有尝试到板桥这边来,直接去了瓦庄。”

暴动者们的情绪突然变得沉重起来。

知道发生的事情并没有让他们感觉轻松,反而因为知道何春华几乎毫发无损,可以用全部力量来攻击板桥而变得沉重起来。

可以预见,最迟明天,攻击就要到来了。

“联盟希望我们怎么做?”秦继承问道。

高辉无意中透露出了一个重要的信息,那就是联盟并没有直接和何家营方面撕破脸开战的想法,这就意味着,他们这些人必将承受更大的压力,甚至有可能被出卖和抛弃。

这样的可能让他握紧了拳头。

但他能怎么做?暴动和逃亡本来就是他们当中许多人想要做的事情,没有人愿意做奴隶,更没有人愿意世世代代地做奴隶,即使是没有严烨的到来,没有他的挑拨和鼓动,这样的事情也会发生,而且很有可能失败。

现在,他们至少暂时成功了。

“联盟怎么想不重要,关键是,你们准备怎么做?”出乎意料的是,高辉却反问道。

“这是什么意思?联盟不准备管我们了?”秦继承的第一反应就是这个,这让他几乎要暴怒地跳起来。

“不是不是!你误会了!”高辉急忙说道,“从你们派人到联盟那边去接触开始,联盟就准备不遗余力地帮助你们,但现在的局势和之前有些不同,张主席不知道你们这里是什么情况,也不知道你们现在的想法是什么,也就谈不上后续的事情。他专门派我过来,最主要的目的就是告诉你们现在外面的情况,弄清楚板桥这里的情况,然后让我搞清楚你们的想法,再决定怎么配合你们。”

这样的回答让秦继承等人终于平静了下来,他们相互看了看,却不知道该怎么说。

“张主席就没有一个大致的思路吗?”过了一会儿,秦继承再一次问道,但心态和态度比起之前已经完全不同了。

“我出发的时候他大概和我说过一下,”高辉答道,“你们的选择不多,要么想办法撤到城北去，要么就留下来坚守。”

所有人都点了点头，现在暴动者们的想法也是这两种，彼此之间都很难说服对方。

撤到城北是大多数人的想法，严烨当初鼓动他们暴动的时候，给他们规划的也是这么一个前景。许多人都惦念着严烨对他们说起的每人半亩地，憧憬着那种平静的田园生活。当初他们派去的代表在得到邱岳等人的接待后，回来向他们描述的也是这样一种美好的未来。

而少部分人则认为，好不容易把板桥这么大的一个地方打了下来，将近一平方公里的土地，旁边还有已经相对成熟的开发丛林的地点，完全可以在这里自立，不需要去仰仗别人的鼻息。

这些人多半都听过曹元东的那些话，并且对联盟的目的产生了怀疑。

严烨这样一个小年轻单人独骑地过来对他们所说的话，究竟有没有效力？联盟会不会认账，会不会履行承诺？甚至于，会不会过河拆桥？他们到了联盟那边，真的能过上严烨所说的那种生活？

板桥也许没有联盟条件那么好，但何春华之前是准备把这个地方作为自己的大本营来经营的，这个地方的建设其实搞得很不错，各种物资都很充足，未必就比联盟那边差很多。边边角角的地方和每幢房子的顶上同样种满了玉米，再有一个月就能收获了。

何必要抛弃看得见的，实实在在已经握在手里的东西，去追求那些不知道有没有的未来？

但这种意见最致命的一点就是，人人都知道何春华不会就这么放弃这个地方，以他睚眦必报的个性，一定会不惜一切代价试图重新把这个地方夺回来。而他们当中的绝大多数人并没有为了捍卫这个地方而血战到底的勇气，事实上，他们当中的绝大多数人在广场上的事件结束之后，心里的那股气已经消失得差不多了，甚至连战斗的欲望都很弱。

“那你们自己的想法呢？”高辉看了看严烨，微微皱着眉头问道。他觉得自己应该找机会和严烨谈谈，但众目睽睽之下，实在是没有机会。

“我来的时候张主席对我说过，以你们自己的想法为主。如果你们愿意坚守，愿意战斗下去，那我们就想办法给予你们支援。但因为现在还不是和何家营翻脸的时候，我们没有办法在瓦庄那边直接对他们动手牵制他们，你们也许会面临很大的危险，”他对秦继承等人说道，“如果你们想撤到城北，我们这边可以马上就着手进行各项准备。但基于同样的原因，联盟没有办法派人来直接护送你们过去，周围现在有很多恐龙在活动，从地面过去也不太可能，只能从悬崖下面的丛林走。”

“你们现在有将近一千六百人？这么多人要从那下面撤走，不是一天两天能做到的事情。怎么组织，怎么安排？谁先谁后？沿途安全和后勤怎么解决？这些细节联盟可以帮忙想办法解决，但最关键的是，何春华会给你们时间从容离开吗？哪些人负责断后？”

秦继承等人沉默了，他们考虑的问题还停留在二选一的层面，没有考虑到这么深层次的情况。

“你们开个会讨论一下，尽快做出决定吧，”高辉说道，“严烨，我们到外面去等他们。”

“到底是怎么回事？”

“是你问，还是你代表张晓舟在问？”严烨反问道。

“你这家伙，属驴的吧？”高辉没好气地说道，“不管是谁问，你总得告诉我，回去怎么汇报吧？还有，现在这种情况，你准备怎么办？”

严烨迟疑了一下。

高辉这个人经常都有点没心没肺，说严重一点，有点不靠谱。严烨知道他在自己被审判有罪之后还专门去找张晓舟吵过一架，这个人做朋友没得说，但如果要做什么事情，真的必须要好好考虑一下。

“事情紧急，我又一个人在这边，一切只能从权。”他于是含糊其词地说道。关于板桥劳工暴动的事情，很多细节都经不起推敲，最好的结果就是想办法蒙混过去。反正已是既成事实，张晓舟也不可能拿他怎么样。

但现在的问题是，邱岳的计划到目前为止还算运行得不错，但再往下，真的已经超出严烨的能力范围了。首先是严烨以一个十八岁的年轻人的身份，很难取得对这上千人的控制权；其次，大多数人并不愿意成为这个血肉磨坊的一部分。

能够拉起一支五十多人的队伍,并且让大多数人都看到自己的能力和贡献,这几乎已经到了他的极限,要凭借他一个人的能力和影响力让这些人留下来和何家营作战,现在看来,几乎是不可能的事情。

他简单地把板桥现在的实际情况告诉了高辉。

加入暴动的全部人员大概有一千六百人,能上战场的男丁大概不到七百人,不过几乎没有那种什么都干不了的弱者,也没有小孩。但有大概三十几个伤员,其中有七八个伤势比较重,看上去大概坚持不了多久了。

物资方面,长矛、砍刀之类的武器并不缺乏,还捡到了一批何春华当初没有来得及带走的弩和弓,不过数量不多,箭枝的数量也不足。燃烧瓶、发烟球和用来投掷的重物数量倒是很足,这都是何春华当时为了保卫板桥村而拼命搜刮来的东西。

后勤补给更没问题,虽然没有时间去认真清点,但粮食至少够他们这些人吃大半个月,水也不缺,如果把那些即将收获的玉米也算进去,足够他们坚持一个多月而不需要任何补给。

最大的问题是,大多数劳工都没有经受过什么训练,之前暴动时,很多人都仅仅是依靠满腔的热血去凭本能战斗,有不少人因为这种原因白白地受伤甚至是死亡。

这样的队伍打顺风战没问题,但如果战局稍微胶着甚至是不利,崩溃的可能性就很大。可现在这个时候,何春华也不会给他们多少时间去训练。

“现在的问题是,何春华会怎么来打。”严烨说道。

整个白天他都在忙着训练自己的那队人,那些人本身就是暴动者里比较勇敢的,严烨把自己在新洲团队接受的训练简化了一下教给他们,效果相对来说还算不错,最起码,虽然没有办法保证准头,但用弩和弓是没有问题了。

在他们训练的时候,严烨一直在旁边考虑,如果自己是何春华会怎么打过来。

有些人认为,有恐龙在外面活动,何春华也许不一定会打过来。因为使用车队驱赶开恐龙运送物资是一回事, 十几人,甚至是二三十人的小队伍钻空子跑过来是一回事, 但组织起数百人甚至是上千人过来进攻又是另外一回事。

在最后这种情况下,不可能不惊动暴龙。

事实上,留守派之所以能站住脚,最大的依仗也是这个。在这种假设下,只要那只暴龙还在附近活动,何春华就拿他们没办法,而他们也就能够将板桥村变成自己的地盘，在这里坚守下去。

但在严烨看来，这样的想法太过于一厢情愿，也太过于天真了。

何家营一开始的时候或许的确是没有勇气面对那些肉食恐龙，但在城北联盟已经把这些东西杀得几乎不敢跨越高速公路之后，要说何春华他们对于这些恐龙还有多少畏惧，几乎是不可能的。

暴龙或许会更困难一些，但就城北联盟的经验来看，只要愿意付出足够的代价，真的要杀死它们也并不困难。

何家营之所以不消灭这些恐龙，在严烨看来，更多的是为了维持自己的统治，用这些东西的恐怖来维持何家营现有的格局。因为很显然，如果外界不再有这些野兽在活动，何家营那些人很快就会想尽一切办法跑掉，自己想办法求生，或者是逃到城北去。

但板桥的失陷对于何春华来说肯定是一件无法接受的事情，哪怕对于何家营来说也是一件很严重的事情，为了夺回这个地方，他们很有可能会改变现有的做法。

"我们或许还有一些时间，但不会太多了，"严烨对高辉说道，"如果联盟想让板桥坚持下去，那就要送来大量的箭枝，甚至是派人过来作为骨干带领和训练他们！如果张晓舟真的是想按照这些人的意愿行动，那唯一的选择就是尽快把这些人从板桥接到联盟去。但如果要不出乱子，同样得派人过来。"

"你觉得他们守不下去？"高辉问道，"今天我们和何春华的手下小打了一仗，齐峰老大他们只是一个冲锋就把何春华的一支队伍给打散了，他们根本就没有什么战斗力可言啊。"

"但他们却把地质学院打得很惨，"严烨摇了摇头说道，"这些劳工的战斗力只会比他们更差。更何况，何春华还有可能用更恶劣的手段。"

"更恶劣？"

"如果他把何家营那些饿得快死的人拖出来，逼迫他们，或者是以能吃饱为代价诱使他们来进攻，你觉得这些劳工能抵挡下来吗？"严烨问道。这样的想法并不新鲜，事实上，联盟不敢与何家营撕破脸的一个很大的原因就是害怕遭遇到这样的攻击。

杀死这些人或许不难，但对于这些从现代社会来到恐龙世界还不到半年的人来说，让他们马上就变成杀人不眨眼，可以无情地对弱者进行屠杀的战士，这几乎是不可能的事情。

严烨或许可以做到，但像高辉这样的人却一定做不到，而他还曾经是新洲的一分子，见过血，杀过恐龙，比绝大多数人都强。

地质学院就是这样在短短几分钟内就丢掉了所有的防线，差一点就连最后的堡垒都被攻下来。

板桥的劳工们未必就能比他们做得更好，但何春华已经尝过甜头，这样的手段他绝对会一次次地使用下去。

“所以说，你的建议是把他们都带回联盟去?”高辉问道。他突然有一种感觉，经过了杀人，被判刑，到丛林冒险和这次的暴动之后，严烨在某些方面似乎已经超越了他，让他感觉像是在对一个年长者说话了。

这让他微微有些失落，但也为严烨的变化而感到有些高兴。

“对，”严烨点点头答道，“你可以这样告诉张晓舟他们。我们没有权力逼迫这些人去战斗，更没有权力逼他们为了联盟的利益而白白牺牲。我愿意留下来，带领他们中的志愿者组成一支队伍给其他人断后，尽可能地坚守到最后一刻。但联盟应该从现在就开始着手考虑，如何把更多的人安全地撤出去!”

谁规定了他必须要听邱岳的安排?

在板桥坚守或许符合联盟的利益，但却绝对不符合这些暴动劳工的利益。如果他继续站在联盟一方想方设法地诱导甚至是逼迫他们留下来战斗，那他必然会很快站在他们的对立面，甚至成为他们讨厌和憎恨的人。

他们会想起他曾经说过的那些话，他们会想起他曾经说过会带他们到联盟去，给予他们美好的生活。当他们意识到这一切离自己越来越远，他们会把他看作是一个骗子。

那样的话，他好不容易才在这群人当中获得的声望，获得的认同和支持将荡然无存。也许他在联盟还会是一个英雄，但那有什么意义?

邱岳起码说对了一件事，他在联盟内部已经很难获得成功，必须要跳出联盟那个狭窄的圈子，走向更广阔的天地。

他本来就是这些人当中的一员，现在，他要回到他们当中去。

他将和这些人站在一起，想他们所想，急他们所急，替他们争取利益，成为他们在联盟的代言人，甚至是为了他们而拼死战斗。只有这样，他才能真正重新融入他们，他才能真正获得他们的拥护。

这些才是他走向成功的真正的基石，而不是邱岳鼓吹的那些狗屁名声！

名声当然好，但如果没有人支持，没有人拥护，那它就什么都不是。

城北联盟才多少人？不到五千？可板桥村就有一千六百人！何家营呢？将来的联盟中，这些人将是比现在的城北联盟更加强大的力量。

而他现在要做的，就是牢牢地抓住机会，尽自己最大的努力去争取这股力量。

我不是棋子，不会任由你们摆布。

他轻轻地仰起头，对着城北，对着张晓舟和邱岳所在的方位说道。

第11章

漫长的一夜

“他是这么说的?”梁宇听完高辉的汇报之后,心情一下子就变得不好了。

联盟的财政状况才刚刚好转一点,接收几百人或许还可以,但一千六百人?!

这是要他去死吗?

高辉有些不安地点了点头。

“邱岳,当初是你推荐他去干这个事情的,现在变成这种样子,你怎么说?”梁宇马上问道。

邱岳的眉头皱了起来。

他早就想过这小子有可能会不听话,但他没有想到,会是在这个时候跳了起来。

明明一切都已经按照计划进行得很好了,突然来这么一出?这样做对他有什么好处?

自己是该站出来挺他,还是和梁宇一起踩他?

“我觉得他并没有做错啊!”就在他低头盘算的时候,钱伟却抢先站了出来。

“没做错?!”梁宇越发气不打一处来,“当初派他去只是让他和那些劳工联络一下,看看有没有什么机会,他倒好,直接带他们暴动了!现在还要把所有人都带回来?!这么大的事情,他请示过没有?他有没有权限这么做?我看他这个人是越来越胆大妄为了!”

“胆大是的确胆大，”钱伟摇了摇头，但却多少有些笑意，“谁能想到他单枪匹马的能做到这种程度，但你说妄为，我觉得不存在啊。当初派他去的目的就是看看有没有什么机会，他看到了机会，然后还成功了，这算是超常发挥超额完成任务了吧？”

“钱伟，话不是这么说的！”梁宇说道，“这么大的事情，就算是你我也不可能说凭着自己的想法就去做吧？难道不考虑联盟的情况，不考虑联盟能不能承受这样做的后果和代价？不考虑方式方法？你现在管民兵，之前你也觉得应该要和何春华开战，可你也没有凭自己的想法就真的带人去进攻瓦庄吧？不是还来开了会，经过讨论之后把这个事情暂时放下来了？说直白一点，当初派他去，就只是个联络员，他的任务就是负责传递一下信息和情报，宣传一下联盟的好处。谁给了他这个权力去做这些事情？要是谁都像他这样想怎么干就怎么干，那我们以后还怎么做事？都让手下的人自己放羊好了！”

“但现在的结果是他成功了，总不能因此还惩罚他吧？”

“这次是成功了，可下次呢？”梁宇说道，“真要策划暴动，难道联盟会就只派他一个人去？钱伟、邱岳，你们哪个去不比他更有把握？把新洲的人派去几个做暴动的骨干，总比他这么冒险好吧？要是失败了呢？有多少人会因为他的冒失而死掉？要是他被何春华的人抓住，然后把联盟牵扯进来了呢？这样的例子绝不能鼓励，不然以后有的是想立功的人，你就等着成天给他们擦屁股灭火吧！”

钱伟没话说了，梁宇的话一点儿也没错，但他还是觉得严烨做的这件事情很对他的胃口，就这么否定严烨的功绩，让他有点不甘心。

梁宇在这里说得振振有词，但如果真的把这件事情拿来讨论，他真的会支持联盟派人去策划甚至是作为骨干参与暴动吗？这件事情的性质在他看来和进攻瓦庄其实是一样的，梁宇他们当初不支持他的建议，也未必会支持在板桥策划大规模的暴动。

他们也许会赞同在劳工当中搞点小动作，让何春华吃个瘪，但绝不会有这种破釜沉舟的勇气。

“也许当时他也是逼不得已呢？”钱伟突然想到了这一点，“那么好几百人的暴动，仅仅凭借他一个人也很难策动得起来吧？如果是那些劳工在知道地质学院打来之后突然决定暴动，他只能顺水推舟呢？那他干成现在这个样子，不是很不错了吗？”

梁宇愣了一下，这样的假设比严烨这样一个不靠谱的小年轻单人独骑深入敌营策反上千人要靠谱得多了，也更符合严烨给他的印象。说实话，策划暴动这样的事情，邱岳来做他不会觉得奇怪，但发生在严烨身上，真的是太奇怪了。

“是不是这样，我们只要在事后问问那些劳工就知道了，”张晓舟说道，“我们现在先别管严烨的事情了，当务之急是，怎么把那些暴动的劳工撤回来。”

梁宇有些不满意，但事情已经到了这个分上，对于联盟来说，只有不管他们，骗他们坚守下去，还有就是把他们带回来三条路。以他对张晓舟的了解，他绝对不会选前两条。

“我们没有能力接收这么多人。”他决定实话实说，与张晓舟相处了这么久，他知道最能说服他的就是这种办法。张晓舟最讨厌邱岳那种兜圈子绕山绕水旁敲侧击的做法，你把实际困难摆出来，反而更容易说服他。

“联盟现在不是没有粮食，但不在我们手上，而是在我们的正式成员手上。我们之前已经向他们借了很多粮食，一直都没有还，现在再去借，我没这个本事，他们也未必会理解和支持。更何况，即使是把所有粮食都从他们手里搞出来，恐怕也不够这么多人吃。这可是一千六百人！”

“板桥村自己就有不少粮食，足够他们吃一个月的！”高辉急忙在旁边补充道，“而且他们已经在丛林干了很久，对那些活很熟悉，联盟这边开发条件更好，替自己干，他们的效率应该只会更高。我们之前都能养活那些难民，没有理由在条件更好的情况下养活不了他们。”

“但他们逃过来就是不想过那种日子，”梁宇有些丧气，老常不开口，但显然是不准备反对，邱岳也不开口，凭借他一个人，恐怕很难说服张晓舟了，“现在还要继续干和那边一样的活？还有我们的成员呢？好不容易看到点甜头了，一下子又要重新勒紧裤腰带了，他们不会有想法吗？这样的事情显然不是个头，这次过去了，下次呢？会不会让人们对未来失去信心？”

“那就是邱岳的责任了，”张晓舟说道，“我想他肯定有办法的。”

邱岳点点头：“这交给我吧。”

他顿了一下，然后继续说道：“这次的事情我也有责任，严烨那边是我推荐的，地质学院突然出兵的事情，我作为和他们的联络人，也没有及时判断出来。两个事情现在闹出来，都让联盟很被动。张主席，板桥的事情就交给我负责吧，当我将功赎罪，我一定妥妥当当地把那些人撤出来!”

这件事情现在已经有些脱轨了,但还有机会把它重新纳入正轨。只要他代表联盟去处理这件事情,那一切就都还有转机。

如果处置得好,这么大的事情对于他来说也是很好的政治资本。

“这件事情牵扯的范围太大,要很多部门配合,还是我来负责,”张晓舟却说道,“你只要做好说服教育工作就好了,那件事情也很重要,新来的人能不能顺利地融入联盟,就看你这块做得怎么样。拜托了。”

邱岳还想争取一下,但他看着张晓舟坚定的目光,最终只能点了点头。

身为联盟主席的张晓舟出马,联盟的所有部门马上就行动了起来。

这也是他选择由自己来主导这件事情的原因,如果仅仅是邱岳来负责这件事,他很担心中间的某个环节卡壳导致那些劳工被困在板桥撤不出来。

首先考虑的就是路线。

最近的撤离路线是直接从板桥村向北,通过不到一百米的空地和杂七杂八的房屋后直接到达高速公路边缘,从那里上高速公路之后,就进入了联盟控制的安全区域。但除非把所有恐龙都杀死,否则的话,小规模转移人员可以保证安全,但长时间或者是大规模转移人员,很有可能引来暴龙。

这个地区刚刚发生过一次相对远山的人口规模来说称得上是惨烈的战斗,大量的肉食恐龙滞留在这个地方,地方相对开阔,又没有很高的建筑物,在这个区域要动手杀掉暴龙会比较困难,而且也是在变相地帮助何春华解决进攻板桥的后顾之忧。

另一方面,从这里把人接入联盟控制的地盘,无疑是在当面打何春华的脸,告诉他板桥村的暴动是联盟策划并且实施的,这对于维持当前的局面非常不利。

虽然联盟事实上已经狠狠地打过一次何春华的脸,让他彻底占领地质学院的想法落了空,但双方至少就现在而言还处于和平状态,这样的状态既保证了那些被俘者的安全,也保证了联盟的节奏没有进入到战争状态,生产和日常秩序没有被打乱,只需要保持惯有的每天两个区的民兵动员量和新洲团队就能保证基本的安全。

对于联盟来说,这样的状态远比战争状态要好得多,只需要消化掉这一批从板桥出逃的劳工和他们的家属,等到三个多月后第二批玉米收获,他们就有足够的能力接纳更多的人，从而把何家营的问题彻底解决。

联盟的人口体量总体来说还是太小，一次性拥入大量的人口反而有可能摧毁他们现有的成果，推翻他们现有的秩序。虽然这样做对于那些挣扎在何家营的村民来说很残忍，但对于联盟来说，像现在这样一批批地接收在他们承受范围内的新人，逐步让他们接受联盟的秩序和模式，才是最理想的模式，也是他们尽力想要保证的模式。

“现有的材料不够造更多的升降机了。”接替了钱伟负责机械加工方面事务的张四海说道，“我们的两个开发点一共有十一台升降机，之前又卖给何家营方面四台，所有的材料都已经被用掉了。要做新的不是不行，但必须组织大量的人力去拆工业区那边那几个厂里的行车上的设备，我们现在什么起重设备都没有，也没有这方面的经验，就靠人力，靠一点简单的龙门架、手拉葫芦、滑轮组和挂钩，我估计最快也要半个月的时间。”

“拆现有的搬过去呢?”张晓舟马上问道。

“为什么非要把升降机搬到西面去? 就为了让他们少走一点路?”张四海反问道，“让他们多走一段距离到康华这个点来我觉得也没有太大的问题。虽然要多走将近九公里，但沿途只要一直沿着悬崖走就不会迷路，我们可以提前安排人把沿途清理出来、设置一些休息点，安排卫兵引导他们，给他们提供安全保护，甚至可以准备一些食物、凉开水给他们补给。正常来说，这也就是两个小时的路程，即便是走得慢一点，三个小时也就到了。这样做比拆装升降机花费的时间少多了，也简单得多。”

张晓舟考虑了一会儿，点头同意了他的建议。

但这个方案同时也意味着，需要投入的人力大大增加，需要投入的物资也大大增加了。

“好在理想情况下只需要一天时间，”老常在旁边计算着，“最多两天。”

仅仅是把这一千六百人全部从地面通过四个升降机降落到丛林里就需要六个多小时，如果还要带走板桥村里的那些粮食，那就需要更多的时间，同时也意味着，那些留下来断后的人需要坚持更长的时间。

“钱伟!”张晓舟说道。

“你说!”钱伟兴奋地站了起来。

“从明天早上开始，你带民兵到高速公路上去训练，”张晓舟说道，“不要过分刺激何春华，让他以为我们要打他，但也要给他足够的压迫，让他没有办法顺顺当当地对板桥动手。这个度一定要把握好，你能做到吗？”

“放心吧！”钱伟马上说道。

他们不得不动用宝贵的植物油来点灯连夜做计划，并且马上安排下去。在天亮以前，所有的任务都布置了下去。

对于板桥村里的暴动者来说，这同样是个不眠之夜。除了那些在围墙上值夜的哨兵，所有队长以上的负责人也集中到了一起。

“联盟真的明天就会来帮我们撤离吗？”人们依然有些怀疑。

“只要方针确定，他们就一定会来，而且今天晚上就一定会做好准备，”严烨毫不迟疑地答道，“所以我们现在也要提前做好安排，免得到时候措手不及。”

人们都看着秦继承，但他从来没有过组织这么多人一起行动的经验，更没有安排过这么多人的工作，一点头绪都没有。

“明天让家属先撤离，这点大家应该没有疑问吧？”严烨在这时候不动声色地站了出来。

所有人都点了点头。

“那我们就要把男丁先分工，”严烨说道，“人一多就怕乱，一乱，人心就慌了，到时候人人都害怕，人人都只顾自己，那不用何春华来打，我们自己就完蛋了。”

所有人都点了点头，这个道理人人都懂。

“我的建议是，所有男丁分成三组，第一组是今天晚上守夜的人，他们已经累了一个晚上，明天早上负责带家属分批先离开，剩下的人里，征集至少一半志愿者留下来确保后路安全，最后离开，其他人作为第二组负责组织撤离的具体事务。现在就把三个组的负责人确定下来，然后再细化行动方案，尽可能让每个人知道自己要做什么，要做到什么程度，谁负责。这样一来，事情就简单了。”

这样的安排很合理，没有人有意见。

“那么，我来带第三组的志愿者确保后路，秦大哥，你觉得呢？”严烨于是说道。

秦继承迟疑了一下，这显然是最危险也最考验能力的任务，本来应该由他这个被大家推选出来的负责人主动出来承当，但他没有想到，就在他犹豫不决的时候，严烨已经先站了出来。

“我觉得第二组的任务最烦琐，也最复杂，由秦大哥你来处理会比较好。”严烨说道。

秦继承终于点点头，接受了他的好意。

第一组选了一名正在守夜的劳工小队长，他们的任务相对简单，不需要多少策略，之后告诉他该怎么做就行。

“那么，接下来就是人员的分组，我觉得最好是今天晚上就分好，让他们带着随身物品住在一起，今晚暂时对付一下，明天早上直接就可以一队队地行动，这样不会乱，效率也高。东西别带多，联盟那边都有，带了路上都是负担。这个世界，粮食才是最重要的，别的都没用！另外，粮食也可以今天晚上就分好，每个人负责背一包。总共三十几吨粮食，每个人只需要背二十公斤，负担不重。”

这些东西都是高辉离开之后他一直拼命筹划思考的结果，从周围这些人信服的表情来看，效果还不错。

这让他越发有信心起来。

“男女老弱要搭配一下，最好是相互认识的，这样行动的时候可以相互照应……”

“你听到什么了吗?”围墙上，一名哨兵愕然地对身边的同伴问道。

那个声音他们都很熟悉，是发动机的轰鸣声，但在这个世界，这个时间，却绝对不应该出现在这里。

但它却迅速地扩大，几分钟之后，一辆前面焊着钢板的卡车便从黑暗中直冲过来，毫不停顿地直接撞开了那些用来挡住恐龙不让它们靠近的障碍物，一头把挡住他们身边那条通道的铁丝网撕成碎片！

卡车在板桥内部横冲直撞，人们根本就没有意识到发生了什么，也来不及阻止，大片大片的玉米地被压扁，大量的燃烧瓶被从车上投了下来。

严烨等人的会议被打断，他们从开会的房间里跑出来，却看到周围到处都是正在燃烧的火光，许多人在慌乱地跑来跑去，试图救火。

该死！

“这只是利息！”有人在车上大声地叫道。

就在人们试图阻止它时，它却撞破了另外一个路口的铁丝网，撞开那里的障碍物，向着黑暗中疾驰而去。

看着那直通外界的偌大的缺口，人们一下子惊慌了起来，更让他们惊慌的是，那辆车经过的地方全是浓浓的血腥味，甚至有尸体的碎块掉落在地上。

“我靠！”哨兵们刚刚意识到发生了什么，便看到好几个敏捷的黑影从黑暗中沿着那条血路冲进来，向他们直扑了过来！

“不要慌！不要慌！”秦继承等人的手脚都麻了，看着周围的大火，很多人一下子根本不知道该怎么办了。除了大声叫喊，他们根本就不知道该怎么办。

一处起火还可以组织人手去扑灭，到处都起火，到底该怎么办？

这不是以前那个世界，打个电话在路边等着消防队就行，面对黑暗中似乎正在四处蔓延的火光，到处都是呛人的浓烟，脑子里也像是一团浆糊了。

“这里有没有发电机？有没有抽水机和管子？”严烨也愣了一下，但他马上就回想起了新洲团队刚刚成立不久时，康华医院的那次大火。

情况当然不一样，现在板桥村的起火点比那个时候多得多，但他脑海里唯一能够想到，唯一能够复制的，也只有那次的经验了。

“啊？”周围的人却是一脸的茫然，这些东西也许有，但他们之前都不过是最底层的劳工，今天暴动成功后，他们清点物资的时候主要的注意力都放在清点粮食和武器之类的东西上，谁会去注意根本就没有什么用的发电机、抽水机和水管？

“快点去找以前的那些人，看他们知不知道！”严烨焦急地大声叫道，“把人组织起来！乱哄哄的既没有效率又危险！”

人们茫然地跟着他行动起来，一些人大概明白了自己该做什么，但也有不少人只是下意识地跟着其他人跑动起来。

严烨急匆匆地去找他的那支队伍，这时候，前面突然有一群人向这边逃了过来。

“救命！救命！”

人流把他冲到一边，他拼命地抓住一个人，大声地问道：“怎么了？”

“恐龙！有恐龙进来了！”那个人慌乱地答道。

“靠!”严烨终于明白了何春华的目的,放火其实只是一方面,当人们被惊醒,从房子里跑出来躲避火灾或者试图灭火时,恐龙将会让他们遭受更大的打击。在这样的情况下,暴动者们根本就不可能组织起任何形式的防卫,当他们因为这些事情而忙乱一晚,疲惫不堪,那些恐龙也早已经吃饱离开,就是何春华真正动手的时候了!

他放开那个人,大声地对他们叫道:“找个没起火的房子躲起来!别乱跑!”随后继续快速地向自己队伍的驻地跑去。

他们已经跑了出来。

让严烨欣慰的是,虽然不可能有新洲的样子,但他们起码记住了自己白天时反复告诉他们的基本要领,并没有因为周围的大火而分散开,也没有像其他人那样慌乱。

“严烨!”“严烨来了!”人们也看到了他,于是兴奋地叫了起来。

“你们的武器呢?”严烨大声地问道。

“我们是出来救火的啊?”人们不解地答道。

“回去拿武器!我们要先把那两个口子堵起来!”

着火的事情严烨已经不想管,也没有能力去管了,他手上这支五十人的队伍也许已经是当前板桥村里唯一成建制的还有战斗力的队伍,他们必须马上去做更重要的事情!

人们急忙跑回去拿长矛和弩,严烨把人分成两组,长矛手在前,弩手在后,尽力保持着队列向北面的那个缺口走去。

路上不断有人哭喊着逃过来,这让队员们越来越紧张,很多人的手心和后背很快就被汗水浸湿了。

“不要慌!它们不敢冲过来的!”严烨不断地大声给他们鼓着劲,“用这种办法我们在城北已经杀了不知道多少恐龙了!只要大家拢在一起,它们就不是我们的对手!弩手把手指从扳机上拿开!别走火了!”

几分钟后,他们就遇到了第一只恐龙,这是一只大约两米高的恐爪龙,它正在撕扯着一具倒在地上的尸体,看到他们之后,马上对着他们大声地咆哮起来。

人们又是一阵慌乱,这是他们第一次在这么近的地方毫无遮蔽地面对这样的野兽。

“不要慌!长矛手分开,露出空隙来!弩手上前准备射击!”严烨大声地命令着,

“不要怕，它只是一只野兽！我们有这么多人！”

这些人会不会像最初逃到新洲的那群人那样，因为某个人的胆小逃窜而彻底崩溃？周围的黑暗中会不会有恐龙躲藏着，在某个时候突然向他们发起攻击，把这支外强中干草草搭起来的队伍直接打回原形？

他不知道，但现在他没有别的选择。

出乎意料的是，那只恐爪龙却在看到他们转向自己之后，对着空中快速而又尖厉地叫了几声，随后迅速地向黑暗中逃去。

周围响起了不知道是恐龙还是逃难者的脚步声，严烨一阵后怕。

这些恐龙应该是曾经到过城北，而且被新洲的人杀过。作为猎食者，它们算是非常聪明的动物，但它们却没有聪明到可以分辨出眼前这些人和新洲那些人的区别，这让它们做出了退让的决定。

他的队员们却不明白这一点，他们愣了一下，随即欢呼了起来。

“看到了吗？只要我们自己不慌，它们根本就不敢袭击我们！”严烨趁热打铁地说道，“先别管它们！我们到入口那边去！”

队员们终于有了信心，脚步也变得轻快起来。

铁丝网和用来做支撑的角钢倒在地上，距离路口足有十几米，足以让他们猜测当时撞击的力量有多大，几具尸体倒在路边，明显有被撕扯和啃咬过的痕迹，但那些杀死他们的猛兽早在看到严烨等人之前就已经逃之夭夭，只留下那些幸运存活下来的人还在哭号着。

“找能烧的东西来！快！”严烨大声地叫着。“不要全部都去，留一半人在这里守着！让周围的人动起来！快！让暴龙进来，我们就彻底没办法了！”

人们在他的指挥和不断敦促下终于行动起来，把各种各样的家具和木材从周边的房子里拖出来。有人跑到旁边的房子顶上去拿了燃烧瓶下来投上去，轰的一下，火焰便燃烧了起来。

“你们拿火把守在这里！”严烨对那些临时被他们聚拢在一起的人说道，“继续往里面投柴火，让这个火堆一直烧，火头越大越好！要是那些恐龙再回来，你们就用火把赶走它们！”

“你们要去哪儿？”人们惊慌地问道。

"我们去把另外一个地方堵住!"严烨咬牙切齿地说道,"快! 我们走!"

张晓舟刚刚睡下,便又有人来敲他的门。

"张主席,板桥那边起火了!"

张晓舟的头一下子就大了,但他还是马上就振奋精神爬了起来。

匆匆赶到新洲酒店,钱伟已经从安澜大厦赶了过来,正在拿望远镜看那边的情况。

但在这样的黑夜里,除了好几幢正在燃烧的房子,什么都看不清。

"瓦庄那边有什么动静?"张晓舟问道。

"三点多的时候有过一些火光,还有很多人说话的声音,但现在已经安静下来了。"瞭望员答道。

"肯定是何春华派人溜进去放了火,"钱伟说道,"那个地方他们经营了那么长时间,肯定留了不少暗道之类的地方。"

张晓舟没有回答,而是看着火场,默默地思考着。

"明天轮到哪两个区的民兵训练?"

"工业区和康华。"钱伟答道。

"再加上安澜这个区的民兵,明天早一点集合,动静大一点。"张晓舟说道,"我怕何春华今天晚上放火的目的是明天凌晨去攻击板桥,"他低头看了看表,"现在就必须去把人叫起来了。"

"如果他不管我们,直接出兵呢?"钱伟问道。

张晓舟迟疑了一下。

"只要他敢无视我们,坚持把队伍拉出去,那我们就直接攻击瓦庄!"他对钱伟说道,"但这是最后一步,尽量避免直接武力对抗,你明白吗?"

"你放心吧,我不会像严烨那样乱来的。"

"放箭!"严烨大声地叫道。

弩手们对着对面黑暗中那些四散奔逃的身影就是一阵攒射,一只羽龙尖叫着向前蹿了一步,但动作却因为受伤而马上迟缓了下来,长矛手们追了上去,一阵乱捅乱刺，把它扎死在地上。

那群羽龙在周围大量的火把面前慌张起来，最终慌不择路，不顾前面的火堆，从火堆旁边的缝隙直窜了出去。其中一只羽龙的羽毛着了火，在黑暗中就像是一只被点燃的火鸡，它喳喳地尖叫着，向村外的黑暗逃了出去。

“终于结束了！”人们的精神彻底放松下来，很多人就这样不管不顾地直接坐了下去，甚至是直接躺在了地上。

严烨的喉咙火辣辣地疼，他一直在用最大的声音不断地指挥、鼓励，甚至是呵斥周围的那些人，之前在危机情况下并不觉得，但现在却疼得恨不得用刀把它挖出来。

他终于对成为一个团队的负责人要承担什么样的责任有了一些初步的概念，那并不仅仅是在关键的时候挺身而出，以英勇而又睿智的姿态带领人们走向成功和胜利，更多的是不断在巨大的压力和层出不穷几乎让人精神崩溃的状况下冷静下来，想出一个最直接最符合实际的办法，然后想办法和身边的人们一起去解决问题。

他早已经精疲力竭，但责任感和对于接下来将要发生什么事情的焦虑却让他不能像其他人一样直接休息，只能强迫着自己，拖着疲累的脚步到处去寻找秦继承等人。

之前他追杀和驱赶这些恐龙的时候曾经和他们碰到过几次，他们始终没能找到严烨向他们提过的发电机、抽水机这些东西，事实上，面对这么多起火的地方，找到一两台设备也根本无济于事。

他们一开始试图组织人们救火，但很快就意识到，这根本没用，于是组织人们逃到安全地带，并且想办法弄出隔离带来防止火势继续扩大。

但他们的努力却在恐龙的四处袭击下很快就化为泡影，如果不是严烨以自己的那五十人为基础拉起了一支越来越大的队伍，手持火把驱赶那些野兽，或许板桥真的将在这样简单但却又极其致命的攻击下，不战自溃。

可以想象，这样在惊慌和恐惧当中度过一夜之后，精神和体力都趋于崩溃的他们将没有任何办法抵抗何春华的部下。

现在的情况同样糟糕，但最起码，混乱已经大体上平息，火势基本上没有再继续蔓延的趋势，最让人们恐惧的恐龙也被全部赶了出去。

他在黑暗中浑浑噩噩地走了很久，终于看到了站在一幢燃烧的房子前的秦继承，他身边也是同样浑浑噩噩的人，看得出来，他们也是累坏了。

“老秦。”他径直向那边走了过去，说话的时候，喉咙就像是有刀子在割着，让他的眼泪都几乎流了出来。

“情况怎么样？”两人不约而同地问道，随即又同时苦笑了起来。秦继承的嗓子也哑了。

“所有恐龙都赶出去了，”严烨说道，“但人都累坏了，如果他们再来这么一次，那就不知道是什么结果了。”

“一样，”秦继承沉重地说道，“我们灭不了火，好不容易才抢出一点粮食来。”

严烨点点头，他这时才看到，周围满地都是用来装树皮粉和其他东西的口袋。

“损失不知道有多大。”秦继承说道。

在这样的混乱下，没有人有能力去统计牺牲人数，也没有人有能力清点损失。如果何春华给他们更多的时间，也许明天早上可以得到一个初步的结果。

但他会给他们时间吗？

“最好的结果，联盟天一亮就派人过来帮我们，”严烨忍着痛继续说道，“但如果我是何春华，那时候也该出动了。”

这是最合理的推测，否则的话，何春华这么做就根本没有意义了。

“我们现在就向北逃？”秦继承问道。

经过这一晚，他已经完全不把严烨当成是联盟来的外人了。

没有严烨，一切早就已经恶化到无法收拾。

严烨摇了摇头：“那只暴龙还在北面。”

幸运的是，那只暴龙或许是在上午已经吃饱，并没有在那辆卡车冲出缺口后马上就过来看看发生了什么事。而他在一开始的时候就带人把北面的那个缺口用火堆给堵起来了。否则的话，现在他们或许只能躲在房子里瑟瑟发抖，等着它离开，或者是看着它彻底把这个地方变成它的猎场。

但它现在已经醒了，要瞒过它把上千人从北面撤走，这已经是不可能的事情了。

“那怎么办？我们还有能力和何春华打吗？”秦继承问道，但他的表情已经说明了他悲观的态度。

“我们现在就开始把人运到悬崖下面去，”严烨说道，“那下面现在反而是安全的，既没有恐龙，何春华也没有办法追下去。只要用衣服包裹好自己，用烟赶走那些蚊虫，那里至少比这里安全。”

秦继承考虑了一下，随即点了点头。

“你负责把人集中到悬崖边，开始把他们送下去，我想办法挡住追兵。”严烨说道。

秦继承没有说话，而是重重地和他握了一下手。

“最快也要六个小时。”他低声地说道。

“我会想出办法来的，”严烨说道，“交给我吧。”

天蒙蒙亮，瓦庄村里就已经喧哗了起来。

一口口大锅里熬着树皮粉和切成小块的番薯，散发着诱人的香味。

“五点吃饭，五点半我就要看到队伍整顿好！”何春华大声地对身边的人们说道，“六点钟发动攻击！”

他也是几乎一个晚上都没有睡，但到现在，他的精神却越发亢奋。

虽然并不知道板桥那边的具体情况，但结果并不难猜。

距离暴动发生已经过去那么久，他的堂兄弟、表兄弟们一个都没有逃回来，对方也没有派人来谈判，那么，他们的命运如何，已经很清楚了。

这已经不是脸面的问题，对于何家来说，这已经是致命的打击！

这是血仇！

他们的父母相信他，才会把自己的儿子交给他带，而他的兄弟们也相信他，才会从来到这个世界之后一直跟着他干。

但现在呢？

一想到这个，何春华感觉就像是有人在自己的胸口狠狠捅了几刀，又狠狠地跺了几脚，让他痛得几乎喘不过气来。

他恨不得把那些从通道逃过来的人全都杀掉。

他们都死了，你们竟然还有脸活着？！

但理智终于还是在最后一刻回到了他的身上，让他把怒火和杀意硬生生地压了下去。

要杀这些人，第一个暴动的就是他手下的士兵。

他现在已经没有了一半最铁杆的兄弟，再失掉这些人，那他就什么都没有了。

“回来就好。”他几乎是咬着牙才把这几个字说了出来，随后，他马上就开始布置进攻板桥的事情。

最重要的事情已经不是那块地盘，地盘当然重要，但更重要的是，要把那些人一个不留，全部都杀掉！否则的话，他根本都没有脸再回到何家营去，再去见那些支持他们何家的人。而失掉了那些人、那些家庭的支持，何家在何家营的地位就岌岌可危了！

他拿出了几乎所有可用的筹码，女人，粮食，奢侈品，副队长的位置，以此来悬赏一个可行的计划以及愿意执行这个计划的人。

重赏之下，终于有人站了出来，并且制造了昨夜板桥的大火。

当他站在瓦庄，看着那边不断蔓延的火势，听着隐隐约约传过来的，那些人惊慌失措的叫声，那一直吞噬着他的心脏，让他感到剧痛的羞辱终于稍稍减轻。

但还不够，还不够啊！

只有当他看到那些人的头一个个被砍下来，被吊起来示众，被砍成碎块喂了恐龙，或许他的痛楚才会平息下来。

“侦察队呢？怎么还不出发！”他对身边的人大声地说道。

“何秘书长！”突然有人匆匆忙忙地跑了过来。

“怎么了？”

“高速公路对面不知道在干什么，动静很大！”

“张晓舟呢？让他出来！我要和他说话！”何春华躲在几个人质背后，大声地叫着。

城北联盟的行动完全打乱了他的计划，事实上，从昨天城北联盟突然偷袭他，让他没能彻底占领地质学院开始，他就已经把张晓舟列入了自己的敌人范畴。

他一直认为他们软弱可欺，但昨天自己的队伍被瞬间击溃的现实让他突然醒悟，这些人不是打不过他，而是别有所图。

地质学院已经不足为虑，当前的第一大敌已经明显变成了城北联盟，何春华的心里很清楚，等到地质学院赎人的粮食到位，他就要着手训练队伍，把何家营的力量统合起来，随后集中所有力量，把城北联盟打垮。

否则的话，给他们更多的时间，等到地质学院恢复元气，何家营也许就永远失去了成功的希望。

但他现在还不能和城北联盟撕破脸，以他现在的力量，完全不可能对城北联盟造成威胁，反而很有可能在他们的攻击下失去瓦庄村这个最后的地盘。

当他灰溜溜地退回何家营，地质学院的赔偿还会不会如约送过来？即便是送过来，还能不能全都到他的手上？

四百吨番薯，对于饥饿中的何家营来说是一笔空前的巨款，必定会让其他家族拼尽全力地来设法分一杯羹，甚至让何家营因此而陷入内乱，彻底垮掉。

难道他们打的就是这个主意？

他只能继续用手上这些人质，想方设法地迫使联盟让步，迫使他们维持现有的和平。

“何秘书长？有什么事吗？”过了很久，钱伟才出现在何春华面前。

“你们这是什么意思？”

“每天例行的训练啊，”钱伟说道，“何秘书长，这是我们每天都要做的事情，你应该不是第一次知道才对啊？”

“但你们……”何春华一下子语塞了。这的确是城北联盟每天都做的事情，但之前他们应该是为了不过分刺激城南，训练时都是在新洲酒店门前的那块空地上进行，从没有像今天这样直接在毗邻瓦庄村的高速公路上进行！

何春华当然知道这是什么意思，一口恶气在他胸口堵着，让他差一点就爆发。

但城北联盟一方足有四五百人在这儿，还有那支昨天冲垮了他的队伍的小分队在，实力已经完全不亚于他。如果不是有人质挡在前面，他或许根本就无力保住瓦庄。

“你们张主席呢？”他强忍住这一口气，大声地问道。

“张主席一大早就到地质学院那边去了，你要是有事找他，晚上他应该会回来。”钱伟不紧不慢地答道。

“好！好！”何春华点点头，“咱们走着瞧！”

他怒气冲冲地回到瓦庄内部。

“春华哥,我们现在怎么办?”一名小弟眼睛红红地过来找他,“难道就这么算了?!”

何春华重重地拍了一下桌子。

什么时候你们也能随便质疑我的权威了?!

但他却突然想到了一个解决的办法。

“李桥,你姐嫁的是高有为?”

对方点了点头。

“如果我没记错,他是高鸿昌的堂叔?”何春华站了起来,“你跟我回去一趟。记住,不该说的话不要乱说!霍斯,你带人守住这里,做好准备,但是别乱来!要是城北联盟那边有什么举动,你们就杀几个人质给他们看看!然后马上派人过来通知我!”

第12章

撤　退

“城北联盟的张主席来了！”

板桥村外的悬崖下，人们惊讶地相互传递着这样一个消息。

在经历了一整夜的折磨之后，很多人的精神和意志其实早已到了崩溃的边缘，这样的消息对于他们来说就像一支强心针，让他们本来已经消沉到了极点的内心一下子又活了过来。

人们急忙聚集起来，从凌晨到现在，已经有将近四百人从地面通过升降机降到了这里。秦继承还留在地面组织人们有秩序地撤离，严烨则在尽自己最大的能力去组织防守，两个人都不在这里，留在这里负责的只是另外两个被挑选出来的负责人。

他们也尽自己最大的努力让人们在空地周围点燃火堆，以此来驱赶野兽、昆虫和其他任何有可能对他们造成威胁的东西，但他们本身就没有太大的威信，很难让人们在这样的困局下积极地行动起来。

“高辉，你来布置营地。”张晓舟简单地向他们了解了一下情况，便马上开始着手解决问题。

张晓舟带来的是属于联盟管辖下的难民队伍，大概两百多人。这些人来自瓦庄村，经过一段时间的休养之后，大部分都已经恢复了劳动能力，并且已经在城北联盟的第二个丛林开发点积累了大量的经验，其中有很多人参与过之前建设吼龙岭中继站的工作。

张晓舟承诺在完成这次任务之后就赋予他们正式成员的身份，这让他们的干劲很足。他们对于如何在丛林里布置一个营地已经很熟悉，不用高辉多说什么，他们马上就行动了起来。

这让板桥的暴动者们不好意思起来，他们中的绝大多数人其实并没有累到完全不能动的地步，只是心理上的巨大落差和压力让他们没有行动的动力。在看到张晓舟带队过来之后，大部分人又有了行动的意愿。

“你们有大锅吗？”张晓舟问道，“马上垒几个灶，煮点东西，你们先吃饱，然后让那些从上面下来的人也吃点，振奋一下精神！周围有水源吗？”

板桥村的暴动者们急忙行动起来，这些东西他们之前在丛林工作的时候就带来了，平时就放在升降机附近的一块大石头下面，现在只要拿出来用就行。

双方人马一起行动，这个地方很快就变得不一样了。杂物都被清理到一边，空地被分成一块块的工作区，分别用来承担不同的任务。人们从地面下来之后先被引导到休息区，喝水，吃点东西，然后到旁边的另外一块空地上去休息。等到精神和体力恢复之后，再过来帮忙。

之前的那些人都分配了工作，有人专门负责放哨，有人负责砍伐现在所需的木柴，有人负责就近寻找一些食物和取水，张晓舟让之前那两个队长来负责分配任务，高辉和他们带来的那些人负责查漏补缺，帮忙引导和安排工作。

局面很快就变得完全不同。

正说话间，又一部升降机缓缓地降了下来，张晓舟马上对高辉说道：“我先上去看看情况！高辉你负责安排好这里的事情，等他们精神恢复之后，就带他们去设下一个休息点。按照我们之前的计划，一公里到一公里半设置一个休息区，注意安全，知道吗？”

“交给我吧！”高辉点点头说道。

张晓舟带着四五个人走进升降机，发出信号，升降机慢慢地向上移动起来。

这里的一切都完全照搬了联盟的做法，这让他们有种非常熟悉，马上就能上手的自如。

负责转动转盘的人应该已经很疲惫了，升降机上升的速度很慢，在这个过程中，他们看到另外三部升降机也载着满满的人从旁边降了下去。

一些人看到他们这些陌生人时显得有些惊讶，但大多数人却是满脸的疲惫和麻木，很多人甚至直接靠在别人身上，闭着眼睛，像是已经睡着了。

悬崖边上，许多人正焦急地排队等待着，看到他们这几个陌生人上来时，很多人都吓了一跳，但张晓舟表明身份之后，他们马上就兴奋了起来。在旁边负责的小队长马上带着他们去找秦继承，大多数正在等待离开的人都振奋了精神，小声地议论起来。

秦继承看到他们既惊讶又兴奋，但精神上的疲惫已经让他完全无法表现出自己的真实心情，只是默默地点了点头。

好在张晓舟从来不是计较这些繁文缛节的人，秦继承沙哑的声音让他吓了一跳，也让他马上就理解了他们昨天晚上到现在的不易。他让秦继承别再说话，从旁边的人口中了解了现在的状况，然后把联盟一方的安排简明扼要地告诉了他们。

“感谢！感谢联盟和张主席！”秦继承由衷地说道。

他感到自己的身体开始有些摇摇欲坠，事实上，从前天晚上开始准备暴动起，他就一直都没有睡着过，经历了大悲大喜和那么多事情的折磨之后，他现在已经完全是被责任感麻木而又机械地推动着在工作。

张晓舟的到来让他马上有了一种如释重负的感觉，精神一下子放松之后，眼前突然一阵阵地发黑，差一点就一头栽倒。

“秦大哥！”“秦队长！”周围的人们急忙把他扶住。

张晓舟马上帮他检查了一下：“他应该没事，只是太累了。”

秦继承用力地摇了摇头，重新站起来，张晓舟对他说道：“你要是放心的话，让我来安排撤离吧，你先到下面去休息。”

“这怎么行！”秦继承急忙说道。

何春华随时都有可能带人来进攻，前面虽然有严烨带着两百多个志愿者在防守，但面对将近一平方公里大的板桥村，这点人就像是落进一桶水的一滴墨汁，根本就不可能起到什么作用。

更何况，他们同样经历了从策划暴动到现在的整个过程，其他人都累成这个样子，他们又能好到什么地方去？

“别固执了，”张晓舟说道，“你现在的状况也履行不了自己的责任。你先下去休息，找昨天晚上和你们见过面的高辉，等你休息好了，还有很重要的事情在等着你。”

秦继承终于跟随最近的一部升降机下了悬崖，这对于人心本应该是一种严重的动摇，但有城北联盟的张主席在这里，人们反而对于平安撤离更有信心了。

张晓舟开始和人们聊天，平息他们的恐惧。他告诉他们下去之后会面临什么，有什么样的安排，要听从什么人的指挥，做点什么事情。这让很多从来没有下过悬崖，对那个地方充满了恐惧的家属慢慢地平静了下来。

“何家营的那些人不敢过来，”他大声地对人们说道，“联盟的部队在瓦庄牵制他们，至少今天他们肯定不敢过来！大家不要害怕，我们有足够的时间撤退！”

人最怕的就是没有希望，然后无所事事，继而胡思乱想。张晓舟在这里就先把他们组织了起来，让他们着手做一些可以提前做的准备，甚至让他们烧水煮东西吃，这让他们的心越发安定了下来。

“去接替一下那些转动轮盘的人。”张晓舟悄悄地对自己带来的人说道，同时在人群里寻找着看上去还有精力和体力的人，让他们去轮换那些已经耗尽了体力的人，让他们下来休息，喝水吃东西，等到他们恢复了体力之后，再去轮换其他人。

这么一来，升降机的运行便稍稍顺畅了起来。

人们还没有到达联盟，但此刻，联盟的形象却因为张晓舟和他带来的这些其实还不能算是联盟正式成员的人，变得鲜明而又让人认同了起来。

时间一分一秒地在流逝，每台升降机每次最多可以运送十五人到悬崖下面去，四台升降机一起开动，每小时可以把将近三百人送到悬崖下面的丛林里。

但随着那些转动绞盘和转轮的人再一次疲惫起来，升降机运行的速度又慢了下来。

张晓舟写了一张条子让人们带下去，重新换了一批精力充沛的、来自联盟的人上来，终于维持住了升降机的效率。

悬崖边的空地上，人群开始变得稀稀拉拉起来，秦继承休息了两个多小时之后，精力稍稍恢复了一些，便重新回来，坚持要把张晓舟换下去。

于情于理，都没有让联盟最高领导者在这里冒险，而他们却心安理得地躲在安全区域的道理，更何况，他从高辉那里知道，其实张晓舟昨天夜里也只是和衣睡了一两个小时。他作为定海神针在板桥村人们惊慌的时候出现，把一切理顺，让撤离行动顺顺畅畅地执行到现在，没有理由再让他留在这里承担不必要的危险。

张晓舟没有拒绝他的好意，但他马上问道："有人知道严烨他们在什么地方吗？可以通知他们做准备了。"

"你放心张主席，我一定会通知到他们每一个人，和他们一起下来的。"秦继承郑重地说道。

之前张晓舟就安排人们在悬崖边上固定两条他们从联盟带过来的绳梯，这是给最后撤走的人留下的后路，也可以让一些对自己的体力和勇气有信心的人从这里提前下去，多多少少分担了升降机的压力。但这样又高又摇晃的绳梯还是让大多数人望而却步，没有经过训练的人，爬这样长的绳梯很容易出问题。

但如果何家营意识到这里发生了什么，抢在他们逃离之前打过来，他们也很难有机会沿着这两条绳梯安全逃走。只要在上面用刀砍断绳梯，绳梯上的人就只剩死路一条。

"不一定要走这条路，最后一批人可以从地面上逃，"张晓舟对秦继承说道，"严烨应该知道怎么做，但不要把出路限定死，让他们随机应变！"

此时此刻，严烨却正在距离他们不远的一幢房子里呼呼大睡。

和人们想象的不同，他并没有傻到试图用自己手中的这么一点人去防守整个村子，而是带领这些人用村里原有的何春华搜刮来的卡车之类的东西把通往撤退点的路一条条地堵起来，然后在上面堆了大量的柴火，把从各处搜集来的燃烧瓶全都放在了那些东西后面。

这样一来，他们所要防御的阵线就从三公里多变成了不到一公里，而且因为城中村里建筑物众多，通道狭窄，在堵死了其中的大多数狭窄的通道后，真正需要重点防守的地段只剩下了三条村里的主干道，总共不过一百多米的距离。其他地方都只需要派两三个人负责盯着，由预备队随时准备顶上去支援就行。

但这个任务依然让他们这些人忙得精疲力竭，幸运的是，何春华的人一直都没有向他们发起进攻，在他们完成这项工作之后，后方还有人按照张晓舟的嘱咐给他们送来了热水和粥，让他们补充体力。

等到人们吃饱喝足，严烨甚至能够安排人们轮流睡上十分钟。

秦继承找到他们的时候，看到的是这么一番景象，这让他只能摇头，承认自己远远不如这个比自己小了至少十几岁的年轻人。

他阻止了旁边的人想要叫醒严烨的举动，等了足足半个小时，严烨才突然自己惊醒了。

他的目光一开始有些懵懂，像是没有搞清楚自己身在什么地方，但几秒钟之后，他的目光就重新变得锐利了起来。

“怎么没人叫醒我！”他有些生气地说道。

“是我下的命令，”秦继承说道，“你放心，没人承担了额外的责任，你的事情有我代劳。”

“秦哥你怎么来了？”严烨有些惊讶。按照他们之前的计划，把一千六百人全部撤出去，至少也需要六个小时。因为所有升降机使用的都是人力，可以预见速度只会越来越慢，也许六个小时都不止。

“张主席刚刚带着人来了。”秦继承微微地叹了一口气说道。暴动刚刚成功的时候，他心里未必没有一些别样的想法，但在经历了一天一夜之后，他已经完全放弃了之前那些不切实际，也很可笑的盘算。

“有他帮忙指挥，情况比我们预计的好多了，”他对严烨说道，“现在已经撤下去一千一百人左右了，再有一个小时，就该是你们撤退的时候了。”

时间比预期足足提前了四十分钟，严烨点点头。

“张主席专门问了你几次。”秦继承不知道他们的事情，微微有些羡慕地说道。在他看来，严烨这样的人应该是联盟重点培养的对象，之前自己还想要和他争夺权力，真是有点太不自量力了。

严烨微微愣了一下，随即点了点头：“你去吧，我也休息过了，现在精神好得很，后面的事情就交给我吧！”

秦继承来之前的想法是劝严烨回去，由自己来承担这个在他看来除非何家营不动手，否则一定是必死的任务。但他看过防线的情况之后，不得不承认，自己没有本事指挥防御作战，如果真的把严烨劝走，那不但是自己找死，还是对其他人生命的不负责任。

“那就拜托你们了！”他只能有些遗憾地说道，“张主席之前专门说了，你们还可以考虑从地面上逃，让你随机应变。”

严烨点点头：“我知道了！”

“快！快！”何春华大声地叫着，站在何家营到瓦庄村的那条通道口看着那些鱼贯而出的士兵。

但与其说他们是士兵，倒不如说他们是一群武装起来的民夫。

他们中的大多数人甚至都没有接受过什么训练，只是从难民中被挑出来之后，就每天跟着护村队原来的那些人在村里走来走去，站岗或者是监视劳工们工作，防止他们偷吃那些玉米苗。

这样的队伍也许对内镇压手无寸铁的难民是一把好手，但对上联盟的部队，何春华觉得他们也许连一个回合也坚持不下来。

唯一的好处是人多。

板桥村开始源源不断地送来树皮粉、蕨类苔藓地衣、树枝树叶之类的粮食之后，整个何家营的粮食供应情况有了明显的好转。根本问题当然不可能就这么容易解决掉，但最起码，大家一起死的可能性已经小了很多。其他家族也开始有余力组织起更多的人手，更大的队伍。

在何家别有用心的赈济下，那些最走投无路的难民也有了一点活下去的希望，难民和村民之间的对立和仇恨甚至还减弱了一些，饿死病死的人也少了。

这当然也有体弱者之前就已经陆陆续续死掉的原因，但何家营的情况在好转，这是毋庸置疑的事实。

有一天，负责处理饿殍的村民竟然可以欣喜地跑去村老会，告诉何春成等人：“今天一个死人都没有！”

几个月来，何家营一直在持续不断地加固和修筑周边的防御设施，可以说，现在整个何家营已经成了一个堡垒，就算是放着不管，只要守住特意留出来的三个出入口，任何恐龙都不可能攻进来。

同样地，只要把三道门一关，任何人也别想逃出去。

安全感的问题解决，粮食危机也得到缓解，这让村老会开始考虑下一步该怎么走。

何春华的做法当然是一种，但对于村老会来说，那只是处于村老会密切关注下的试验。成功了当然好，可以马上复制他的经验，甚至是及时去分一杯羹；失败了，损失的是何家的力量，他们也能从中获取经验，寻找其他途径。

粮食的来源很容易猜，无非就是来自丛林，何家营南边同样毗邻丛林，而且高度只有不到五米。按理来说开发的难度更小，但恰恰是因为如此，那些中型恐龙经常跑回丛林去，让这个区域变得不安全，反而没法进行开发。

“我们应该动手把那些恐龙杀掉！”一名村老终于在村老会上说道。

大家都很清楚，之前不杀它们，甚至不做任何尝试，恰恰是因为它们的存在维系了何家营内微妙的平衡。但现在，何家营已经成为一个坚不可摧的堡垒，不算何春华的兵力，各大家族陆陆续续招纳的护村队加起来也有了将近三千人，加上村民，足足有四千多人的武装。这样的力量足以对内压制难民的任何反抗情绪，对外震慑任何势力。

再把自己局限在何家营这个小小的地方，已经得不偿失，甚至可以说是自取灭亡。

“杀掉那些恐龙之后，整个城南的地盘我们就都可以用上，远的不说，村子西面那块将近五百亩的空地，还有板桥南边那两百多亩地只要平一平马上都可以用上，其他地方也不是问题！只要每天派人押着劳工出去种地，慢慢开垦，再从何春华那里弄点东西过来，粮食问题就基本上解决了。”

人们颇为心动，这样下去，别的不敢说，他们的子子孙孙都一定可以永远在这个世界过上人上人的生活。

当然，没电，没自来水，这样的生活远远比不上他们之前当包租公包租婆那么好过，但在那个时候，他们也没有人可以使唤，算不上人上人。

基调很快就确定了下来，但就在这时，何春华那边却出了问题。

村老会一直在密切关注瓦庄和板桥的情况，虽然没有办法确切地知道那里发生了什么，但大家都是一个大村子的人，多多少少有些沾亲带故的关系，现在三个地方之间又通过地下通道联系了起来，搞到一些消息并不困难。

正是因为如此，何春华才刚刚从瓦庄回来，还没有来得及单独去找高家的人私下谈合作的事情，马上就被村老会的人叫了过去。

“春华，出了什么事情？怎么到现在才回来找人帮忙？你这也太见外了！”

“就是啊！你要是顶不住了，别忘了还有这么多叔叔伯伯一直都在背后撑你啊！”

“年轻人，别老是觉得自己什么都能搞定！关键时候，还是得低头！”

“你的力量本来要守住两个地方就不容易，这样吧，你的情况我们大概也知道了，板桥丢了就丢了，你好好守着瓦庄就行！毕竟是你辛辛苦苦才打下来的地方，别又被人偷了去！板桥嘛，就由村子派人收回来！”

何春华的心在滴血，自己付出了这么多精力，操了这么多心，造了这么多孽，好不容易有了点局面，他们一句话就想抢走？但他一想到在暴动中被杀掉的那些兄弟，心里突然又变得没有了底气。

他看着自己的哥哥，何春成微微地摇了摇头。

两兄弟之间的默契让何春华马上就明白了他的意思，别和他们争，让他们去。

虽然不明白这是为什么，但何春华还是咬牙忍了，不过他还是梗着脖子和他们争了半天。最后何春成站出来拍板，瓦庄今后都明确划给何春华，那里所有的收益、所有物资都归何春华所有。

板桥由村里派人去收回来，何春华只需要派人去带路就行，板桥收回来之后，村里共管，投入更多的人力开发丛林，但还是由何春华主要负责管理，所有收益何家占两成。村里另外划一千人给瓦庄，算是对他这次丢了板桥的弥补。

瓦庄这个地方和城北接壤，危险性大，地盘又有限，要是没有这次抓了俘虏勒索到的粮食，靠那两成的收益，这么多人他根本就不可能养活。

“村子要往外动了，要是成功，板桥那边的收益以后就不算什么了；要是失败，那个地方就变得更惹眼，我们老是占着太惹眼，惹祸，”何春成在会议结束后对他说道，“正好你这次吃了亏，有借口不参与，让他们自己去想办法，让他们碰个灰头土脸，这样他们才清楚，事情没他们想的那么简单！要做事，还是得靠我们兄弟！”

何春华沉默着，不知道应该怎么把发生的事情告诉他。

“一直以来你都太顺，吃点亏也好，免得变得像其他人一样，”何春成说道，“怎么样？损失应该不大吧？”

何春华犹豫再三，突然跪了下去。

"哥，我对不起你，对不起三叔、六叔他们啊！"他大哭了起来。

"怎么了?!"何春成一下子警觉了起来，把门关起来，低声地问道。

何春华忐忑不安地把发生的事情一说，何春成眼前一黑，差一点就一头栽在地上。之前不过是一个李埔就已经差点让他下不了台，现在这是十几个村里的棒小伙！都是各家各户的心头肉，宝贝疙瘩！

更重要的是，他们都是何家最亲密的战友！

"你……你……"他指着何春华，嘴角抖动着，半天都说不出话来。

"哥，我也是怕他们遇到危险，所以才让他们留守，谁知道会变成这样?"何春华干哭着说道，"这不能怪我啊！我抓到了两百多俘虏，地质学院那边答应给四百吨粮食！这本来应该是大胜啊！"

何春成闭着眼睛休息了半晌，终于缓过了神来。

"这件事你不能置身事外，不然我们都交代不了！春华，你亲自带队！不管用什么办法，一定要把领头的那几个人抓住！把他们带回来活剐了！"

"是！是！哥你放心！"

"这件事先别说出去，免得动摇军心，粮食的事情更不能说！管好你的人，说不定，我们何家的出路就在这些粮食上了！"

"快！快！"何春华越发急躁了起来。但那些各家派出来的兵却还都是漫不经心，拖拖拉拉的样子。

他们大多都是难民或者原先的租户，现在虽然已经是何家营的中等阶层，但谁也没有替何家营送死的意思。

来的时候对他们都说得简单，就是一群暴动的劳工，昨天晚上又被火灾和恐龙骚扰了一整夜，但谁知道他们说的是不是真的?

自家人知道自家事，就算对面是劳工，那和他们也没什么差别。打败了他们对自己也没什么好处，可真打起来，丢掉的却是自己的命！

一千五百多人花了将近三个小时才从何家营那边过来，算上之前耽搁的时间，已经过去了四个多小时。对于何春华来说，昨晚好不容易才创造出来的有利条件，到现在几乎都被抵消了。

何春华让霍斯带着将近两百人守住自己最重要的东西和那些俘虏，从这些护村队里挑了四百多人去守住和联盟接壤的地方，然后带着自己剩下的四百多手下和一千一百多护村队的人，做着最后的准备。

“那边一直都没什么动静，”他之前派去的侦察队汇报道，“外墙好像根本就没人在守着。”

“你们看清了吗？”何春华一再让他们确认这个事情。他可不想被那些暴动者再埋伏。

“盯了好久了，肯定没人！”

“那烟呢？”何春华问道。有人就要吃饭，要喝水，那就要点火。这也是判断对方位置和人数最直观也最有效的办法。

“早上还有一点，全在靠近悬崖那边，中午这会儿还没看到炊烟。何秘书长，他们不会跑了吧？”

这样的推论让何春华一下子焦急了起来，要是让他们就这么跑了，他怎么交代？

“恐龙呢？那只暴龙在什么地方？”他大声地问道。

“那只暴龙还在北面，现在应该是在睡觉。”

“不管了！发动所有车子！现在就出发！”何春华跳上一辆重型卡车，把砍刀拔出来大声地叫道，“全部给我跑起来！谁他妈再给老子磨蹭，我现在就砍了他！”

“出发！出发！”他歇斯底里地大叫道。

一千五百多人的队伍在十几辆经过改装的卡车的掩护下，浩浩荡荡地向板桥的方向进发。这样的情况钱伟等人不可能看不到，但何家营的人口优势在这时候完全显露了出来，瓦庄一侧依然有至少五百人在防守，他们退到了距离高速公路十米以外的地方，做出了一副随时准备应对城北联盟进攻的架势，钱伟犹豫了一下，终于没有下令发起进攻。

他们这种层面的战斗，防守方占据绝对优势。也许新洲团队依然能够撕开他们的防线，但如果那些进攻板桥的队伍撤回来，凭借他们这点人手，要怎么击败超过两千敌人？

“派人到新洲去，让他们用旗语向板桥那边示警！”钱伟能做的也只有这个了。

他们已经成功地让何家营的部队在这个地方拖了将近四个小时，这么长的时间，他们那边应该撤得差不多了吧？

“做好防守准备！”钱伟对民兵们说道，让他们把各种各样的金属制成的鹿角和临时掩体运到高速公路上来，超过两千人的队伍给他带来了沉重的压力，如果何家营在袭击了板桥之后对他们发动进攻，他就必须在这里给予他们迎头痛击，坚持到联盟总动员完成的那一刻。

为了尽量不惊动那只暴龙，对进攻造成不必要的麻烦，何春华带着队伍往南绕了一个圈子。

他其实很担心这些暴动的劳工在遭遇攻击之后一股脑地往北逃去，但他再怎么着急，也不可能就这样把队伍径直带到暴龙占据的地盘去。

将近五个月的观察已经让他们明白，暴龙其实是一种地盘观念很强的动物，当你有着庞大的队伍时，它也许不会主动惹你，但它却会向任何胆敢进入自己领地的生物发动攻击。

“没有动静。”侦察队再一次跑回来汇报道。

队伍停在了板桥村南边不远的地方，站在这里可以清晰地看到昨晚被撞飞的那道隔离网，也可以看到那些已经被烧成废墟，还在冒烟的房子。

唯一看不到的就是人。

难道他们真的跑了？

想要抓住这些暴动者的急切和对于可能存在伏击的谨慎让何春华很矛盾，他派了一支两百人左右的队伍，小心翼翼地在两辆卡车的掩护下先沿着那条通道进入村子，快速地对周围进行了一番搜索，确认没有人埋伏之后，才急匆匆地带着大部队追了进去。

“李跃！你们开几辆车去堵住北面的那个缺口，小心别把暴龙弄醒！”何春华急匆匆地安排着，“顾长胜，刘成，带上你们的人到周边去搜一下，看有没有人！李新，你带你的人守住这个口子，别让恐龙跟进来了！”

“是！何——秘——书——长！”其中一个被他叫到的人却怪笑着低声对身边的

人说道，“妈的智障啊？还真当自己是什么鬼秘书长了？我靠，有什么了不起的？兄弟们，走，跟我发财去！”

两支队伍就这样自行散开，将近三百多人向着板桥村的那些房子跑了过去。很显然，他们根本就不是来打仗，而是来抢东西的。

“我靠！”他们的行动把何春华的鼻子都气歪了，但他还真拿这几个人没有办法。

他只能当这事情没发生过，重新派自己的人去堵北面的口子，又派了另外一个小队长负责这个入口，然后带着其他还算肯听命令的队伍向悬崖边的方向追了过去。

“有情况！”前面的队伍突然停了下来。

这里的道路上丢满了乱七八糟的东西，车子没有办法开过去，当人们越过车子继续往前走时，不知道什么地方突然有几支冷箭射了过来。

虽然根本就没有射中任何人，但却让所有人都像鸭子一样被赶了回来。

“中埋伏了！”人们惊慌地叫道。

“不要怕，他们没有多少人！”何春华这时候也看到了那几幢建筑物后面隐隐约约的人影，至少有上百人，他们手中拿着弓弩，正小心翼翼地躲在建筑物的窗户后面，或者是趴在楼顶。

“一起冲过去！他们人少，挡不住我们！”何春华大声地叫道，但除了他的手下畏畏缩缩地站起来，其他人根本没有反应。他在这里也只有两百多人，以这个人数，冲过去根本就不占优势。

“何秘书长，仗不能这么打啊！”一名手下苦着脸说道。

别人可以不管何春华的命令，但他们却不敢。别人都在安全的地方躲着，有谁肯硬着头皮上去送死？

“去拆门板！找大桌子！”何春华愤怒地叫道，“快！”

十几分钟后，他终于组织起了第一次进攻，但何家营这些匆忙武装起来的士兵根本就没有接受过这种在弩箭攻击下向前进攻的训练。当一名士兵不幸被对方的弩箭射中大腿之后，所有人都丢下手里的东西慌乱地逃了回来。

对面的建筑物里爆发出了一阵兴奋的欢呼声，这让何春华气得眼冒金星。他怒气冲冲地去找率先逃走的那队人的头头交涉，但对方却说什么都不觉得自己错了。

“这样打不行！”对方振振有词地说道，“我的人不可能白白地死在这里！再说了，要是死了也就算了,残废了怎么办？你替我养？"

他的声音很大,周围的士兵听了之后,越发没有攻击的欲望了。

"放火吧!"对方出了一个主意,"你看他们都是用木头做的东西来挡着我们,我看咱们不如放一把火,把他们烧个干净!"

"放屁!"何春华忍不住骂道,"他们明显是在拖延时间,后面不远的地方就是去丛林里的升降机,那些狗东西现在肯定在忙着下去！你放火,这不是帮他们的忙吗?"

"那你就去追吧,反正我的人肯定不能在这里送死。何春华,这些人跑了就跑了,反正他们到丛林里也是死,你为什么非要追上他们？就为了出口气？至于吗?"

何春华有苦说不出,他忍了一口气,道:"让这些人就这么跑了,以后我们怎么管手底下的人？不把这些人抓起来吊死,以后你的地盘上有人学着他们造反,我看你怎么办！我这不是为了自己,是为了整个村子！你不肯打是吧？那你在这里佯攻,我带人往两边绕过去！你把他们的注意力引在这里,等我那边突破了你再冲,这样总行了吧?!"

对方好不容易同意了他的建议,他又找另外一个人交涉,让他配合自己同时往北面那条路进攻,好说歹说,终于把他们说通了。

但这么一磨蹭,又是十几分钟过去,不知道又有多少人逃了,这让他急得不行,嘴里不知道怎么起了好几个大泡,火辣辣地疼,脾气也变得更坏了。

"等会儿都给我往前冲！老子花了那么多粮食养你们,不是养一群废物!"他把砍刀提在手上,大声地对着自己的队伍说道,"他们不可能有多少弩多少弓,更没有多少人！你们都打过地质学院,他们不可能比地质学院那些人更能打！只要冲过去,他们就任你们砍杀了!"

他重重地把砍刀砍在身边的一个柜子上,大声地叫道:"往回跑的,全部砍死！谁第一个冲过去,今天晚上娘们儿任你挑！给五十斤大米！砍死对面一个人,赏二十斤大米！决不食言!"

人们的勇气终于被这样的威逼和利诱煽动了起来,何春华看着远处的队伍也做好了准备,大吼道:"给老子冲!"

人们抬着门板和大桌子拼命地往前冲,对面的房子里又有弓箭射了出来,但那些人要从一幢房子转移到另外一幢房子也很不方便,这边的防卫力量显然没有中路那么强。

“冲！快点冲啊！”何春华兴奋地叫道。

就在这时，一组抬着门板往前冲的人身边突然砰地爆开一团火花，汽油飞溅在他们腿上，只是一个瞬间就引燃了他们的裤子，让他们惊慌而又凄惨地叫了起来，丢掉了门板拼命地在地上滚着，用手扑打着火焰。

更多的燃烧瓶从高处砸了下来，一个又一个火团在人们身边炸开，这让他们好不容易被激发出来的勇气马上消失殆尽。

何春华焦急地向前走了几步，大声地叫道：“不准逃！谁敢逃，格杀勿……”

一股力量突然重重地撞在他背上，就像是有人重重地打了他一拳，随后，剧痛从那个地方迅速传遍全身，让他一下子失去了所有的力量。

他茫然地低下头，看到一个箭头从右边的肩膀下面穿了出来，深红色的血迅速地从伤口流出来，把他的衣服染红了一半。

是谁？

他努力地想要转身回头，看是谁从背后射了他这一箭，身体却迅速失去了控制，重重地向前倒了下去。

“华哥！”“春华哥！”“何秘书长！”

人们惊慌地叫了起来，失去了他的约束，那些处于燃烧瓶不断攻击下的士兵连滚带爬地逃了回来，另外两个攻击点上的人也马上就撤了回来。

浓烟突然冒了出来，挡住他们前路的障碍物突然烧起了大火。

“是谁？”人们惊慌地在周围寻找着，但在混乱中，却什么都找不到。

“撤！快点撤！”何春华的部下们惊慌地抱着他往回跑，很多人不知道发生了什么，跟着狂奔起来。

更多的地方，浓烟和火焰又冒了出来。

“人都到了吗？”

悬崖下，张晓舟和秦继承大声地叫道。

升降机无法拆走，所以从地锚到绞盘都被彻底破坏，钢绳也从上面被剪断。

最后撤离的那些人正在快速地通过绳梯往下爬。

“严烨还没回来!”好几个人都大声地说道。

“怎么回事?”张晓舟马上问道。

“他埋伏在火场的废墟里,说是要彻底解决问题……”一名断后者焦急地说道,“但我们这边按照约定把火点起来了之后,却没看到他逃过来!”

张晓舟和秦继承的眉头都皱了起来,担忧是一方面,对于张晓舟来说,更多的却是“这小子果然又来这一套”的无奈。

明明计划得很好,用将近两百人的力量打一个埋伏,让追兵吃个亏,失去战斗的意志,然后点燃那些障碍物和房屋阻挡他们,趁这个机会逃走。

结果他又自行其是了。

张晓舟真的没有办法评判,这到底是勇敢还是愚蠢。

但此时此刻,他们也没有办法再派人回去接应他了。

“不用那么多人在这里等他,”张晓舟说道,“秦哥,你带大部队先撤,我们在这里等他。”

“张主席,这怎么……”秦继承觉得不妥,怎么能让张晓舟在这里冒险,但却被张晓舟说服了。

最后一批人沿着悬崖边的那条路匆匆向北走去,张晓舟带着人们清理着周围的痕迹。

绳梯也被泼上了油,只要在下面点火就能马上烧掉。这样做之后,何春华和何家营的其他人想要在短时间内下来几乎是不可能的事情。

等到他们编织出这么长的绳梯派人下来,板桥的暴动者们应该已经到了联盟的地盘上,“活”无对证了。

这当然有点掩耳盗铃的感觉,但很多事情本就如此,只要没有直接的证据证明联盟主导了这次暴动并且带走了所有人,何家营就没有直接动手的理由,而双方的戒备、对抗和交流就能继续在这个微弱的平衡下维持下去,直到某一天,某一方认为时机已经成熟。

他们退回到丛林里,在丛林和平地之间的过渡地带隐藏起来。站在悬崖边的空地上绝不是一个聪明的举动,上面的人向下面扔一块石头对于他们来说都有致命的危险。

但将近一个小时之后，他们都没有等到严烨，也没有看到何家营的人追过来。

上面到底发生了什么？

人们百思不得其解，但此时此刻，张晓舟也不可能让人冒险沿着绳梯爬上去侦察情况。

他最终决定留下一个十人小队继续在这里等待严烨。

"天黑之前回去，优先保证你们自己的安全，"他对他们说道，"那条绳梯……如果何家营的人一直没有追过来，那就留着吧。"

不远处的联盟控制区里有一条严烨以前留下的绳梯，他们沿着绳梯回到地面，这时才看到，板桥村燃起了大火，浓烟弥漫，一直升到很高的天空才散去。

张晓舟留了另外一个组在高速公路这里，让他们做好接应严烨的准备。

谁知道他会从哪条路回来？

安置一千六百人不是一件小事，他顾不上再考虑严烨的问题，匆匆向康华医院的联盟总部赶去。

我射死他了？

严烨此时却躲在一幢被烧过的建筑物里，静静地等待着天黑。

回想着之前射出的那一箭，他的手到现在还在微微颤抖。

何家营来的人远比他想象的更多，这样的人数让他感觉到了巨大的压力，不知道仅仅两百名志愿者能不能凭借简单的埋伏圈挡住他们。

这让他最终做出了冒险的决定。

曾经身为何家营一分子的他很清楚何家营护村队的构成模式，他们不是像联盟那样统一归联盟管理，而是属于一个个家族的私有财产。何家营并不直接养活这些人，而是由各个家族自己想方设法弄到粮食之后再发给他们。因此，他们也不向何家营效忠，而是替发粮食给自己的家族效命。

这让他们的组织度远远低于联盟，甚至远远低于地质学院，而他们有一个显著的特点就是，一切都以自己的队长马首是瞻。队长和队长之间其实并没有隶属关系和指挥的权力，即使是何春华也没有办法指挥其他家族的士兵。

当初他从何家营逃出来的时候杀掉的那个高鸿昌就是这样一个事实上的小军

头，而他向劳工们了解到，在他离开之后的这段时间里，何家营各个家族都在拼命地建立自己的队伍，这样的情况甚至比他离开的时候更严重。

最强的当然是何家，足有将近七百私兵，但最弱的一家势力也有两三百私兵，整个何家营的各家私兵加起来，已经超过三千五百人。

这次过来这么多人，那就不可能是何春华一家的人，他们不熟悉板桥村的情况，和何春华也不可能是一条心。

如果能找机会杀死其中某个队伍的领队者，也许就能在他们当中制造出足够的混乱，甚至让他们互相猜忌起来。

那样的话，断后的那些志愿者就有了逃走的机会。

严烨行动起来。

他带了不少燃烧瓶出来，将它们绑在一起，然后放在埋伏圈附近有大量易燃物的房屋里，又倾倒了一些汽油出来，引向那些汽油瓶，最后把一截蚊香小心翼翼地放在上面。

这样原始的定时纵火装置完全出自他自己的想象，他不知道会不会奏效，也不知道什么时候会奏效，但如果起效，完全可以起到奇袭的效果。

他布置了三个这样的纵火装置，然后便悄悄地回到了埋伏圈附近，藏在了一个还在冒烟的火场里。

这样的地方不会有什么人跑进来，他们应该也不会想到还有人胆敢躲在这里。幸运的话，应该能够避开他们的搜索。

这里距离埋伏圈外围不到一百五十米，正好在弓弩的射程之外。以何家营那些人的德行，他们绝不会带队冲锋，但他们又不可能离前线太远，很有可能会刚好就在附近指挥队伍。幸运的话，他们也许会站在距离这个火场不到五十米的距离内，而这个距离对于已经练了一阵弓弩射击的严烨来说，足以保证一定的命中率了。

可他却没有想到，运气这么好，来到这里的竟然是何春华，而且就站在他前面不到三十米的地方！

但他周围却一直都有很多人，而且还一直在走来走去，让他没有办法瞄准。

直到何春华逼迫身边大部分手下向防线冲了过去，他的后背才终于彻彻底底地露在了严烨面前。而在这时，严烨布置的其中一个地方已经燃烧了起来。

会被抓住吗?

在瞄准的时候,严烨突然这样想到。

但他还是屏住呼吸,瞄准,随后轻轻地扣动了弩机。

第13章

善后工作

一千六百人的安置对于联盟来说是一个全新的挑战，好在他们已经有了安置瓦庄难民和不久前远山东南区那两百多难民的经验，而这批暴动劳工本身已经建立起了初步的团体，身体条件也比之前的难民们要好很多，安置起来并没有出现什么困难。

张晓舟还没到的时候，老常、梁宇和邱岳等人就已经按照一批批到来的次序把他们根据家庭、性别、年龄比例编成五六十人的组，让他们自己选出团队的负责人，然后派人带他们到提前准备的空房子去。

条件未必有板桥村那么好，毕竟那些房子里能用的东西早就被人拿走了，联盟能够给予他们的，也只是最基本的生活用品和简单的家具。但他们上来的地点距离康华医院对面的那条商业街并不远，每一次有新的队伍过来，梁宇总是故意把他们带过去，向他们介绍其中几个主要门店的作用。

每个区的执委也都提前做好了准备，带着工作人员和志愿者们给他们带路，帮助他们安置，告诉他们联盟的各项规定和一些生活常识，而邱岳手下宣教部的工作人员和临时抽调来的志愿者们也在一路上解答着他们的疑问，宣传着联盟的政策和未来的前景，这么多看得见的努力让他们很快就安下心来，并且无视了房子里过分简陋的条件。

“每个区两百多人，几乎占到有些区四分之一的人口了，”梁宇悄悄地对老常说道，“这要是闹起来……”

“别总是什么都往坏处想，”老常摇了摇头，“也许我们不能一开始就给他们很好的生活，但有那么多例子在他们身边，尤其有那些瓦庄的难民和东南区来的难民做榜样，他们能看到好的未来，就不会因为暂时的艰苦而闹事。再说了，你就这么没信心？我们就算做得再不好，也不可能比何家营的那些人更差吧？”

“常秘书长，这你们完全可以放心，”邱岳说道，“就算他们一时想不到其中的差距，我也会帮助他们意识到这一点，并且不断强化的。”

这次地质学院的失败和板桥的暴动对于他来说是再好不过的机会，如果不能好好利用，让人们意识到城北联盟才是他们唯一的出路，唯一的希望，那对于他来说简直就是空前的失职了。

张晓舟赶到的时候，他们已经前前后后安置了将近一千人，而其他人因为走的是绕过将近三分之一个远山城的路，还在路上没有到达。

张晓舟简要地向他们介绍了情况，知道一切顺利，而且没有和何家营发生正面冲突，老常等人都松了一口气。

“这里就交给你们了，”张晓舟对于他们的工作成果很满意，也就没有多说什么，“我到新洲那边去，看看能不能帮钱伟做点什么。邱岳，如果你手上的事情放得开，尽快到地质学院那边去看看他们的情况。何家营那边今天出动了至少两千人，虽然他们突然打过来，或者是再次偷袭地质学院的可能性不大，但我们还是要做好准备。如果有可能，最好是让地质学院那边也出动，在他们南边那段高速公路上戒备。如果何家营真的敢跨越高速公路，我们两方就联手把他们打回去！”

邱岳马上点了点头：“我这边的事情没什么要特别交代的，让下面的人按照之前的做法继续做就行。那我现在就出发？”

“辛苦你了。”张晓舟说道。

“张主席，别这么说，你比我们辛苦多了。”邱岳笑着摇了摇头，匆匆忙忙地走了。

张晓舟也准备出发，老常突然说道：“我送送你，有点事情和你聊聊。”

两人从联盟的办公室走出来，到了一段没人的街道上，张晓舟才问道：“出什么事了？”

有什么事情不能在办公室里谈？这让他有些担心起来。

“我和板桥过来的那些人聊了不少，”老常说道，“严烨在这个事情上的做法，我觉得有点不同寻常。”

“严烨？”

又是他？

张晓舟的头又有些疼了起来，严烨又一次私自行动的事情他还没来得及说，这边又怎么了？

“这次的暴动与其说他是恰逢其会，倒不如说是他在里面推波助澜。”老常低声地说道。

“推波助澜？”

“我没有专门问，但他们所说的暴动的过程中，有几个点很奇怪，”老常说道，“他们一开始其实没有很坚定的决心想要暴动，更多人只是想要逃亡到我们这边来。这也是你一开始的想法。但严烨说服了他们，帮助他们下了暴动的决心。”

张晓舟的眉头微微地皱了起来，严烨的水平他很清楚，他从来都不能算是一个很长于言辞，善于说服别人的人，也许他在劳动改造的这段时间里有了一些进步，但应该不至于变化得那么大。

“具体的我不方便问，但他们无意中透露的情况里有几个细节很值得关注，”老常说道，“严烨告诉他们，联盟和地质学院将对板桥发动一次突然袭击，然后把板桥的守卫引出去，牵制住。他还给了他们一套看上去行之有效的行动方案。最关键的是，他很肯定地告诉他们，地质学院和联盟将会在凌晨行动。”

张晓舟的眉头彻底皱了起来。

作为联盟的负责人，他俩都不知道地质学院会在那个时候行动，严烨是怎么知道的？猜的？

可能吗？

“还有其他人注意到这个问题吗？”他低声地问道。

“暂时应该还没有，”老常答道，“我也是因为自己的老本行，喜欢瞎琢磨，否则的话，应该也不会注意到这一点。”

“你怎么想？”张晓舟问道。

“这不像是严烨的做事方式，”老常说道，“但却让我想起了另外一个人。”

张晓舟默默地点了点头。

“从结果来说，现在所发生的一切对于我们来说当然可以说是最好的情况，”老常微微地摇着头说道，“地质学院被打垮，死伤了那么多人，还被攻到了自己的核心地区，又被勒索了那么多物资，损失惨重，原形毕露。我们及时对他们施以援手，实际上已经与他们达成了默契和合作关系，我们收获了声望，也获得了他们的认同和感谢，至少是大部分人的认同和感谢。可以预料，后面我们双方将可以展开比较深层次的合作，而且肯定是以我们为主导。”

“何家营那边呢，板桥按照你的说法几乎已经毁了，这对于他们来说肯定是一个极其沉重的打击。何春华从大喜到大悲，结结实实地挨了一记闷棍，丢掉了苦心经营的地盘不说，还损失了不少最核心的队伍。他就算是从地质学院那里弄到了不少粮食，但毕竟还没有全部拿在手上，依然有不少变数。像他这样的人，能维持队伍靠的就是面子和核心队伍，现在两样都丢了，以后的日子肯定不好过，”他忍不住再一次摇了摇头，“何家营一下子丢掉了这一千多身体强健的劳工，相当于失去了他们快十分之一的人口，这可不是个小数字！对于我们来说，虽然又一次要面临粮食困局，但却几乎从根本上解决了人手不足的问题。联盟一下子从五千多人扩展到六千六百多人，而且还和以前不一样，几乎都是马上就能干活的优质人口……”

他深深地吸了一口气。

“你是不是觉得，这事情真的是太顺利，发展得太理想，太符合联盟的利益了？”张晓舟问道。

“你呢？”老常反问道。

张晓舟沉默了一会儿，缓缓地摇了摇头。

“这对联盟来说是好事，但却让我有点害怕了。”老常说道。

“这个事情，现在先不要声张，”张晓舟说道，“你我知道就行了，先让眼前的事情过去。”

“好，我也是这么想的。”老常点点头。

升降机那边有人摇动红旗，应该是有另外一拨人到了。

“他们从板桥撤回来了。”钱伟有些紧张地对张晓舟说道。

这也难怪，因为这样一来，仅仅是在瓦庄一地的何家营士兵就有了将近两千人，虽然联盟一方已经在与瓦庄接壤的高速公路地段布置了防御阵地，而且钱伟也完全相信联盟民兵的战斗力，但不管怎么说，六百五十人对两千人的巨大差距还是实实在在摆在那里的。

“要总动员吗？”张晓舟马上问道。

“暂时……应该还不用，”钱伟迟疑了一下，“他们的表现有点奇怪。”

何家营的队伍去的时候还算是队列整齐，但回来的时候几乎可以说是溃败，而且是稀稀拉拉，分成好几拨，慌慌张张毫无章法地跑了回来。

最后一拨人离开板桥的时候甚至还遭遇了暴龙的追击，但他们比较幸运，暴龙应该不饿，只是冲散了他们的队伍，随意弄死了几个人之后就心满意足地回到了板桥，似乎是准备以那里作为自己新的巢穴了。

这让钱伟百思不得其解，他很清楚，板桥的暴动者大部分都撤离了那个地方，在这两千人过去的时候，留在那里的应该是那些负责断后的人和少部分还没有来得及撤走的人。

以这么薄弱的力量，难道还能击溃何家营两千人的大军？

但在新洲酒店楼顶却无法看到那里发生了什么，只能看到好几个地方又燃起了大火，浓烟滚滚。

张晓舟摇了摇头。

他比钱伟知道得更多，但按照那些断后者的说法，他们也只是在看到对面有火焰冒起的时候依照严烨之前的安排点燃了防线上所有能烧的东西，以此来阻挡追兵。

何家营的人或许没有办法追上他们，但以他们这么庞大的数量，再怎么弱也不至于被一只暴龙轻轻松松就赶出板桥，狼狈逃回吧？

难道和严烨有关？

他告诉那些人他要彻底解决问题，怎么解决？

一个可能性突然涌入张晓舟的脑海，难道严烨刺杀了何春华？

只有这样才能解释为什么何家营的队伍会彻底乱掉，也只有这样才能解释何家营的队伍为什么会匆匆忙忙逃回来。

即使是已经在这个世界经历了许多事情，甚至好几次与死神擦肩而过，但这样的可能性依然让他的心脏猛烈地跳动了起来。

何春华是何家营村主任何春成的弟弟，也是何春成最倚重的人，如果何春华真的被严烨刺杀，那何家营会有什么样的反应，简直无法预测。是因为力量格局的崩塌而迅速陷入更激烈的内斗，还是会同仇敌忾把联盟当作是幕后黑手，不惜一切代价过来报仇？

严烨还活着，还是已经被杀，或者是被抓住了正在被审问？

巨大的压力马上就沉甸甸地压在了他的肩上，让他突然有些呼吸困难起来。

“再动员一个区的民兵！”张晓舟对钱伟说道，“快！”

但瓦庄村的混乱却一直在持续，他们甚至看到两群士兵拉开了阵势准备火并，这样的景象部分证实了张晓舟的猜想，而何家营的局势似乎正在向内乱的方向迅速发展。

一个多小时后，另一个区的两百多名民兵匆匆带着武器赶到，而地质学院那边也派出了一支一百七八十人的队伍过来，带队的是一名外来派的退伍军人，这或许说明，经历了不久前的惨败之后，外来派在地质学院已经有了一定的话语权，而人们也终于冷静和清醒了下来。

或许是因为地质学院南侧的板桥村方向明显并没有什么危险，他们只是安排了二三十人守在那里和张晓舟之前安排在那里的那组人做伴，然后便带着其他人过来和联盟的队伍汇合，并且表态愿意暂时接受张晓舟的指挥。

张晓舟在地质学院的队伍中看到了邱岳，于是远远地对着他点了点头，但却没有过去单独再和他说什么。

这样一来，高速公路上已经聚集了将近一千人的队伍，只要何家营一方不增兵，居高临下打垮他们的进攻应该没有什么问题了。

让他们没有想到的是，瓦庄那边反而因此紧张了起来，对峙的双方放下了武器，许多士兵开始陆续沿着通道离开。

张晓舟和钱伟都松了一口气。

“是时候派人去看看发生什么事情了。”钱伟说道。

“让我去吧。”邱岳这时候站了出来。他刚刚才听说了严烨所做的事情，也刚刚才听说张晓舟推测何春华有可能被刺杀，这让他惊讶之余，也很迫切地想要知道发生了什么。

现在过去当然很危险，但他相信如果何春华真的死了，事情已经发生三个多小时，对面如果真的要报仇，早就已经有所反应了，不可能出现之前那样内讧的局面。

这或许说明，何家营现在也正面临着复杂的局面。

何家的势力衰弱，其他人想要取而代之？

对于邱岳这样一个人来说，这简直就是天赐的舞台。也许他没有办法做到如苏秦、张仪那样纵横捭阖，但搜集情报，洞察人心，以联盟作为后盾设法拉拢分化，各个击破，何家营将不再是联盟的威胁。

这次的功绩足以压过除了张晓舟之外的所有人，成为严烨最重要的政治资本。

严烨这小子，还真的给了他一个惊喜！

张晓舟沉默了一会儿。

如果说有什么人在背后策划了这令人眼花缭乱的变化，那他唯一能够想到的只有邱岳。除此之外，真的没有别的可能了。但这一切太过于顺利，太过于有利于联盟，反倒让整件事背后存在一个阴谋这样的设想很不合逻辑。

即便是有联盟的参与，整件事情也过于顺利，如果说这是邱岳或者是严烨的策划，那他们也太可怕了！

如果真的是邱岳，他又有什么理由要这么做？

就因为自己不会同意拿人命去冒险，不会同意故意让地质学院去送死，不会同意以板桥那些劳工的生命去做赌注，而他又不甘心放过这样的机会吗？

“张主席？”邱岳问道。

“局势还不明朗，这种时候你过去太危险了，”张晓舟说道，“而且他们也未必会让我们的人在这种敏感时期进入他们的地盘。钱伟，你带人到边上去喊话，试探一下。”

邱岳微微有些失望。但张晓舟说的也没错。如果严烨真的被抓住了，那他过去就是自投罗网。

等到局势再稍稍明朗一些也好。

瓦庄一方却没有回应钱伟的喊话，只是再一次退到了距离高速公路十几米之外的地方，并且大声地警告他们“不要过来”。

“何春华肯定是出事了。”钱伟只能这样判断，否则的话，以他的个性，这种时候他早就站出来了。

站在新洲酒店楼上可以清楚地看到，那些早上才刚刚沿地下通道过来的士兵正排着队准备回去，但不知道是什么原因，队伍却堵在了那里，一些人之间发生了冲突，但终究没有打起来。

十几分钟后，终于有人从那边出来，然后站在那附近的一块空地上大声地对他们说着什么，队伍再一次骚动了起来，有几个人似乎是在争吵着什么，大约半小时之后，聚集在通道口的一部分人散开，重新回到瓦庄靠近高速公路一侧的房子里，而绝大多数则继续进入通道，应该是回何家营去了。

天色开始变黑，何家营那边终于有人过来喊话。但来的人应该不是何家营的高层，只是机械地说了一通希望大家各守边界，维持双方的友好之类的话，便匆匆地离开，甚至没有理会钱伟的问题。

张晓舟估计有将近一千人陆陆续续回了何家营，这样算下来，留在瓦庄这边的士兵大概在一千五百人左右。但情况看上去并不像是要对城北联盟发动进攻，反倒是小心翼翼地防备城北联盟的样子，这让他做出决定，把已经动员的四个区的民兵放回去一半，留下四百多人，加上地质学院来的这一百多人，继续留在这里进行防备。

“通知梁宇，让他多准备两百人的晚饭。”张晓舟说道。

他安排了两组人检查高速公路两侧的隔离网，绝大多数区域的隔离网都完好无损，只是在地质学院刚才行军通过的地方有将近二十米宽的缺口，需要投入不少人力才能修复。

联盟撤走部分人手明显让对方也松了一口气，天快黑的时候，终于有人打着“远山自救委员会”的旗号过来洽谈，而在钱伟问起怎么不见何春华时，他小心翼翼地用了“生病”这样的说法。

“我叫何春林，在何秘书长生病期间，将由我来负责和贵方联络，希望我们双方能够继续维持之前何秘书长和贵方张主席建立的友好关系。在我们那边做客的客人，我们肯定会继续照顾好他们，也希望联盟能够始终站在中立的立场上，帮助我们和地质学院履行好之前达成的协议。”

这个人应该是何家的嫡系，但是年纪比何春华要大不少，他的姿态相对来说放得比较低，这让悄悄躲在人群里的张晓舟和邱岳都猜测，何家应该是遇到了一定的困难，急于维护与城北联盟之间的关系，好把手上最重要的一股力量解放出来。

另一方面，他们在失去了板桥这个最重要的粮食来源之后，对于之前从地质学院勒索来的那批粮食的关注度显然高多了。

“何……师傅，”钱伟犹豫了一下，最后用了这样一个称谓，“你要去和我们张主席面谈吗？”

“能的话当然最好，就是不知道张主席什么时候方便？”

“明天早上吧？”钱伟答道，“我一会儿向张主席汇报一下这个事情，明天早上十点，就在新洲酒店如何？”

现在让他们过去当然不行，联盟正在大张旗鼓地安置那些从板桥撤出来的暴动者，让他们过去，这不正好撞上了吗？

但把他们拒之门外也不是个事，他们急于从瓦庄脱身，其实联盟也不希望把大量的人力浪费在这个地方。何家营的一方好歹还能在房子里躲着，联盟一方却必须要在露天的高速公路上扎营，一天天下来，风吹日晒雨淋的，很受罪。短时间来说当然没问题，但如果长时间在这里对峙下去，对于联盟也不是什么好事。

有一个晚上的话，也应该足够让联盟定出一个大体的基调了。

“我一定准时到！”何春林答道，随后退了回去。

“你们怎么看？”他刚刚走，钱伟便迫不及待地问道。

“等老常和梁宇他们过来，我们再具体讨论这个事情吧！”

张晓舟派人去通知两人来新洲这边开会，这时候，高速公路的西侧突然骚动了起来。

好在人们还有基本的纪律，几分钟后，有人一路跑过来说道：“严烨回来了！”

张晓舟等人都愣了一下，随即向着那边走了过去。

严烨身上全是黑灰，在黑暗中，除了眼睛几乎什么都看不到。

张晓舟和邱岳因为各自的原因没有再往前走，钱伟却直接大步走了上去，一把搂住了他。

“你小子！”他摇着头笑道。

严烨已经累了将近三天两夜,中间只断断续续地睡过几次,被他这么一撞,脚一软,差一点就直接坐了下去。

钱伟急忙拉住他,问道:“你受伤了?”

“没有,”严烨摇了摇头,“就是太困了,什么都别说,先让我睡一会儿!有什么过几个小时再问行不行?”

钱伟转头看了看张晓舟,他点点头,于是钱伟笑着说:“去睡吧!”

这其实也算是网开一面了,理论上来说,严烨必须回宣教部的那幢楼去,但现在,没有人会提那件事。

钱伟专门安排几个人送他回新洲去,严淇根本就不知道哥哥这几天又做了这么大的事情,当她看到一身黑灰的严烨,惊讶得差一点就叫了出来。但马上,她就张开双臂向严烨冲了过去。

“别!脏!”严烨急忙叫道。

但严淇根本不管这些,结结实实地抱住他,眼泪马上就流了出来。

“他们放你出来了?!”她惊喜地问道。

“我好困,先让我睡一觉行不行?”严烨的心一下子全都融化了,身体里所有强硬的东西都像是被这个拥抱击碎,困倦马上就征服了他。

“我去给你烧水洗脸!”严淇急忙说道。

但等她匆匆忙忙把严烨的盆找出来时,却看到他已经靠着墙睡着了。

“怎么把人累成这样!宣教部那些人也太过分了吧!”她哭着说道。

门还没来得及关,跟着过来的人们都悄悄地笑了起来。

邱岳也只能尴尬地对着其他人笑了笑,这样的黑锅对于别人来说无所谓,可对于他来说,还真不是什么好事。

钱伟和其他几个人敲了敲门,进去把严烨扶到床上,那一身黑灰一下子把床弄得脏透了。这让他们越发尴尬,急忙退了出来。

严淇替哥哥委屈了一会儿,还是拿着盆出去打了些热水,回来轻轻地用毛巾替他擦脸,擦手。

王哲这时候才听说严烨回来,匆匆忙忙从楼下上来,但看到张晓舟等人,他又呆住了。

“张主席……这个……”

“让严烨回来住几天，”张晓舟说道，“但你提醒一下大家，这件事情不要张扬，别扩大。”

王哲急忙点点头答应。

不管背后的真相是什么，有多少秘密多少故事，又或者是出于什么样的理由，就结果来说，这次严烨所做的事情对于联盟来说算足够大的功劳了。如果不出意外，他会减刑，应该很容易就能通过裁决庭的合议，甚至很有可能直接免除后续的刑罚。

但现在，他的身份还很尴尬。这样的事情虽然是特例，但站在张晓舟和邱岳的位置上，最好不要张扬。

“有什么稍后再问吧，”他对邱岳和钱伟说道，“我们先来讨论一下，下一步到底应该怎么走。”

这注定又是一个不眠之夜，但对于当前的局面来说，他们只能抓紧一切时间来讨论并做出对于联盟最有利的选择。

虽然并没有从严烨那里得到第一手信息，但从新洲酒店楼顶的观察点看到的一切和何春林的出现其实已经让他们知道了想要知道的绝大多数信息，严烨能够给予他们的无非是具体细节，这对于他们的判断并不会有太大的影响。

“我认为联盟应该利用这个机会。”邱岳说道。

从何春林离开到开会之前的这段时间里，他仔细地思考了一下当前的局面，事实上，在得到板桥的暴动者的投靠，又获取了地质学院的好感之后，局面已经比想象的对联盟更有利。

何家营最大的优势不过是人口，但按照他和那些劳工的交谈中所得到的信息，在短短不到半年的时间里，何家营所推行的政策已经残酷地淘汰了将近两千五百名老弱病残。

一名曾经担任过一段时间收尸者的暴动者谈起，在来到这个世界三个多月的时候，是死亡的高峰，有时候一天甚至有将近四十人死去。只是因为他们分散在何家营的各个地方，一经发现又马上就被抛出围墙，所以并没有激起人们的恐惧和暴乱。

到了后面，人们已经开始认命和麻木起来，而随着板桥村源源不断地有劣质却可以果腹的食物送过来,死亡率也终于有了下滑的势头。

但不管怎么说,这个数字都足以让任何人感到触目惊心。

没有人知道确切的数字,但大多数人都认为,何家营现在应该还有一万四千到一万五千人。这个数字是扣除了他们这批暴动者之后的估计,那其实对于联盟来说,双方之间的差距已经没有想象中那么大了。

联盟在接收了东南区的两百多名难民和板桥这一千六百多名暴动者后,所拥有的人口已经提高到了六千六百多人,而且随着难民和暴动者的加入,人口的结构和构成已经有了明显的好转。

加上地质学院以年轻人为主的四千多人,再考虑到训练和装备的差距,只要联盟和学校能够在这件事情上一致对外,城南城北的力量对比其实已经没有很大的区别。如果考虑到何家营内部也并非铁板一块,甚至可以说,城北的力量已经第一次压过了城南。

“很显然,何春华就算没有死,也一定受了很重的伤,以现在的医疗条件,除非他们放心把他送到我们这边医治,而我们又尽力地去医治他,否则的话,他即使活下来也未必能够像以前那样活跃,”邱岳说道,“严烨他们杀掉的那些人都是何家的铁杆支持者,失去了他们,何家的力量受到重挫,而且内部也必然面临巨大的冲突。在这种情况下,何家营的其他家族,赵家、高家、李家,难道不会蠢蠢欲动?”

“他们不会给我们机会进入他们内部的。”钱伟摇了摇头。

“当然不会,但我们可以自己找机会,”邱岳反驳道,“和何春林的谈判只是开始,下一步,地质学院还要继续用粮食赎人,我们作为中间人,肯定要在中间协调,只要我们有机会进入瓦庄甚至是何家营,就一定能有机会和其他家族的人接触。”

“何家又不是傻瓜,难道会看着你去和他们谈?”

“我们要行的不是阴谋,而是阳谋,”邱岳微笑着说道,“我们所有的一切都可以在台面上谈,这么多粮食,在这个世界堪比黄金,难道何家真能不动声色地吞下去?只要能在这件事情上挑动其他家族的不满,制造分裂,何家营内部的裂痕就会越来越大。到了那个时候,自然会有人想办法来找我们,和我们谈。”

阳谋?

老常不动声色地看了看张晓舟,这就是邱岳在做的事情吗?

即使是怀疑，即使知道他一定在背后做了什么，但你却没有证据，更没有任何理由去质疑他的贡献，仍然不得不捏着鼻子吞下他给你递的苦酒吗？

“邱岳的话有一定的道理，但从今天他们的表现来看，在何春华出事、何家的力量严重受损之后，即使我们什么都不做，他们已经快要撕破脸皮了，”老常说道，“现在我们再去做什么，一步步逼得太紧，会不会反而让他们感觉危险，摒弃内部纷争，联合起来对付我们？三国演义里，曹操在官渡之战后没有直接动手攻击袁绍的三个儿子，而是放任他们，给他们一个相对安全的环境让他们自斗，等到他们‘三败俱伤’以后再从容收拾局面。我觉得我们现在应该采用同样的策略。”

这样的话让邱岳对老常突然有些刮目相看了，虽然不知道他所看的是电视剧还是书，但能够从中得到这样的政治智慧，邱岳觉得自己之前有点太低估他了。

“这话没错，”他点点头，“但我们所说的并不矛盾。联盟当然要对他们表示出足够友善的态度来，让他们觉得没有外部风险，能够放开手脚去内斗，但这并不意味着我们就要完全置身事外。何家营相对于我们来说强大得多，但核心圈子其实很小，一次冒险或者是一次暗杀都有可能完全改变他们的政治格局。如果我们完全置身事外，一旦出现什么情况，局面就有可能对我们极其不利。所以我的建议是，放低姿态，给他们留出内斗的空间，但密切关注，并且适当引导局势，让他们往我们最需要的方向走。”

他看了看张晓舟，然后说道：“最好的一点是，有地质学院交出去的那批粮食打底，这样的局面应该不会对何家营的下层难民有很大的影响。即便是局势败坏到刀光剑影的地步，损失的应该也是何家营的上层和那些与他们走得近的人。这些人如果死了，对于我们来说反倒是一件好事。”

会议室里沉默了下来，张晓舟看了看其他人，然后说道：“明天和何春林的会谈我就不出席了，老常你出面，邱岳你来主办可以吗？”

“好。”“没问题。”两人分别答道。

“未来我们和地质学院以及何家营的关系对于联盟的发展来说至关重要，”张晓舟继续说道，“这是新出现的局面，我觉得，联盟应该设置一个新的部门来专门处理这方面的事情。邱岳，现在看来，只有你才能胜任这个工作。”

“其实把它放在宣教部下面也……”邱岳的脸色微微有些难看。

“宣教部那边的工作你已经开了一个好头，后面无非就是萧规曹随的事情，”张晓舟说道，“你还是兼宣教部的主任，但工作就交给夏末禅这个副主任来做吧，之前你不是说他做得不错吗？给他个机会锻炼锻炼，看看他能不能胜任这个工作。邱岳，对外交涉这一块的事情很重要，我希望你能把全部精力都放在这上面。”

邱岳用手摸了一下鼻子，作为一个老油子，他当然清楚这是张晓舟在敲打他。剥夺他的职权，把他从已经取得了一定成绩，也是他起家的地方调出来，重新去组建一个新的部门。

什么地方出了问题？

也许自己有点太得意忘形，太小看他们了？

“没问题。”他点点头说道。

对何家营一事的基调定下来之后，几个人便各自离开。

老常和邱岳因为第二天早上就要着手与何春林面谈的事情，干脆留在新洲酒店这边过夜，钱伟也带着那些民兵继续分批守夜。

于是只有张晓舟和梁宇两人回康华医院去。

从新洲酒店到康华医院的这条路算是联盟最主要的通道，沿途有两组民兵在巡逻，他们的安全倒是没有什么问题。

路边的那些玉米地正在安装网架，可以预期的是，只要与何家营保持哪怕只是暂时的虚假和平，人们便能够重新回来，把这些事完成，然后撒上肥料和从丛林边缘挖来的肥沃黑土，再一次播下希望的种子。

三个多月后，这里应该又会是郁郁葱葱的大片玉米，遮得周围什么都看不见。

两人一路上却都保持着沉默：一方面是因为太累，他们其实也两天两夜没休息了，精神和体力都已经到了极限；另一方面，则是彼此都在思考一些事情。

“你是不是觉得我有什么地方做得不对？”张晓舟最终还是忍不住问道。

其实梁宇从来都不是他可以推心置腹的人，某种意义上来说，其实他并不喜欢梁宇这样过于现实、过于斤斤计较的人。但他不得不承认，这也是梁宇的优点，在联盟后勤大总管的这个位置上，也只有梁宇这种性格的人才能做得好，才能做得下去。

这也正是从安澜大厦到城北联盟，梁宇一直都是他团队中非常重要的一员的原因。

但他可以相信的人都不在身边，而这样的想法却一直煎熬着他，让他不吐不快。

“有吗？”梁宇愣了一下之后答道，“应该没有，至少这一次应该没有吧？”

“真的吗？”

“张主席，别总是把自己逼得太紧了，”梁宇叹了一口气，“你还记得我第一次站出来和你谈的时候说了什么吗？”

张晓舟摇了摇头，虽然只是几个月前的事情，但这短短的几个月里发生的事情比他之前三十年发生的还要多，给他的感觉就像是已经过了几年。

“其实我一开始的确不太赞同你的想法，”梁宇说道，“我一直都认为，这个世界适用的，应该是一种类似战时体制的制度。人们推选出他们信任的人，一旦这个人被选出来，他就拥有了说一不二的权力。他的任期可以是有限的，但只要他还在这个位置上，他就有这样的权力。”

他的话让张晓舟愣了一下，因为这样的想法梁宇之前从来没有对他提过。

“你说的不就是罗马共和国曾经用过的制度？但最后的结果如何？共和国变成了帝国！一旦赋予了一个人这样的权力，他就有无限的机会和资源去巩固自己的地位，去收买和拉拢那些既得利益者，然后把阶层固化下来。前车之鉴，后车之戒。我们明明知道这条路不行，难道还要开历史的倒车？”

“但它依然存在了几百年不是吗？”梁宇说道，“我也知道这个想法存在很多问题，所以我并没有对其他人说过。不过，张主席，在面对那些烦心事的时候，你真的不会为自己的决定后悔吗？明明可以简单地解决问题，现在却要花费几倍的时间去说服、解释，让大家理解和支持才行。”

“我认为这是值得的。”张晓舟说道，“一言而决看似爽快，但却在不断地消耗大家对我们的信任和支持。我们现在的做法看似麻烦，可是，效果一定会比强行推行下去好得多。”

梁宇沉默了许久，然后才答道：“我不知道。我只知道，和你一起工作很安心，因为你是个好人。但是，真的太累了。你完全可以不必这么累，我们也完全可以不必这么累的。”

张晓舟同样沉默了，随后苦笑了一声：“对不起。”

在一切草创的时候，身为一个团队的领导，考虑的都是很具体又很琐碎的东西，绝大多数时候都必须身先士卒，以身作则。冒最大的风险，做最累的工作，想得比别人多，休息得比别人少。

在那个时候，他是真心不想做什么负责人。他从来都不认为自己是个合格的领导者，他很清楚，自己很多时候都过于理想化，他这样的人去掌舵，去管人，去协调人与人之间的关系，那必定是一场灾难。

但现在，一切已经变得不同。

当他成为城北联盟这样一个已经有着相当规模，建立了粗略制度的团体的领导后，他不再需要亲力亲为地去做那些事情，也不再需要去承担那些东西。更多的时候，他只要动一动嘴，就有人去完成他的指令。

就像是今天，虽然他同样要比别人思考更多的东西，承受比别人更多的压力，但他却可以调动数百人，甚至上千人按照他的想法行动。他可以轻松地做到大多数人无法做到的事情，但他很清楚，那并不是因为他比别人更聪明，更有本事，而是因为他在这个位置上。

所以他可以从容不迫、游刃有余地解决别人眼中的难题，并不是因为那些人无能，而是因为他们没有他所掌握的信息，无法使用他可以随意使用的资源，更无法像他一样命令人们按照他的指令去行动。

但人们并不会意识到这一点，他们只会看到，张主席来了，然后随手就把一切都处理得妥妥当当，让一切都在掌握之中。

当他怀疑邱岳在这一系列的事情上对他有所隐瞒，怀疑他的动机不纯，他可以轻易剥夺邱岳的所有权力，而像邱岳这样聪明的人甚至没有办法做出任何反抗，只能乖乖地服从。

权力可以让他被人尊重，被人敬仰，甚至是被人崇拜，也可以让人们服从，甚至让人们惧怕。

权力的滋味开始让他迷醉，但同时也让他警觉。

几个月以后，几年以后，他还会是现在的他吗？那个时候，他会不会已经变成了他一直都很痛恨的那种人，成了一个眷恋权力、鱼肉百姓的独裁者？

在想到这些的时候，他总会庆幸，自己和这些支持自己的人，从一开始就选择了相对正确的道路。

他们没有把这片土地变成另一个何家营，另一个康华医院，另一个地质学院。那样的话，一切或许都会变得完全不同。

这条路也许是最累的一条，但他始终相信，它会是一条正确的道路。

“没什么对得起对不起的，我只是说说而已。”梁宇说道，“城北联盟并不完美，不过，我很庆幸自己现在是其中的一员。”

“谢谢。”张晓舟说道。

“别总是给自己太大压力，如果可以的话，不要给自己树立太高的标准，”梁宇难得地笑了一下，“我们都只是普通人，但我们一定会尽力继续支持你走下去。”

“谢谢。”张晓舟有些抱歉地再一次说道。

他们已经走到了康华医院的门口，一个火盆正在门口燃烧着，同时起着光照和警示的作用。远处的联防队员看到这里的光亮和哨兵，便知道这里一切正常。

两名哨兵低声地聊着什么，看到他们过来，他们急忙站直了身体。

“张主席！梁主任！”

“辛苦了！”张晓舟对他们点点头，和梁宇一起走了进去。

“早点睡吧，”梁宇对他说道，“别想那些了，要是你有空，多想想该怎么喂饱新来的这些人，怎么让他们努力干活吧！”

“那……那就晚安了，”张晓舟对他说道，“明天我们再谈。”

“已经是今天了，一会儿见吧。”梁宇对着他摇了摇手，走向了自己的办公室。过了一会儿，油灯摇曳的光便亮了起来。

也许严烨这样的人在人们的眼中足以称为英雄，但在张晓舟看来，真正应该被尊敬的，应该是像钱伟和梁宇这样，长年累月默默做着自己工作的人。

他们对于联盟的贡献远远要高于严烨，却并不耀眼，也不受人重视，甚至不为人所知。梁宇甚至还经常被人私底下咒骂，认为他是个不懂得变通，不讲情面，翻脸不认人的小人。

如果非要在他们中间选，张晓舟的那一票绝不会投给严烨。

第14章

争　吵

“可以说，这次会面出乎意料地顺利，”张晓舟的办公室里，邱岳侃侃而谈，“何家营方面来的代表除了昨天你见过的何春林，还有李九德。”

张晓舟微微有些惊讶，按照他们从暴动劳工那里搜集到的信息，这个李九德算得上是除了何春成外，在何家营当前各势力当中最强的李家的代表。他十多年前也曾经当过何家营的村主任，在村民当中的影响力很大。

根据他们得到的那些信息，李九德可以说是何家营村老会当中最有权力的一员，他的出现，是不是意味着何家营内部的不同派系已经开始谋求变局了？

“他有和你们私下接触吗？”

“两边的人相互盯得很紧，几乎是一对一严防死守，”老常摇了摇头，“不过该说的，该表态的，该承诺的，我和邱岳都做了，粮食和俘虏交割的事情我们也挑明了，李九德当然希望从何家营的层面上来做这个事情，但何春林咬得很死，我看他们回去肯定会很热闹。”

“那就好，”张晓舟点点头，“邱岳，这件事就交给你了。及时跟进，有什么变化马上通报。你明白吗？”

“你放心好了，”邱岳不动声色地说道，“你有时间吗？正好我有些初步的想法想向你和常秘书长汇报一下。”

张晓舟忍不住看了老常一眼，他微微地点点头，显然，之前邱岳已经和他说过些什么了。

“好，我上个厕所，然后回来咱们接着聊。”张晓舟于是说道。

他走进厕所一会儿，老常也摸了进来。

“他说了什么？”张晓舟问道。

“他问我知不知道你是什么意思，”老常看了一眼厕所外面的走道，随后低声地说道，“我装了个傻，反问了他一句，他说之前根本就不知道你有这个想法，好好的突然来这么一下，感觉有点突兀，发了两句牢骚。”

“你觉得那个事情到底和他有没有关系？”

“我的直觉是有，”老常说道，“早上我看到他悄悄地去了严烨住的那层楼，应该是和严烨谈了一次，但是时间不长，可能是通了一下气。我只是还没想通，以严烨的性格，这么做不奇怪，邱岳这么做的理由是什么。”

“我们会搞清楚的。”张晓舟点点头，离开厕所向办公室走去。

从邱岳的脸上一点儿也看不出他有什么想法或者是不满，但他肯定很清楚，张晓舟和老常先后去上厕所的原因是什么。

等老常回来，他便大致地说了一下自己对于新部门的想法，然后便把皮球踢到了张晓舟这边。

“张主席，这只是我一点不成熟的想法，不知道和你之前的构想有没有冲突？如果有什么不妥的地方，你指出来，我尽快修正。”

“大致上没什么问题，”张晓舟说道，“你想从宣教部调人，这没问题，不过我还是希望你能尽量用新人。毕竟宣教部的任务也很重，如果把人都调走，我怕夏末禅一时没办法上手。”

他把早上梁宇送过来的对新来的一千六百名劳工的人力资源调查汇总表递给邱岳，道：“何家营留了不少人才给我们，梁宇近水楼台已经抢先挑走了好几个，第二个就让你挑，等你选完了，再交给其他部门去挑人。”

“那就多谢了，”邱岳笑着把名单接了过去，“这么快就弄出来了？梁主任的效率可以啊，不会是昨晚回来又加班了吧？”

“至于外联部的应急处置权和配备武装人员的事情，”张晓舟说道，“这个我觉得可以再商量一下，齐峰可以到你那里去兼副主任，如果有危及人员安全的紧急情况，可以由他指挥新洲团队及时处置。你们的安全保卫我会让钱伟安排好，这一点你不用担心。行政部门的责权还是要单纯一点，你觉得呢？"

"没错，"邱岳低头翻着名单，点点头答道，"这么安排不错。"

"这次板桥的事情你怎么看？"张晓舟突然问道。

邱岳抬起了头："张主席你问的是哪个方面？"

"方方面面，上次开会你都没怎么发言，话全被钱伟说了，"张晓舟说道，"我想知道你怎么看这次的事情。"

"从结果上来看当然是一件对联盟非常有利的大好事，"邱岳说道，"不过我个人比较赞同梁主任的看法，这次严烨的确是太冒失，有点过火了。他的出发点也许是好的，但事情能往好的方面发展，很大程度上是因为运气好，别人犯的错更大。否则的话，后果也许会很糟糕。如果你问我个人的意见，那我觉得这样的例子绝不能鼓励。但如果从联盟的角度出发，即便只是为了安抚板桥过来的人，我觉得还是得表彰一下。当然，这只是我的个人想法。"

"都是运气吗？"张晓舟看着他的眼睛说道，"没有别的原因？"

"那张主席你觉得呢？不是运气，难道是因为严烨的能力太强？"邱岳笑了起来，"这件事情里偶然因素本来就很多，不过严烨的贡献应该也是一个很重要的方面，至少他刺杀何春华这件事，真的没有什么可说的，绝对是足以流传下去的传奇故事了。不过我和他真的是不太熟悉，对他的评判可能有点偏颇，他当过张主席你的助手，对他，张主席你应该比我更有发言权吧？"

张晓舟没有想到他会这样回答，一时不知道是应该继续逼问下去，让他露出破绽，还是警告他一下，让他回去自己考虑清楚。

邱岳微笑看着他，让他有种有力使不上的感觉，老常在旁边说道："邱主任你忙你的去吧。"

邱岳却坐在原地不动，微笑着问道："还有一个事，张主席，你看我什么时候和夏末禅交接工作比较合适？"

"尽快吧！"张晓舟答道。

"那今天下午？张主席、常秘书长，你们有时间吗？这种人事变动你们来宣布比较好吧?”邱岳继续问道,神情平静,就好像根本没有注意到张晓舟的脸色。

他的话并没有任何问题,但表现出来的态度却让张晓舟无法继续容忍下去。

“邱岳,适可而止吧!我已经够给你留面子了!”他终于忍不住说道,“不要把别人都当成傻瓜!”

“我不知道张主席你是什么意思,”邱岳站了起来,“如果你对我有意见,认为我什么地方做错了,请直接指出来!要是你觉得我有罪,可以把我就地免职,送到裁决庭去审!我绝对完全服从,也完全尊重联盟的决定!但我到底是什么地方没做好,请张主席你直接指出来,我下去好认真改正,可以吗?”

他的声音很大,足以让整层楼的人都听到。

“你做了什么你自己清楚!”

“张主席,听你这话我真是一头雾水了,”邱岳依然是微笑着,摊开双手说道,“麻烦你明明白白地指出来,就算是死刑,起码让我死得明白一点,行吗?”

老常把门打开,外面已经围了很多工作人员,大家都有些疑惑,更多的却是紧张。

“都在这里干什么,去做自己的事情!”老常呵斥道,人们便都匆匆忙忙地跑开了。

“邱岳,你有什么意见可以正常提,这种态度算什么?逼宫吗?”他重新把门关上,对邱岳说道。

“逼宫?常秘书长,我可不敢!我也没有这个资格!我只是希望事情能摊开了说清楚,要贬职或者是撤职都没问题,但别搞得好像我做了什么见不得人的事情!”邱岳笑着摇了摇头,“我不知道我什么地方做错了,让你们觉得我有罪,好端端的要让我难堪。是因为我没有及时把地质学院出动的事情汇报回来?如果是因为这个,那我承认的确是有失职的地方,但我当天晚上就被软禁了,根本就没有机会传递任何信息回来!我不是超人,没本事杀出一条路来!如果是其他的事情,那我问心无愧!从加入联盟开始,我就一直尽心尽力地为联盟服务,不敢说鞠躬尽瘁,但我也尽力了!我所做的一切都是为了联盟的利益,就算没有功劳,至少也有苦劳吧?我不知道你们究竟是为什么怀疑我,以什么理由来指责我。麻烦你们,告诉我,行吗?”

“聚在这里干什么?不用干活吗?”梁宇的声音在房门外响了起来,随后是一片匆匆忙忙的脚步声。

在他们这个世界,没有明星,没有娱乐八卦,人们的精神生活极度贫乏,就连宣教部编出来的那些故事都能被人津津有味一字不落地看完，领导之间突如其来的矛盾极大地激发了他们的好奇心。

邱岳的嘴角再一次抽动起来。

从昨天晚上开始，事情就有一点偏离他的剧本，但没关系，也许走出这一步之后，一切反而会更加顺利。

他其实很抗拒陷入今天这样的不得不冒险一搏的困局，但与严烨有过短暂而又直指要害的交谈之后，他大概已经知道问题出在什么地方，也判断出，张晓舟和老常手上应该没有任何证据。

忍气吞声地按照张晓舟的安排去一个新的部门，老老实实地重新埋头苦干？

这当然是张晓舟的如意算盘，但那样的话，邱岳就彻底坐实了在背地里搞小动作的罪名，而张晓舟和老常也会看轻他。这件事情将变成他身上的一个污点，无法洗刷。可以预想，他将成为张晓舟执政团队中一个可有可无的边缘人物，永远也无法进入核心。

他决定搏一下，像个真正清白的人那样，把自己的不满直接表露出来。

即便是你们已经认定了我做过这些事情，可你们没有证据，那我就可以反过来指责你们对我有成见，对我的人格进行侮辱。

最有趣的地方在于，张晓舟这样的人往往在不应该强硬的时候强硬，在不应该一意孤行的地方一意孤行，但在这种应该强硬的时候，却因为没有任何直接证据而哑口无言，束手无策。

这让邱岳忍不住想笑。

看他们怎么做吧。

如果他们还要这么继续下去，那邱岳也将开始煽动民意，制造张晓舟和常磊嫉贤妒能，打压陷害忠良的小故事。如果他们因为这件事情而对严烨采取什么措施，那他就将开始散播严烨功高震主的谣言，让张晓舟其实是个伪君子，生怕别人的光芒盖过自己的说法在人们心里落地生根。

这样的东西也许不会马上见效，但在人们无聊的时候，这样的故事往往会流传得很快，而且很容易就能悄悄埋藏在他们心里，最终在合适的时候生根发芽。而对于那些刚刚受惠于严烨的板桥劳工来说，这很容易就能在他们的心里扎上一根刺，成为他们与张晓舟等人的一个心结。

那可是占到联盟四分之一的人口！

邱岳也许会失去当前的地位，如果是那样的话，他会蛰伏起来，全心全意地帮助严烨上位，同时也继续投资其他人，等待合适的机会东山再起。他已经证明了自己的能力，任何人如果想要把张晓舟取而代之，那就绝对不会放过他这样的帮手。

但他觉得，以张晓舟的手段，很有可能会在舆论的压力下，不得不继续起用他，以证明自己并非流言中那样的人。而他则可以继续玩弄这些庸人，慢慢扩大自己的力量和影响力。

因为他是清白无辜，遭到猜忌和迫害的受害者呀！

梁宇打开门走了进来。

“怎么了？有什么事情不能好好说？”他压低了声音说道。

“我没什么可以说的了，”邱岳马上说道，“是我的错，我应该服从联盟的任何安排，哪怕有委屈也不应该用这种方式表现出来。我应该相信张主席和常秘书长会调查清楚事情的真相，还我一个清白！对不起！”

他快步推开门从梁宇身边走了出去，斩断了张晓舟和老常扭转局势的最后机会。

张晓舟和老常都被气得不轻，最让他们无法忍受的是，他们完全没有机会去为自己辩解。

“是我的错，”许久之后，老常才说道，“我不应该在还没有收集到证据的时候就把事情告诉你。”

“这不怪你。”张晓舟摇摇头说道。

他早就知道老常并非很会钻营和操弄人心的人，否则的话，他也不会请老常来担任这么重要的职务。

而他自己又何尝不是？

在研究生毕业后的八年里，他一直就在同一家研究所工作，那里偶然也会有权力斗争，但却因为研究所的特殊属性而往往非常简单，研究员们之间最大的分歧无非在于科研经费的多少和职称的评选，他们之间的斗争往往简单又直接，大多数人甚至根本不屑于争斗，而是一门心思地只想憋一个惊人的成果出来证明自己。

在他过往的生活中从来就没有过邱岳这样的人存在，这让他根本就没有应付这种手段的经验。

“你们提前和我通个气也好，”梁宇在简单地了解了发生的事情之后，长长地叹了一口气，“事情至少能做得漂亮一点，现在怎么办?”

“突破口在严烨身上，”老常说道，“邱岳做了什么，只有他最清楚!”

“但他不会说出来的，”梁宇说道，“他本来就对张晓舟一肚子的怨气，邱岳如果能够说动他，肯定是利用这一点。你现在要让他说出他们俩做了什么，这根本就不可能，甚至很有可能让他俩越发抱团搞事。”

“那怎么办?”老常有些不忿。

“下午把各区的执委找来开个执委会，我们提前找他们谈谈话，把新的人事调动安排一下，集体决策，从程序上完成这个过程，让邱岳找不到话说，”梁宇说道，“其实一开始就应该这样做。不过现在也不晚，从程序上来说，之前可以算是张晓舟作为主席在调动前找他谈话，他不服从，闹情绪。现在我们走正常程序，组织安排，他不接受也得接受。”

但他随即皱起了眉头：“但现在的问题是，你们已经有充分的理由怀疑他在这里面搞了鬼，还让他继续负责这么重要的工作？如果他心怀怨恨，在和何家营接触的时候又搞什么名堂出来，联盟能够承受这样的后果吗?”

“那你的意见呢?”

“突然毫无理由地罢免他，这有点说不过去。他完全可以借此闹事，扩大影响，我们还没有理由处理他，”梁宇考虑了一会儿后说道，“最好的办法是把他调去负责别的部门，明升暗降安排一个强硬的副手架空他，但我们现在没有能够降得住他的人。还有一个办法是调他去没有办法制造问题和隐患的部门，但这要有充分的理由，以他的能力，我觉得他总会有办法给我们找麻烦。另一个办法是，调他去干他不擅长而又容易出问题的部门，让他犯错，然后就可以名正言顺地把他抹下来。”

“我的想法是，钱伟不是要调出来负责组建武装部吗？他手上的机械加工制造这块交给了张四海，但丛林开发的工作还是他兼着。不如让邱岳去负责那个事情，只要出现事故或者是伤病，就可以让他引咎辞职。”

张晓舟沉默了一下，摇了摇头。

这样做对于那些在丛林里工作的人来说非常不公平，他不会拿这些人的生命和健康开玩笑。

“我们干脆把他升得再高一点儿吧，”许久之后，他对老常和梁宇说道，“人多了，联盟的事情也多了，老常也需要一个有能力的副手。让他做副秘书长，协助老常的工作好了。”

“好主意！”梁宇点点头，“与其让他有机会出去搞事，不如把他捆在身边，牢牢地盯着他。这样的提拔他没有理由拒绝，但我们可以长时间让他没有事做。时间久了，他的影响力自然就消失了。以后换届让他从这个岗位上下来，谁也没有话说。”

“就这样办吧。”张晓舟说道。

老常和梁宇开始行动，张晓舟在办公室里坐了一会儿，心情依然很烦躁，他走出办公室去，走廊上有几个工作人员在窃窃私语，不知道是不是在议论之前的事情。

“刘哥。”他对走廊尽头的一名值班民兵叫道。

“张主席。”对方马上跑了过来。

“你现在有事吗？没有的话，麻烦你去新洲那边一趟，告诉钱伟，让他安排一下手上的事情，带着严烨一起过来找我。”

“小李，麻烦你去楼下看看江晓华在不在，在的话，请他到我的办公室来。另外，看看夏末禅在不在办公室，也请他来一下。”

“张主席，我……”夏末禅毫无心理准备，听到张晓舟的话之后，突然觉得有点呼吸困难了。

“我真的……”他很感谢张晓舟对他的信任，但跟着邱岳在宣教部干了一个多月，他也清楚地知道，这里面的水有多深。

宣教部里邱岳挑选出来的那些都是人精，而且年纪多半都比他大，他一个二十出头的大三学生，有什么本事去压服他们？他现在这个副主任，说白了不过是一个给地质学院来的人看的标杆，不过是用来证明联盟优越性的旗帜，他也努力地在学习如何做好宣传教育工作，但事实上，邱岳的权力欲很强，他根本就没有半点插手的机会。

“你先别忙着拒绝，”张晓舟说道，“我问你，当初你从地质学院跑到我们这边来是为了什么？”

夏末禅不明白他的意思，无法回答。

“难道不是因为对于地质学院的现状感到失望？觉得联盟更有希望？”

夏末禅点了点头。

“你不想为联盟继续向良性方向发展付出努力吗？”张晓舟问道。

“我当然想，但我真的是没有能力去接手这个事情。”夏末禅说道。张晓舟信任的目光让他放下了所有的顾虑，把自己在宣教部看到的那些东西一一说了出来：“张主席，以我的年龄和资历，真的没有办法去管那些人。”

“谁不服管，你告诉我，我来处理，我来警告。如果有在暗地里搞事的人，那就坚决开除！你可以尽力去寻找符合你要求的人，只要不超出编制，我一定批给你，”张晓舟说道，“你能看到这些东西，证明你并没有在里面混日子，证明你已经摸清了里面的行行道道，这就比我强得多了。我相信这个工作肯定是有技巧，有诀窍的，但单凭技巧，仅仅是抱着愚弄别人、玩弄人心的态度去做这份工作，总有一天要出问题。我其实一直都在观察你，我相信你对于联盟的认可是发自内心的，单凭这一点，你就比那些玩弄技巧和文字的老油条强得多！”

“张主席！”夏末禅的心里激动了起来，不知道该说什么。

“我希望你们能够找出真正能够打动人心、引起人们共鸣的东西，而不是怀着功利的态度去编造一些故事出来愚弄大家。”张晓舟说道，“我希望宣教部能够激发人们的勇气，引导人们向善、努力工作，鼓励人们去抗争，去征服这个世界，而不是以现在的方式继续工作。你明白吗？”

夏末禅下意识地摇着头，他不是不明白张晓舟的话，而是不相信自己能够做到张晓舟所要求的事情。

“想想你离开地质学院到联盟来的初衷，”张晓舟说道，“从你写的那篇关于自己的故事里，我丝毫也看不出你的心声，你真正的想法。通篇都在讲述地质学院的弊端，都在讲它怎么不好，联盟怎么好，那真的是你自己写的吗？”

夏末禅羞愧了起来，那篇文章与他最初所写的东西大相径庭，但邱岳看过之后，觉得不够深刻，没有把地质学院的问题真正揭露出来，于是让他改了几次，最后干脆交给另外一个人写，只是署了他的名。

“相信自己，”张晓舟对他说道，“我会全力支持你！”

“但我只是一个外来者。”夏末禅说道。

“邱岳也只是一个普通的联盟成员，他一开始的时候甚至隐瞒自己的身份，不愿意为联盟出力，宁愿在旁边观望。你投奔联盟的时间比他愿意站出来的时间更早，如果要比，他的资历比你更浅，”张晓舟说道，“这都不是理由。我只问你，你愿不愿承担这份责任，尽最大的努力去做？”

“我当然愿意！”

“那么，就拜托你了，”张晓舟说道，“今天下午四点钟记得来开会，邱岳调任其他职务后，你继续做宣教部副主任，主持工作，可以吗？”

夏末禅犹豫不决地点了点头。

“不要忘记你当初离开地质学院，宁愿抛弃委员的职位，冒着半路被恐龙吃掉的风险也要投奔联盟的初心，真诚地为了让联盟更好而付出你的努力，可以做到吗？”

夏末禅用力地点了点头。

“那就拜托你了，不要担心，有任何问题，我和老常都会不遗余力地帮你，”张晓舟站起来，走到他身边拍了拍他的肩膀，“如果你当初写的那份稿子还在，拿来让我看看好吗？让我看看，你和邱岳究竟有多大的差别。”

外面有人敲了敲门，夏末禅站了起来。

“张主席，我一定会尽力的！”

“谢谢！拜托了！”

外面站的是钱伟和严烨，他们来得比张晓舟预料的晚得多。但张晓舟没有问理由，而是招呼他们进来坐下。

钱伟的表情微微有些尴尬。

接到卫兵的传话之后他就准备出发，但却没有在新洲酒店找到严烨。他花了一个多小时之后才在红叶酒店附近一个新的安置点找到了正在和秦继承等人说话的严烨。双方的表情看上去有些古怪，而看到他来之后，他们却停止了谈话。

听说张晓舟找自己，严烨脸上又是那种惯有的倔强而又不屑的笑容，他什么也没有说，默默地跟着钱伟往康华医院这边走了过来。

钱伟不知道他们在说什么，但他可以感觉到，并不是单纯的叙旧，而是别的东西。

“瓦庄那边的兵力已经恢复正常，所以我这边也把队伍解散了。”钱伟对张晓舟说道。

上午老常和邱岳与城南的人会面后，瓦庄的士兵便开始陆续后撤，这让他终于也可以把民兵的数量减少到每日正常训练的水平，并且带回到新洲酒店这边恢复日常训练。

地质学院的队伍也撤了回去，不过他和那个退伍军人在这段时间聊了不少，对方隐隐约约透露出了外来派的一些想法，如果地质学院能够进入正轨，将会撤掉大多数围墙周围实际上已经没有任何意义的卫兵，把人力投入到更有意义的工作上，甚至有可能考虑重新复课，让学生轮流上课。

地质学院的队伍将像联盟一样拉到高速公路上来，到了那个时候，可以以高速公路为防线，地质学院负责西段，而城北联盟负责东段。

“这是个好消息，”张晓舟点了点头，“他们如果真的走到这一步，可以请他们看看能不能办小学和中学。”

城北联盟的小孩比其他任何地方都多，这些孩子现在几乎都在放野马，但这肯定不行，人类的未来就寄托在他们身上，如果他们变成一群什么都不懂的野人，那就完蛋了。

“钱伟，下午四点在一楼会议室开会，我准备在会上提武装部的事情，你做一下准备。”

这是已经策划了很久的事情，钱伟一点儿也不觉得突兀，于是点了点头。

“另外还有一点事情，你去找找老常，他和你谈。”

钱伟愣了一下，这是要和严烨单独谈？两人会不会又吵起来，甚至是打起来？

“让我和严烨单独谈谈。”

钱伟犹豫了一下，最终还是站起来走了出去，但却没有关门。张晓舟摇摇头，也没有去管他，把头转向了严烨。

他还是那副一到张晓舟面前就半死不活、生人勿近的样子，让人看了就生气。

“你来之前，我和江晓华谈过了，”张晓舟微微叹了一口气，然后坐在了他的对面，“他承诺会尽快组织一个裁决庭，对你服刑以来的表现和在几次行动中的功劳做一个评价，然后公开做出裁决。减刑是肯定的，我觉得以你这段时间的贡献，宣布当庭释放的可能性也很大。”

严烨的嘴角抽动了一下，却没有说话。

装模作样，多此一举。他在心里说道。虚伪！无非是像邱岳说的那样，想在大庭广众之下，尤其是在那些从板桥来的人面前羞辱我！说得这么冠冕堂皇。

“我希望你明白，这不是针对你，而是为今后所有类似的事情立一个标杆。我不希望联盟的刑罚变成儿戏，也不希望未来减刑的权利变成少数人谋取私利、徇私枉法的工具，你可以理解吗？”

严烨没有说话。

“出来之后，你想做什么？”张晓舟忍着气问道。

“我听从安排，”严烨说道，“张主席安排我去哪儿，我就去哪儿。”

张晓舟深深地吸了一口气，然后说道：“我们准备从这次从板桥过来的人当中征募和挑选一些人，把新洲团队扩充到八十人，然后再拆分成两组。一组专门作为精英战斗组，另外一组专门负责探索丛林。新洲团队这个名字将不再出现，而是并入相应的部门。战斗组会加强与人作战的训练，但爆发战斗的可能性其实并不大。探索队将会侧重猎杀恐龙，测绘，野外生存方面的训练，伤亡率可能会很高。当然，还有别的选择，钱伟那里马上要组建武装部，如果你愿意，到他那里去帮忙也可以。”

最后一句话让严烨有些意外，按照邱岳早上的分析，张晓舟绝不可能让他再有这样的机会，只会让他继续从事危险性高，但却很难进入联盟核心圈子的工作。

但显然，武装部绝对会是联盟今后一个很重要的部门。

“随我挑？”他忍不住问道。

张晓舟点了点头：“战斗组的负责人将是齐峰，探索队暂时会由龙云鸿兼任队长，等武文达伤愈。”

“龙云鸿？他有什么资格？！”严烨说道。他当然知道这个人，当初去猎杀镰刀龙的时候两人曾经一起行动，他并不觉得这个人比自己强。武文达的伤没有大半年不可能好，就算是好了，也要面临长时间的康复训练，这相当于一直让这个龙云鸿负责了。

凭什么？

邱岳干得好好的被他调开，让位给夏末禅那样的外人，现在又让一个新来的当头？

“他是退伍军人，而且精通测绘，”张晓舟答道，虽然严烨的态度依然不好，但这已经是他们近来最正常的一次谈话了，“就目前而言，他是最合适的人选。”

结果严烨的嘴又闭上了。

“你不必马上就答复我，”张晓舟答道，“可以回去慢慢考虑一下，在裁决庭公开裁决之后给我答复就行了。”

提到“裁决庭”这几个字，严烨心里突然一股无名火冒了出来：“要我谢谢你吗，张主席？”

张晓舟无视了他话里的挑衅，摇摇头答道：“这不是我给你的，而是你自己争取的。”

“我可以走了吗？”严烨问道。

“我还有问题要问你。”

果然来了吗？严烨的嘴角挤出了一丝冷笑。

“你怎么知道地质学院将会在前天凌晨动手？”张晓舟问道。

“我猜的。”严烨答道。

这样的答案让张晓舟一下子火了起来，但他再一次强压了下去。

“你猜的？”他握紧了拳头，尽力让自己平静下来。

“这有什么问题吗？”严烨反问道，“邱岳传达联盟的命令派我去串联的时候告诉我，地质学院随时都有可能会对板桥动手，那他们不凌晨出动，难道大白天主动去送死？”

“那为什么是前天凌晨？”

“我不知道，我为了让他们有点紧迫感，随口说的。不然他们拖拖拉拉的，什么时候能成事？”严烨答道，“但我运气好，一下就猜中了。”

“你想过这样做的后果吗？”张晓舟终于愤怒了起来。

“如果地质学院没来，那就不暴动，继续等待，会有什么不同？”严烨反问道，“他们早就无法忍受何春华那些人了，即使我不去，他们总有一天也会这么干。我给了他们一个可行的行动方案，告诉他们一个可能出现的时机，然后豁出命去带他们一起干，最后成功了！这有什么不对？张主席，邱岳当时告诉我，是你派我去串联，让他们逃亡到联盟或者是暴动，现在两个目的都达到了，而且很成功，你还想指责我什么？说我擅自行动吗？那我当时应该怎么做，告诉他们，你们应该想办法暴动或者是逃亡，然后什么都不做,拍拍屁股回来继续当我的囚犯吗?”

钱伟的身影出现在门外,但里面只是声音大,还没吵起来,他也就没有进去。

“好,我就当你说的是真的!”张晓舟的声音也大了起来,“现在是成功了,可你想过没有,如果失败了呢?即使你判断有这样的可能性,有成功的机会,为什么不提前向联盟汇报?联盟投入更多的人力和资源去帮助他们,难道成功率不会更高?你不考虑何家营会有什么反应吗?如果你提前汇报,我们就可以提前做出应对!地质学院那些人就不会白白地死掉!”

“他们死掉和我有什么关系?”严烨说道,“对不起,张主席,我没你那么高尚,没你那么伟大,我是联盟的人,地质学院的人死活我管不了,也不想管!你说得倒是好听!问我怎么不汇报?我真的向联盟汇报了,你就真的会下决心动手吗?”

他突然站了起来。

“事情都已经结束了,已经成功了,你和我说这些有什么用?还想怎么样?又想给我上课?又想指责我?对不起,张主席,我不想听你这些废话!如果我像你一样想,那这些劳工现在还被关在板桥的劳工营里,还在过着没有希望、生不如死的日子,永远也没有逃脱的机会了!何春华也还在你面前耀武扬威,而你连屁都不敢放一个!”

张晓舟愤怒地握着拳头站了起来,而严烨却仰起头,高傲地看着他。

“想打我是吗?来啊!打这里!我可不是高辉,被你打了还忍气吞声!你这样的人,只敢对自己人横,对外人却恨不得去舔!你真的是联盟的主席吗?打啊!让别人看看,我没有被何家营的那些混蛋碰一个指头,却被联盟的混蛋给打了。来啊!”

“出去!”张晓舟气得浑身发抖,本来有很多话想要对严烨说,希望能够弥合彼此之间的裂痕,甚至想要提醒他不要被邱岳那样的人利用,但已经一个字都想不起来了。

“严烨!”钱伟冲了进来,狠狠地给了他一拳,“你发什么疯!”

“张主席,你尽管去羞辱我,去抹杀我的功劳好了,”严烨却继续说道,“大家的眼睛是雪亮的,你这样的人,迟早会有被看穿的那一天!”

“你还乱说!疯了是吧?!管不住你的臭嘴是不是?!”钱伟狠狠地推了他一下,把他从张晓舟的办公室里推了出去。

张晓舟站在原地，深深地吸着气，但却怎么也平静不下来。

钱伟把严烨推了出去，过了一会儿又回来了。

张晓舟依然保持着之前的动作，显然被气得不轻。

钱伟也不知道应该说什么了，站在外面没听清楚他们一开始在说什么，但他可以确定，张晓舟一开始明显是想要缓和关系，可这两人到底为什么又这么吵起来了？难道他们真的命中相克，没有办法共存了？

对于钱伟来说，当然是张晓舟更重要。从道理上来说，张晓舟作为联盟主席主动放下姿态示好，严烨就算是不接受，最起码也应该表示足够的尊重，现在这种态度，真的让人彻底看不起他。

他原本觉得这个人很不错，有头脑也有勇气，期望张晓舟能够同意让他来武装部帮自己的忙。但这个念头现在彻底打消了，这种人能干出多少好事，就能干出多少坏事，这样的定时炸弹，还是让他有多远滚多远为好。

“这家伙，根本还是个中二期没过的小屁孩，有了点功劳就以为自己了不起，说话都不过大脑的，我看他也就这样了！这种人，张晓舟你别理他就行了，等这件事过了，让他自生自灭就行了！”

张晓舟摇了摇头：“钱伟你忙你的去吧，我没事。”

事实上，连续吵两次，对于他来说绝不好受。

地质学院进攻的时间严烨真的是猜出来的？

他短暂地疑惑了一会儿，但很快就否定了这一点。事情不可能这么巧，严烨也不可能真的就凭自己的猜测去骗人拼命。

邱岳的表现绝不正常，以他的做事习惯，如果他是委屈的，他绝不会直接和自己闹翻，肯定会想方设法通过各种途径来洗清自己的污点，重新获得张晓舟的信任。

他之前的做法太符合一般人的做事方式，放在他身上反而极不正常，证明他心里确实有鬼。

“张主席？”有人敲门，他抬起头，看到那是江晓华。

“进来吧。”他点点头，回到自己的办公桌后。

“我听说，刚刚严烨他？”

“一个不懂事的小孩子，不用管他，”张晓舟说道，“什么事？”

"就是严烨的事情……"江晓华迟疑了一下。

"正常办理就行了,该怎么样就怎么样,千万不要因为他和我吵架而区别对待。"

"我知道,"江晓华说道,"我拟了一份调查清单,你看看行不行。"

调查的对象包括之前两次丛林探险和营救行动的其他当事人,宣教部管犯人的工作人员,还有就是板桥过来的人员,因为江晓华不知道该找谁,这一栏空了几格。

名单上还有张晓舟本人和邱岳,张晓舟拿起笔,随手把邱岳的名字画掉了。

"人员名单你去找老常,他那里有这次板桥过来的那些人所在的安置点的具体位置和负责人的名字,有个人叫秦继承,是他们之前选出来的负责人,你们可以请他来多聊一聊。"

江晓华点点头,把一份找人谈话的许可函放在他面前,张晓舟看了看内容,签上了自己的名字。

"裁决庭的构成要加上新来的人吗?"江晓华最后问道,"他们应该还不算正式成员吧?"

张晓舟迟疑了一下。

"这个问题我们下午开会的时候会讨论,你先别急着抽签,等下午的结果出来再说吧。"

说是下午,其实这会儿已经很接近开会时间了,陆陆续续又有人来找他办事,大家都听说他今天和人吵了两架,觉得他心情肯定不好,说话都小声小气,这让张晓舟有点哭笑不得。

江晓华的提醒让他想起了新加入这些人的身份和权利问题,于是他专门去找了一下老常,两人商量了一下,决定通知秦继承过来,作为列席人员参与这次会议。

会议很快召开。

参会者除了张晓舟、老常、梁宇、钱伟和邱岳等联盟日常职能部门的负责人,还包括了七个区的执委以及新洲团队的齐峰,宣教部的副主任夏末禅,还有新加入的板桥劳工代表秦继承。

邱岳第一次坐在距离张晓舟最远的地方,而之前,他几乎都是能离多近就坐多近。

所有执委老常和梁宇都已经提前打了招呼,对于这样的情况他们并不是没有准备，但多多少少还是有些觉得奇怪。

老常和梁宇并没有说邱岳犯了什么事被调动，只是隐约地告诉他们，他这个人不太纯粹，当面一套背面一套在搞小动作。有些人本来就不喜欢他这样的人，看他的目光便有些不善，但也有像王牧林这样的执委，看他的目光便多少有些复杂。

“那我们现在开会。”老常清了清嗓子说道。

会议一开始并没有宣布调动邱岳的事情，这是担心他当场闹起来，影响正事。反正他们也不准备请他发言，让他适应一下做雕塑的感觉也好。

首先要说的就是成立武装部的事情，这个事情其实已经吹了很长时间的风，现在来安排大家都觉得有点晚了。

钱伟作为筹备组的组长把整体构想和具体步骤、编制、指挥体系、后勤保障、装备等问题都说了一下，这个东西其实他们已经讨论过很多次，参考了不少杨鸿英以前当民兵时候的东西，新加入的退伍军人龙云鸿也出了不少主意，不过他们都没干过武装部的事情，现在的条件也很有限，很多东西肯定都和之前那个世界差别很大。

按照这个构想，新成立的武装部将成为联盟最重要，也是最基本的军事部门。

动员分为三级，第一级包括十八岁到三十五岁的成年男子，第二级为十五岁以上，五十岁以下的男性，第三级则增加了十八岁到四十岁的成年女性。

这样做并不是歧视女性，而是因为，如果远山的人类想要拥有未来，那提高生育率就是一项至关重要的事情，每一个育龄妇女都将是宝贵的财富。

三级动员对象的区别在于接受军事训练的时间长短，装备水平以及履行日常军事义务的不同。

除非是有健康问题，或者是像段宏那样属于联盟重要而且不可替代的人才，否则所有在上述条件之内的人员都必须加入民兵体系，成为其中的一员，纳入编制，定期接受军事训练，并且按照武装部的安排执行日常的警戒、巡逻、安全保卫等工作。

接受军事训练和执行任务期间的伙食由联盟统一提供，装备也由武装部逐步下发，替代原有的那些质量和规格参差不齐的自制武器，但没有报酬，而是作为每一个正式成员的义务。

一级动员为联盟的常备武力，现在统计出来的人员共有八百九十人，计入了之前瓦庄的难民，但还没有计入城东南区刚刚加入联盟的新难民和来自板桥的劳工。如果算上他们，估计人员将达到一千四百人左右。

张晓舟任总队长，老常和钱伟为副队长，下设三个大队，分别由执委担任正副大队长和政委等职务。

新洲团队将进行改编，并入总队，为直属特种作战大队，齐峰任大队长，下设特战分队（王永军为队长，暂由齐峰兼管），侦察分队（武文达为队长，暂由龙云鸿代理）。

民兵总队下同时设工兵队（由张四海负责的机械加工队伍整体编制）、通信组、卫生队（由康华医院抽调人员编制）等直属机构。

武装部同时兼为民兵的行政机构，下设一个教导队，队长为杨鸿英，副队长为王兴和龙云鸿。

各级负责人的职务随在联盟中的职务而自然任免，也就是说，譬如张晓舟自己，他现在因为当选为联盟执委会主席而自动成为民兵总队长，卸任之后自然解除职务，由后继者接任。

人们对最后一条多少有些吃惊，谁都看得出来，这其实是对主席这个职位的限制，但张晓舟自己愿意这么干，其他人当然不会有什么意见。

“常备武力一千四百人，会不会太多了？”王牧林看了看其他人，第一个提出了疑问。

“事实上这比我们现在的情况还减少了一些，”钱伟向他解释道，“我们现在实际动用的民兵其实已经快要到二级动员的水平了，新的这种办法事实上是大大减少了日常出勤的人数。而且既然是民兵，那就肯定不是全职，而是轮换出勤。武装部这边会拟订一个训练和执勤计划，每天的出勤人数应该会保证在四百到五百人之间，这也是按照联盟现在的后勤保障能力可以支持的最大人数。”

“不设一个警备中队之类的机构吗？”另外一个人问道。

“平时的警备任务都是由各中队轮流执行，如果专门设一个警备中队，反而不好轮岗。如果遇到紧急状况，我们会把一大队下面的一中队直接作为警备中队使用。”

大家拿着资料仔细地研究着，大多数男人都有指点江山的爱好，想到自己能够当个指挥官，指挥四五百人的部队，大家都有点兴奋。

“这一次编制的方式会和之前不一样，”钱伟在这时解释道，“我们不会再以行政分区为单位编制，而是会把所有符合入伍条件的人打散之后编制。这就避免了一支队伍执行勤务的时候，整个区都空了的情况。另外，平时我们会采取每个大队只抽调一个中队执勤的方式，这些出勤队伍由武装部来负责指挥，所以各位应该不会出现行政事务脱不开身的情况。”

好几个人一下子很失望，这话说得好听，其实是告诉他们，他们主要还是负责内政，指挥队伍是钱伟和武装部的事情，他们调动和指挥队伍的权力甚至比现在这种方式还小了。不过他们也说不出自己非要把队伍揽在手里的话来，虽然大家多少都有点想法，但规章制度上定得很死，几乎不给他们可以利用的空间，甚至把张晓舟自己的路都已经堵死了。

张晓舟等待着人们议论的结果，这对于联盟来说是非常重要的一项改革，某种意义上来说，如果能够顺利完成，联盟的组织力和执行力都会上一个很大的台阶。

他忍不住看了一下邱岳，说起来这还是他提出的方案，但他只是低头玩弄着手中的笔，什么话也没有说。

“大家还有什么疑问或者是意见吗？如果没有的话，我们现在表决。”

结果是全票通过，进入下一个议题，板桥劳工的身份问题。

秦继承下意识地坐直了身体，有些紧张了起来。

“板桥来的这些人，他们和之前瓦庄来的那些难民不同，并不需要联盟养活他们。在座的各位和他们都已经有了初步的接触，应该能够感受得到，他们都非常愿意通过自己的努力来争取美好的生活。我相信，只要给他们提供一些基本的条件，他们就能做得很好，也能够很快就融入我们当中。所以我建议，直接给予他们联盟成员的身份。”

张晓舟的每一个字秦继承都听得很认真，而且他也认为这并没有说错。

他们并不需要谁施舍或者是帮助，只要给他们公平的条件，他们绝对可以做得比其他人都好。

这让秦继承对于张晓舟的印象又好了起来，上午时严烨对他们所说的那些事情所造成的不良影响因为这些话而消除了不少。

事实上，严烨所说的那些话他们本来就有所怀疑，只是其中的某些东西真的很出乎他们的意料。严烨的身份竟然是联盟的一名囚徒，这谁能想到？

不过张晓舟之前亲自来板桥下面的悬崖接应他们，而且把一切都处理得井井有条,甚至亲自到危险的第一线去解决问题,这给了他很不错的第一印象。他很难相信,这样的人会因为嫉妒或者是别的原因而去迫害其他人。

还是再看看吧。

严烨对于他们这些从板桥来的人的确是付出了很多东西,但他们也要生活,如果从一开始就对联盟有想法,那后面怎么过?

张晓舟看着执委们。

没有人愿意在这个事情上唱反调,每个人都清楚,这一千六百人对于联盟来说有着怎样的意义,给予他们正式成员的身份只是时间问题。既然是这样,为什么要和这些注定成为同伴的人在这种事情上产生隔阂?

“问题是,粮食和土地怎么解决?”有人低声地问道。

他们此前已经把居住地附近容易开发的平地都用上了,现在每个区都有两百多人进驻,如果给予他们正式成员的身份,那就意味着,每个区都需要再想办法找出一百多亩可开发的土地来。对于到处都是建筑物,地面上全都覆盖着混凝土或者是柏油层的城北地区来说,这可不是一件容易的事情。

对于整个联盟来说,这些人所需要给予的土地面积更是达到了八百亩,这样大的耕地面积到什么地方去找?

“丛林!”张晓舟说道,“粮食和土地,我们都只能向丛林去找!丛林能够提供我们足够的食物,这一点大家应该都已经很清楚了。在开发的过程中,土地自然就有了。现在我们两个丛林开发点加起来有将近五十亩地,大家都能看到,它们的肥沃程度远远超过城里的土地,收成也肯定会好得多。未来我们耕作的方向肯定只能是丛林,丛林也能提供我们所需要的空间和资源。”

“但我们两个多月才开发了五十亩地,他们有一千六百人!”

“之前我们速度的确不快,这是因为我们没有开发的经验,很多时间都花在摸索上,投入的人力不足,也没有称手的工具。一开始的时候,我们甚至连砍树要怎么砍才能让它们按照我们期望的方向倒下去都不知道,”张晓舟说道,“但现在情况已经不一样了,周围的环境我们基本上已经摸清楚了,在开发丛林的过程中会有些什么样的危险,需要注意些什么,我们也已经有了足够的经验。更关键的是,在张四海加盟后,我们已经加工出了第一批双人大龙锯,伐木的速度将会有一个飞跃性的提高!”

有些人甚至不知道什么叫双人大龙锯，不过听张晓舟的意思，这应该是一种伐巨木用的工具，于是他们便跟着其他人鼓起掌来。

“秦老哥，”张晓舟说道，“你们也许要等待一段时间，而且要付出很多努力才能拥有自己的土地。但请你们相信，这样的等待是值得的。”

“这没问题，”秦继承急忙表态，“我们已经听说了，之前的那些地也是大家一批批自己开垦出来的。我想兄弟们也不会想着不劳而获，只要联盟给我们支持，我们肯定能做好的。”

大家最担心的问题既然可以解决，那表决结果当然不会有任何意外。

梁宇例行公事地向大家汇报了一下各项数据，会议的主要议程就已经完成了。

老常在这时清了清嗓子，道：“那我们开始最后一项议程，对联盟行政部门的一些管理人员进行调整和任免。”

邱岳冷笑了起来，能想到在这个会上强行通过，你们倒比我想的有进步了。

大多数人都已经提前打了招呼，对于这个事情并没有什么意外的，但人们没有想到的是，对于邱岳的安排，并非如他们想象的那样直接踢到什么地方去做个办事人员，反而以老常受过伤，身体状况不太好为理由，提拔他为副秘书长。

这样的结果让邱岳也惊讶了起来，但很快，他就在心里冷笑了起来。

比我想的还要蠢啊。就因为我说的那些话，结果真的又想当婊子又想立牌坊了？

其实以张晓舟此时的威望，直接快刀斩乱麻把邱岳一抹到底才是最聪明的做法，这样当然会带来一些负面的影响，但邱岳失去了职务和平台之后，能够造成的影响也会有限，对于他来说，要想东山再起，所要付出的代价和努力也会更多。

如果张晓舟再黑心一点，直接安上一个徇私舞弊或者是贪腐的帽子，把邱岳抓起来，名声彻底搞臭，然后弄到丛林去找个机会让其出事故死掉，一了百了。

也许有人会怀疑，有人会觉得不满，但人死灯灭，有谁会为了一个贪污犯鸣不平，质疑联盟的最高领导者的作为？从肉体上消灭政治对手是一件突破下限的事情，但在这样的世界，在这样的环境下，这才是上位者对于政敌和任何可能威胁到自己的人应该采取的手段。

但张晓舟不是这样的人，一个理想主义者，而且还是一个有精神洁癖的理想主义者，一个时时刻刻都在害怕自己权力过大，害怕自己变成一个独裁者，恨不得多给自己套上几副枷锁的理想主义者。呵呵……

如果当初自己意气风发的时候无意间得罪的那位领导也有这样的情操，那自己又怎么会被贬到石远高速管理处去做一个小小的副科长？又怎么会被卷入这个世界？

副秘书长？

他们以为这就是所谓的“明升暗贬”？以为这就能把我高高地挂起来，变成一尊雕像？

只要有这个职位就够了，在这个平台上，足够我邱岳去做更多的事情了。

“感谢张主席，感谢常秘书长和各位执委的信任，”他发自真心地说道，“我将会在新的岗位上，兢兢业业，克己奉公，鞠躬尽瘁，继续全心全意地为了联盟和联盟所有成员的利益贡献我所有的智慧。请张主席和常秘书长放心，请各位执委放心，我会以自己的实际努力证明，你们没有做出错误的选择！”

第15章

英　雄

一切似乎又平静了下来，在休息了两天之后，从板桥来的劳工们重新被聚集在一起开了一个动员会，一方面是宣布给予他们联盟正式成员的身份，由张晓舟和老常出面，告诉他们将享有什么样的权利，承担什么样的义务，同时，也是向他们交底，告诉他们联盟的实际情况和对于他们这些人的具体安排。

联盟成立了一个新的丛林开发部，由吴建伟任主任，秦继承任副主任，接手了之前由钱伟负责的丛林开发工作，同时也将负责指导和安排这些人接下来一段时间内的丛林作业。

部门下面一半的工作人员都是来自板桥的劳工，这样的安排多多少少考虑到了他们的感受，让他们心里舒服一些。

“联盟会尽最大的努力给你们提供最好的条件，帮助大家度过这段相对艰苦的时期。大家做的虽然看起来还是和在板桥那边时一样的工作，但我相信，很快大家就能体会到其中的不同。在这里，我们每一个人都是平等的，谁也不会被人欺压，谁也不会被人奴役！你们已经自由了！你们现在付出的每一分努力，流出的每一滴汗水都是为了自己在不久的将来能够过上好日子，而不是为了养活不劳而获的人！让我们一起努力，一起奋斗，尽快开垦出属于自己的田地，种出属于我们自己的粮食，好不好？”

人们在台下兴奋地吆喝了起来。他们冒险暴动，为的不就是这些东西？没有人愿意成为奴隶，被人像牲口一样用棍棒逼迫着干活，没有人愿意和自己的家人被硬生生地拆散，明明知道各自的位置却很久才能见一次面。更没有人愿意被别人踩在脚下，毫无尊严地活着。

苦一点，累一点，没关系，只要联盟能够给予他们承诺的这些东西，他们就能接受这样的安排。

看着远处那些在清晨阳光下微微摇动着的树木，面对这些新的成员，之前遇到的那些事情所带来的不快很快就被置于脑后，张晓舟感到自己身上又一次充满了干劲。

这才是他想要做的事情，把时间和精力浪费在那些事情上，根本就没有意义。

“我的办公室就在康华医院楼上，大家有任何想法，有任何意见都可以来找我，只要是合理的要求，我一定会认真听取，尽量解决！”

吴建伟和秦继承开始按照之前商定的方案点名，把人们分成一个个工作队，分别负责不同的工作。年轻力壮的男子将会负责伐木、粗加工、搬运、吊运之类的工作，而女人和老弱将留在地面，负责对他们吊运上来的东西进行进一步处理。

联盟对这些工作已经有了一个相对来说很细致的工作流程，可以说和之前教给何春华的那些东西已经完全不同，对于板桥的人来说，就像是重新认识了这些工作，很多东西都必须从头学习。

好在他们的那些经验也并非完全不能用，相信只要经过短时间的熟悉和培训，他们就能适应联盟更有效率也更人性化的工作方式。

“交给你们了。”张晓舟对吴建伟和秦继承说道。

就在他准备离开时，却有一群人围了上来。

高辉有些紧张，但张晓舟却笑着迎了上去：“各位有什么事？不要急，一个一个说。”

“张主席……”一百多人，却只有一个人被推选出来，他显然有些紧张，但在大家的怂恿下，他还是鼓起勇气问道，“我们想知道，联盟会对严烨怎么安排？这两天怎么没有看到他？”

张晓舟马上就明白了，这些人应该是之前和严烨一起留下来自愿抵挡追兵的那些人，他们当中有不少人都和严烨一起战斗，甚至接受过严烨的指挥，也许大多数人其实都不知道严烨付出了什么，做了些什么，但他们却都是亲历者，一清二楚。

这一千六百人当中，也许大多数人甚至都已经不在意严烨这个人，但他们这些人却做不到。他们都很清楚，如果不是严烨当时带领他们暴动，如果不是严烨及时地做出了那些决定，并且在最后一刻冒着巨大的，可以说是必死的风险留下来刺杀了何春华，别人或许没事，但他们这些人未必能够安然无恙。

他们也许没有勇气为了严烨和联盟发生什么冲突，但他们也绝对不会眼睁睁看着严烨受委屈，甚至是遭遇不公平的对待。

“你们应该知道他的身份比较特殊……”张晓舟略微考虑了一下，认真地对他们说道，“这几天还没让他出来，是因为有一些必需的程序还在走，身份还没有变过来。你们放心，这不是有什么人在故意针对他，而是因为联盟不像何家营那样由某个人或者是少数几个人说了算，每个人都必须守规矩，按照规定行事。这件事我们和你们一样着急，也一直都在催，相信很快就会有结果了。”

“那要等到什么时候?!”

“你们放心！”张晓舟说道，“等到结果出来的那天，宣传栏上一定会有通知，到时候你们可以去现场亲眼看一看裁决庭判决的整个过程，如果你们觉得有问题，甚至可以现场提出来。我相信裁决庭一定会给予严烨一个公正的结果。”

“他明明立了那么大的功，为什么还要搞这些？难道不能特事特办？”另外一个人马上问道。

“我个人的理解，特事特办其实未必是什么好事，”张晓舟解释道，“你们应该知道他以前是我的助理，身份特殊。如果我们特事特办，难免有人会在背后说闲话，认为我们在里面搞了什么猫腻，这对于他本人来说其实是一个污点。公开这个过程，我们就可以把严烨所做的事情、付出的努力、经历的危险和所有的表现一件件拿出来告诉所有人，让大家明白，我们为什么要这么做，让大家明白，他的所有表现完全配得上这个决定！也许他以前做过错事，但他已经用自己的努力弥补了之前的过错。洗刷了自己身上的污点，这样难道不好吗？我对他很有信心，你们呢？难道你们对他的贡献还有怀疑，怕他通不过裁决庭的判决？”

人们面面相觑，他们也只是私底下打听了一些关于严烨的事情，每个人听到的东西还都不太一样，而裁决庭到现在其实也只办过三四次，人们对于这个东西的了解和认识也是千奇百怪，五花八门。

在他们的认识里，这种公开审判的过程对于严烨这样一个他们心目当中的英雄来说，当然是一种极大的羞辱和对他人格的摧残。

但按照张晓舟的说法，却好像完全不是这么一回事。

听上去还挺有道理的。

“裁决庭应该会找你们当中的一些人谈话，了解严烨在这个事情里具体都做了些什么，请你们到时候好好配合，不要夸张也不要隐瞒，把所发生的事情真实地讲给他们听，这就是对严烨最大的帮助了，好吗？”

人们终于散去，高辉跟在张晓舟身边向康华医院走去，过了一会儿，终于忍不住说道：“你真的是这么想的？”

张晓舟微微叹了一口气：“你觉得呢？你觉得我应该怎么想？”

“我不知道，”高辉摇了摇头，“可从那件事情之后，你不是一直都很讨厌他吗？”

“我不喜欢他考虑问题的出发点，太狭隘，太偏激了。可这不代表我会否定他所做的一切，”张晓舟没好气地说道，“难道在你们眼里，我是这么心胸狭窄的人？”

高辉吐了吐舌头。

“他做得好的地方我不会故意视而不见，也不会故意去抹杀他的功劳，如果他做错了，我也不会故意去整他，应该怎么处理就怎么处理。”张晓舟感觉心真的有点累了，难道自己表现出来的就这么容易被人误解，“再怎么说他也在我身边待了那么久，结果变成这个样子，我当然会感到特别失望，对他也难免特别关注一些，也许表现出来的结果就是对他所犯的错误特别无法容忍，但我什么时候故意为难过他了？”

高辉摇着头，张晓舟的确是没有故意为难过严烨，但每次都这么公事公办，一点情面一点特殊照顾都没有，谁受得了啊？

说白了，人人都觉得应该特殊照顾，你偏偏不，这么做给人的感觉就是在刻意针对。

“那你准备怎么安置他？”他决定不去试图说服张晓舟，因为他知道那根本不可能有用。

“你觉得呢？”张晓舟反问道。

“我说了算吗？”高辉问道。

“当然不算!”张晓舟说道,“他这个性格,我真的是头疼,感觉放在哪里都会惹祸。”

“话也不是这么说的,你应该听那些板桥来的人说了吧,这次他的表现其实很不错啊!”高辉急忙说道,“我觉得他主要还是太年轻了,年轻气盛嘛! 觉得自己厉害,自己才是对的,什么人都不服气,谁都有这么一段吧? 等过两年,慢慢地熬一熬,应该就会很不错了。”

“你有空去问问他,探探他的口风吧,”张晓舟叹了一口气,“如果他能听得进你的话,让他自己好好考虑一下,不要对自己期望太高。在他这种偏激的思维方式改变之前,我真的不放心把任何人的生命安全交给他去负责。”

高辉答应了一声,心里却有点嘀咕。

还说不特别为难他,这不是已经把他几乎所有的路都堵了吗?

这样的话传到严烨那里绝对又是火上浇油,他现在总算是明白,为什么两个人一碰面就要吵了。

“行! 交给我吧!”他点点头说道。但他却真的有点头疼,这话该怎么说才不会让严烨气得跳起来,真是件不容易的事情。

顶着巨大的来自各方面的压力,江晓华带着抽签出来的人,没日没夜地找当事人谈话,开会讨论,终于还是在几天以后拿出了结果。

“严烨的功劳是实打实的,”他对张晓舟和老常汇报道,“尤其是在之前那两次丛林探索的行动里,判断力和行动力都远远超过了其他人。任务失败的原因也和他没有多大关联,甚至可以说,如果不是他的出色表现,我们也许会遭遇两次全军覆没的重创。这一点我们把当时参与行动的人员分开进行了笔录,应该没有什么疑义。”

老常看了看张晓舟,但他脸上并没有什么特别的表情。

“最近板桥劳工暴动的事情里,当事人对于他的看法也是一边倒的好评。临危不乱,处置得当,身先士卒,再加上最后单独埋伏在敌后成功地刺杀了何春华——当然,最终的结果是什么我们还没有办法确定,但何春华最起码也受了重伤,这是毋庸置疑的。那些人几乎把能说的好话都说尽了,如果按照他们的说法,严烨在这件事里的表现几乎可以说是满分。”

他的话里明显埋伏着一个转折,老常于是问道:“但是?”

“但是有些细节经不起推敲，”江晓华说道，“那些当事人的证言里有很多夸大的成分，我们花了很多精力才把那些东西甄别出来。现在最大的问题是，严烨本人的陈述和劳工们的陈述之间，在暴动的策划阶段有着不小的差别。劳工们的陈述是，严烨代表联盟与他们取得联系之后，马上就开始鼓动他们暴动，在他们派人来联盟实地看过联盟的情况之后，他更是马上就拿出了完整的行动方案，还告诉他们联盟和学校有可能会对板桥村有所行动，而这就是他们成功唯一的希望。暴动之所以成功，甚至可以说，劳工们之所以愿意仓促起事，他所提供的这个信息起了至关重要的作用。

“但严烨本人对于这个细节却不愿深谈，”江晓华把严烨的那份陈述拿出来放在所有文件的最上面，“按照他的说法，他是根据之前所获取的那些信息做出了这样的判断，为了鼓舞那些劳工的士气，也为了避免他们错失机会，才决定把它作为一种可能性告诉他们。按照他的说法，当时他也承受了很大的压力，因为一旦他的判断不准确，他在那些劳工当中的信誉马上就会彻底破产，接下来的事情就会很难办，不但他自己有可能会被当作骗子，甚至有可能影响到联盟对于板桥的安排。但幸运的是，他的判断最终被证明是正确的。”

这样的说法其实和他对张晓舟说的话差不多，但听上去却更加可信。

“你觉得问题在什么地方？”老常继续问道。

“细节，”江晓华说道，“我们具体对话的内容都在这里了，你们可以查阅。因为没有录音设备，我们也只是刚刚开始摸索速记，具体的字句上可能有一些差别，但不会有很大的偏差。我的感觉是，严烨首先不太愿意说这件事情，其次，他也没有说出当时做出准确判断的依据是什么，更无法解释，为什么不把自己的这种判断及时向联盟汇报。在他被派去板桥与劳工们接触再到暴动之间有一整天的时间，那些劳工甚至派了代表来联盟实地看了联盟的情况，时间并不像他所说的那么紧急，他完全有时间也有机会把这个情况上报，但他却没有。”

老常再一次看了看张晓舟，对江晓华开玩笑地说道：“你现在有点像个老刑侦了。”

“哪里！常秘书长，和你比我还差得远！”江晓华急忙摇摇头说道。

“那你的结论呢？”张晓舟问道。

“我个人的看法是，如果他们所说的都是真的，那严烨在这个事情里有很大的私心。也许是因为之前在两次探险任务中的功劳没有得到普遍认可，也没有马上就把他从囚犯的身份中解放出来，所以他把这次的任务看作是改变自身命运的一个契机。很显然，如果他把自己的判断上报而又得到了联盟的认同，联盟应该会有更周密的安排，投入更多的人员和资源，而在那种情况下，以他的身份就很难在其中起到什么作用。”

江晓华的话让张晓舟和老常都有些动容，他们之前并没有想到这种可能性。

“当然，他的解释是，他认为联盟不太可能认可他的判断，所以他没有上报。但我个人认为，这并不是说得过去的理由，仅仅因为有可能不会被接受，就宁愿让所有人冒巨大的风险，这样的说法实在是太牵强了。更大的可能是，他认为联盟的介入将让他丧失在这个事件里表现自己能力的机会，于是他宁愿冒险，宁愿赌一把。赌注是他自己的命，同时也是板桥那些劳工的命运。如果事实是这样的，那我认为他的成功有很大的偶然性，既是对自己的不负责任，也是对这一千多人生命的不负责任。”

这样的指控其实很严重了，如果江晓华的推理是正确的，那严烨的“功劳”就大打折扣了。

“但你并没有直接的证据证明这一点，”张晓舟说道，“只是你的推断。”

江晓华点了点头：“的确是这样，所以我并没有把这些东西告诉裁决庭的其他人。”

“你认为邱岳在这件事情里扮演了一个什么样的角色？”老常问道。

江晓华微微有些吃惊，他当然知道邱岳从宣教部被提拔起来做了副秘书长，但老常的话里透露了一个信息，这或许并不是一次正常的调动。

“张主席批准的询问人员名单里没有邱岳，”他沉吟了一下说道，“我没有办法进行判断。不过我记得，严烨是由他推荐去执行这次任务的？”

“对，让严烨执行任务的命令也是由他去传达的，”老常说道，“之前和地质学院的人谈判的也是他。作为经手人，当时对于各方面形势掌握得最清楚的人就是他，如果有人能判断出地质学院动手的时机，那我觉得不会是严烨。但邱岳只告诉我们战争随时有可能爆发，同时极力反对联盟直接插手这个事情。”

那时候他说了一番慷慨激昂的话，把所有人的注意力都转移到了那个上面，甚至忘记了一开始在讨论什么。现在回想一下，那些话其实并没有什么实际的意义，充其量只是他放出来的烟雾。

“我觉得他很可能在其中扮演了一个很重要的角色,”江晓华认真地考虑了一下之后说道,“但如果要搞清楚,那我需要更多的时间,需要走访更多的人。也许还需要走访地质学院的人,但涉及联盟外的人员,他们会不会愿意和我们谈,会不会说真话,我们在访谈过程里会不会无意中泄露联盟的一些信息,这个尺度很难把握。”

他们都看着张晓舟,后者点了点头:“这个事情不急,我授权给你,秘密地对邱岳进行一些调查,但尽可能不要牵扯到地质学院那边。至少在现在这个敏感时期不要那么做。”

地质学院外来派和学生激进派的斗争已经到了图穷匕首见的地步,外来派已经稳稳地占据了优势,毕竟施远那些人再能说,他们的失败和无能都已经无法简单地遮掩过去。

另一方面,即使是学生们也已经对一次次徒劳无功的闹剧失去了信心和耐心,这让他们之前最有力的武器已经发挥不出什么作用了。

外来派的做事思路和张晓舟很相近,由他们控制地质学院,无论对于联盟还是城北来说都是最好的结果。在这种时候,张晓舟不愿意再横生枝节。

“你们最终的结论是什么?”张晓舟问道。

“减刑,免除之前判处的所有刑罚。”

“就按这个来吧,”张晓舟点点头,“那些你个人的推断不需要说出来,只要单独记录下来建一个档,等到对邱岳的调查结果出来,我们再结合起来判断吧!”

他深深地吸了一口气:“板桥的那些人需要一个英雄,联盟也需要一个英雄,就这么办吧。”

窗外,欢呼声就像波浪一样,一阵阵地涌进来,让病房里的三个人再也没有办法安心休息。

“到底是在干什么?”张孝泉慢慢地坐起来,走到窗边去看声音来自什么地方。

“应该是严烨的事情吧?”武文达躺在床上答道。

他身上还打着厚厚的石膏,在这种气候下,痒得要命,又没法动,真是比坐牢煎熬多了。

“那小子!”王永军坐着笑了笑。

他的伤应该是三个人中最轻的一个，休养了这么长时间，已经恢复得差不多了，就连体内的那些寄生虫和细菌也都处理得七七八八了。他早就吵着要回队伍去，但段宏还是不放心，说动了张晓舟和齐峰，甚至动用了杨鸿英一起来压他，让他不得不继续留在这里休养。

“我早知道他是个人才，不会一直被冤枉下去的！”他站了起来，走到窗边去看广场那边的情况，“就是不知道他恢复自由了以后会被安排去干什么，老武，你说张晓舟会不会同意他来我那个分队帮我？”

武文达无奈地摇了摇头。关于严烨的事情，他和王永军争论过许多次，但王永军还是一直认为，严烨杀的那两个就是该杀，他一点儿也没错。王永军受伤被严烨等人救回来之后这种看法就更坚定了。

“这小子可是个惹祸精。”武文达无奈地说道。

他当然很感激严烨把他救回来，在江晓华和裁决庭的那些人来调查的时候，他也说了不少严烨的好话，但这并不意味着他就会改变自己的看法。

“你们怕，我可不怕，”王永军笑道，“他要是敢乱来，我就狠狠地踢他的屁股！踢到他老实为止！我们现在已经不是老百姓了，没点血性怎么行？严烨这小子，我看没人比他更适合干这个了。”

“你先把自己管好再说吧。”武文达说道。

张孝泉在旁边尴尬地笑了笑，却不知道该说什么。广场那边，应该是最终的判决已经出来了，很多人兴奋得大喊大叫起来，台上那个小小的身影被几个人拉过去，高高地抬了起来。

“严烨！严烨！严烨！”

人们的呼喊不断随风传来，张孝泉突然感到自己的伤口疼了起来，然后便是一阵剧烈的咳嗽。

那根木刺从背后贴着脊椎直接刺穿了他的右肺，差一点就让他死了，段宏和康华医院的那几个医生好不容易才把他从鬼门关拉回来。但他们以前都没有动过这样的手术，术后张孝泉很快就出现了严重的并发症，人们都觉得他可能活不过来了，但结果，他又凭借自己顽强的生命力坚持了下来。

但他到现在还没有办法用力，一用力，甚至一吹风都会引发剧烈的咳嗽。他一次次地问段宏自己什么时候能好，段宏却总是让他要有耐心，好好休养。

“如果那根木刺再往左边移一厘米，你搞不好就瘫痪了。能活下来已经是一个奇迹，别太苛求自己了。大难不死必有后福，安心休养吧！”

张晓舟和老常也经常来看他，一次次地承诺等他好了之后，一定会给他安排一个让他满意的岗位。

但他看着远处那个被人们高高举起的小小人影，伤口却越发地疼痛了起来。

他曾有机会在这个世界的舞台上独舞，但却这么快就谢幕了吗？

“你这家伙，明明知道自己不能吹风，”王永军走了过来，抓住了他的胳膊，“给我老老实实地回去休息！别急，等你好了，一定比这小子风光！”

张孝泉勉强地笑了一下。

真的会这样吗？

到了那个时候，还有谁会记得暴龙肆虐的日子？还有谁会把杀死暴龙当作一回事？

还有谁会记得有他这么一个人，曾经手握钢管磨成的长矛，一个人骑着摩托车冲向那样的庞然大物？

胸口再一次疼了起来，而他也痛痛快快地、狠狠地咳嗽了起来，把眼泪都咳得流了出来。

第16章 训 练

“不管你们以前是做什么的，有什么功绩，有什么本事，进入这里之后，一切都一笔勾销！每个人都站在同一条起跑线上，想要成为特战队的正式成员，没有捷径，只能用成绩说话！”

训练场上，龙云鸿大声地对排成六排站在自己面前的人们说道。这些人都是联盟公开招募的特战队队员，以新洲团队原有的成员，瓦庄难民和板桥劳工为主。联盟的原始成员们都有了自己的土地和生活，加上多半都有着家庭或者是别的牵挂，几乎没有报名的人。

在夏末禅主持工作的新的宣教部的大力宣传下，有将近两百人被优厚的待遇和“联盟尖刀”这样的荣誉所鼓动，跑到武装部的招募点报了名，但有三十几个人在体检这一关就直接被抹了下去，站在这里的一百六十六个人都是初筛过后基本合格的队员。

而教导队接下来的任务，就是要在一个月的时间里，从这些人当中剔掉一半，并且把剩下的人训练合格。

三个教官中，杨鸿英教的枪术在之前新洲团队组建的过程中被证明是很有用的，经过他和王永军反复演练试验并且简化之后改进的刺杀术已经确定要作为联盟未来所有适龄男子都要练习的基本功。但杨鸿英的年纪始终在这里摆着，不可能一天到晚来负责基础训练，而且他也没当过兵，只是干过民兵，对于新兵训练这些东西也不是很熟悉。

而王兴则更虚一些，作为健身教练和跆拳道黑带，他只能负责体能和搏击方面的训练，事实上，现在就连搏击方面也很成问题。龙云鸿虽然一直都说自己只是技术侦察兵，单兵作战能力不行，但两人实战了一下，王兴的跆拳道表演性质太重，多余动作太多，在擒敌拳下几乎是完败。

于是到了最后，训练这些新人的任务只能交给了龙云鸿这个目前联盟唯一的正牌军事人员。

“地质学院那边据说可是有四五个退伍军人，虽然只有两个年轻一些，但他们一旦发起力来，真不好说会给地质学院带来什么样的变化。龙云鸿，你可别让我们被他们反超过去了！”

张晓舟的话让龙云鸿脑袋里的弦一下子就绷紧了，作为军人，而且是退伍没多久的军人，很多东西还像是本能一样存在于他的身体里。使命感、荣誉感这些东西，在一般人看来根本就没什么意义，但对于他来说却非常重要。

使命高于一切，至少对于他来说还是如此。

他马上就开始努力地回忆自己在部队新兵营里接受的那些训练，也开始努力回忆自己曾经看到过的那些武装侦察兵的训练课目，开始努力地回忆曾经和自己一起行动的那些武装侦察兵们谈起过的训练内容和那些被当作趣闻的军营逸事，并且努力地想把它们用在接下来的训练当中去。

很多热兵器时代的训练课目当然已经用不上了，也有很多项目因为要考虑现在的营养补给条件和医疗条件暂时不能用，这让他愁得不行，后来还是钱伟来找他问通信设备修复的进度，才发现他一直在纠结训练的事情，训练计划写了又改，改了又写，足足写了几大张纸。

“你啊……至于这么钻牛角尖吗？”钱伟摇了摇头，“你要是觉得难办，那地质学院那几个肯定也难办，毕竟部队新兵训练就这么些内容，谁也不知道冷兵器时代的训练应该怎么搞。但你没必要从头开始啊！之前我们搞民兵训练，新洲团队搞矛阵和弓弩、矛阵和投矛的配合，不是已经有了很多经验了吗？你把你知道的那些东西拿来结合一下，和杨老爷子他们商量商量，不就行了？一个人在这里闭门造车有什么用？”

"但是,张主席的要求……"

"新洲其实已经很不错了,"钱伟说道,"他们摸索出来的那一套无论是对恐龙还是何家营的队伍都是完胜,我不相信地质学院那边能无中生有搞得比这个好。其实张晓舟让你来负责这个事情,更多的应该是希望能够让我们的队伍向正规化发展,强化纪律性和服从性,强化集体意识,强化使命感和荣誉感,让他们从一群武装的老百姓,变成真正的战士,至少是要像战士一样。我觉得,你应该往这方面考虑。"

这让龙云鸿终于从自己思维的怪圈里走了出来,重新把训练大纲写了出来。

而今天,就是第一次训练。

他既紧张,又有些兴奋,就像是又重新穿上了军装,站在了军营里。

但他没有想到,人群里马上就有人小声地议论了起来。

"装模作样的,有什么了不起的……"

"李子俊! 出列!"龙云鸿马上大声叫道。

对方愣了一下,他是新洲团队的老人了,也曾经和龙云鸿一起配合去猎杀那只镰刀龙,但他没有想到,龙云鸿会记得自己的名字,更没想到,他竟然会这么不讲情面,当着这么多人直接叫自己的名字。

"李子俊!"龙云鸿再一次高声叫道,"出列!"

李子俊的脸一下子涨得通红,他站在原地,直到龙云鸿第三次点他的名字,他才恼羞成怒地从队列里走了出来。

"你刚才说什么?"

李子俊看了看站在旁边的杨鸿英和齐峰,硬生生地把那口恶气咽了下去:"什么都没说。"

"大声点! 我听不见!"

"我什么都没说!"李子俊愤怒地叫道,"你听到我说什么了,你倒是告诉我啊?!"

一个新人,一个刚刚被他们从东南区救回联盟的新人,竟然敢当着这么多人给他难堪?! 当他们新洲的人是好惹的吗?

"还有人和他一样,觉得我没有资格站在这里吗?"龙云鸿大声地问道,"如果有,现在站出来!"

新洲的那些队员犹豫了一下,如果杨鸿英和齐峰不在旁边,他们肯定要让龙云鸿好看,但这种情况下,他们最终选择了沉默。

“谁能告诉我,特战队是什么?”

没有人回答。

“没有人知道?你们不知道自己将要加入的是什么样的队伍?那你们来干什么?”龙云鸿走到队伍前面,随手指了一名新队员,“你说,特战队是什么?”

那个人一下子紧张了,被上百人盯着的滋味可不好受,他愣了一会儿,突然把夏末禅他们的宣传语说了出来:“特战队是联盟的尖刀?”

“你说的没错!特战队是什么?是联盟的尖刀!是联盟最优秀的队伍!是远山最强大最有战斗力的队伍!如果说其他人是狼,那特战队就是虎!各方面都要比别人强!特战队的队员,将是远山最优秀的战士!你们明白吗?英勇无畏、坚韧不拔、服从命令、严守纪律、吃苦耐劳!只有符合这些标准,才能称得上是合格的战士!这里不是菜市场,不是酒桌!不是你们可以随心所欲想说什么就说什么的地方!站在这里,就必须像一个战士!做不到的人,现在就可以自己离开!因为你根本就不配成为一名战士!更不配成为特战队的一员!”

好几个人都在腹诽,但有李子俊的例子摆在那里,他们终究没有再说出来。

李子俊却感到自己脸上热辣辣的,让他恨不得给龙云鸿一拳。

龙云鸿却在这时走到了他面前,走到很近的地方瞪着他说道:“我现在给你两个选择!第一,当众承认自己的错误,绕场跑十圈,然后归队。第二,枪术、弓弩、格斗,随便你挑一样,我俩现在就比一比,输了的人永远离开特战队!你选什么?”

李子俊的答案差一点就脱口而出,但话到嘴边却硬生生地停住了。

龙云鸿的脸上满是自信和桀骜,完全就没有把他放在眼里,完全是一副胸有成竹的样子。

这让李子俊迟疑了。

赢了当然好,可如果输了呢?

如果他只是一个新人,当然无所谓,可他已经付出了这么多。几个月了,自己冒了那么多的风险,吃了那么多苦,受了那么多累,就因为这个原因被从这个队伍里赶出去?

他下意识地回头看了看队列里的同伴,看了看站在场边脸色铁青的杨鸿英和齐峰。

“不要东张西望！你选什么！?”龙云鸿大声地叫道，“大声说出来！”

口水直接喷在李子俊脸上，让他感到极度屈辱，但那个答案没有在第一时间说出口，便再也说不出口了。

李子俊紧紧咬着牙关，终于说道：“我错了。”

“大声点！”

“我错了！”李子俊咬牙切齿地叫道。

“绕场十圈，现在开始！”

队伍里骚动了起来。

“还有人想跑圈吗?”龙云鸿大声地问道，“想就站出来！”

一百多人的队伍马上就安静了下来。

“现在我们开始训练！全体都有！立——正！”

“放！”严烨大声地叫道。

五张弩同时发出嗖嗖的声音，但弩箭大多却都射在了地上，甚至完全不知道飞哪儿去了。

“看到了吗？在这个距离，弩箭走的就不是直线而是弧线了，瞄准的时候必须考虑到这一点。”严烨从身边的那个人身上接过弩，用脚蹬着上了弦，然后瞄准，射击，弩箭在半空中划过一条曲线，射在了那个用木头扎成的迅猛龙样子的靶子脚下。

他有些尴尬地用手摸了摸额头。

“不错啊！比我们射得远多了！”那个人笑嘻嘻地说道。

严烨没好气地给了他一拳，重新上弦，然后小心翼翼地瞄准，射击，这一次终于上了靶，射中了靶子的屁股，他这才满意地把弩重新交还给了那个人。

“这东西没什么好说的，只能多练，多射，”他对人们说道，“和枪肯定没法比，但很长一段时间内，这应该就是我们能用到的最先进的武器了。除了练瞄准，上弦也要练，不然的话，别人一分钟射三箭，你只能射两箭，倒霉的肯定是你。”

“那么多人才有这么五把弩，想练也练不出来啊！”有人抱怨道，“凭什么把我们自己带过来的弩都给收了?”

“知足吧！要不是严烨，连这五把弩都没有，”另外一个人说道，“大家轮换着来就行了！反正也只能在休息的时候练练，就当是消遣了。”

“吃饭了！”他们身后空地上的棚子里有人大声地叫道。分在不同区域工作的人们便放下了手中的工作，呼朋引伴地一起向棚子走去。

这里是联盟城东工业区附近的丛林开发点，因为开发的时间不长，而且距离联盟的中心区域比较远，开发的规模还不算很大，升降机只有四台，悬崖下面的平地也只有不到十亩，和康华医院附近的那个点没法比。

但这里的悬崖高度要比康华医院那边矮一些，悬崖下面的地势高，丛林里的积水也比较少，蚊虫相对来说也比较少。

不过严烨主动要求来这里带队伍的原因却并不是这个。他更多的只是想要远离张晓舟他们那些人，离开那些已经对他有成见的人，和这些认同自己的人在一起。

严烨本来期望能够继续干自己最喜欢，也最擅长的事情，他以前或许是一个和别人并没有太大区别的年轻人，但来到这个世界，经历了那么多的事情之后，隐藏在他身体里的渴望冒险、渴望成功和荣誉的灵魂早已被激发了出来。他明白自己不可能再去做那些按部就班的工作，不可能坐在某间办公室里，以文件和笔头工作来打发日子。当然更不可能像联盟的大多数人一样，在自己家的那一小块地上忙来忙去，然后替联盟干一些临时性的工作养活自己和妹妹。

那么，他的选择范围其实就很窄了。

凭借他的能力和资历，进入特战队一点儿问题都没有，王永军甚至专门来找他，明说要让他到特战队去。但在知道所谓教导队的人员构成之后，他却坚决地回绝了王永军的好意。

他无法忍受那个龙云鸿。凭什么呢？一个刚刚加入联盟不久的新人，就反过来骑在新洲的那些老人头上拉屎了？就凭他是个退伍兵？

真不知道张晓舟脑袋里又抽什么疯了！谁离他近谁就活该倒霉吗？该有的东西一点儿享受不到，什么都是公事公办？

这样一来，唯一的选择就只有丛林开发部的工作了。至少，这里是他熟悉的地方，也充满了危险和未知。

高辉把他的想法带回去给了张晓舟。

板桥劳工毕竟是一个人数多达一千六百人的群体，丛林开发部不可能具体管到每一个人，吴建伟和秦继承于是把这些人分成了四个生产队，北面两个，东面两个。张晓舟虽然还是不放心，但终究没有做出让严烨从头开始的事情，让他自己选了一个队，只是专门叮嘱吴建伟和秦继承，让他们给他安排了一个老成的副队长。

严烨其实不擅长干这方面的工作，但他比其他人好的地方在于，当初联盟建立第一个开发点的时候，他作为张晓舟的助理，参与了不少策划和实施的工作，即便是没有资格参与决策，张晓舟、老常和钱伟是怎么考虑问题、怎么解决问题、怎么安排工作的，他多多少少看在眼里。这时候依葫芦画瓢，不说有多好，至少不比别人差。

而另一方面，他在板桥为这些人所做的事情，板桥这些人多多少少都知道，尤其是那些跟他一起留下来断后的人。他们听说他来这里当队长之后，都尽量想方设法找关系托人情报名来了他的这个队里，这让他在下命令的时候，下属的执行力比其他三个队的队长要高多了。

联盟的那些开发经验和规章制度，他也比其他生产队长更清楚一些，这样一来，四个队同时开始组建队伍，他比别人先完成；同时开始培训，他又比别人效果好；等到正式开始丛林作业，他这个队的生产效率比另外三个队好得多，事故发生率也低得多。

吴建伟和秦继承都对他赞不绝口，夏末禅也亲自到他这边来调查走访，专门给他这个队写了一个事迹报告。

到了这个份上，严烨的心终于沉静了下来。

就像邱岳说的，现在他们要做的，就是默默地积聚力量，等待合适的机会吧。

“哥！你看这些都是我抓的！厉害吧?”严淇兴冲冲地提着一个小桶向他跑来，在她身后跟着一群半大小孩，个个都可怜巴巴地盯着严淇手里的桶。

严烨接过来看看，严淇的桶里装了大半桶各种各样的虫子，密密麻麻地在里面爬来爬去，而其他人的桶里却都是空的。

“你可真棒!”他由衷地说道。

不知道什么时候起，严淇这个本来胆小怕事的女孩子变成了孩子王，成天带着一群比她小的孩子到处惹事。偷鸡摸狗的事情做了不少，可因为她比较有分寸，从来没真正惹出过什么大事，反倒把一群熊孩子管得服服帖帖的，没捅出什么大娄子来，加上她身后又有原来的新洲团队，有教导队和特战队的那些人撑腰，也没有什么人敢说她。

有时候严烨也觉得奇怪，因为在他的认知当中，妹妹还一直都是那个拖着鼻涕流着眼泪跟在自己屁股后面的小屁孩，还是那个什么都不敢，像小白兔一样柔弱的女孩，怎么会突然变成现在这个样子了？

但在这个世界，欺负人总比被别人欺负好，他也就漠视甚至是鼓励她继续这么做了下去。

严烨的表扬让严淇高兴了起来。“哥，等会儿我们把这些烤了吃吧？”她兴奋地说道。

她身后一片失望的吸气声。

“烦死了，你们跟着我干什么？快滚去吃饭了！”

“我下午还有事要做，”严烨急忙摇摇头说道，“你们吃完午饭就赶快回去吧！这么多，我俩怎么吃得完？分给你这些小伙伴吧！”

“他们才不是我的伙伴！”严淇皱着鼻子说道，“行了行了，哥你先去吃饭吧，别管我们了。”

但在严烨和其他人一起往食堂走去时，却听到身后马上就乱成了一锅粥。

“都别挤！说了会还给你们的！”

“这条最大最肥的是我抓住的！”

“你乱说，你的是这条！这条明明是我抓住的！”

“再叫就不还给你们了！不就是一条虫子吗？再闹？再闹以后就别跟着我了！”严淇不高兴地威胁着他们，“这只甲虫是谁的？我怎么不记得了？”

“是我的！是我的！”马上就有人慌张地说道，“还有这只死掉的蜘蛛也是我的！”

人们都哈哈大笑了起来。

第17章

宣教部

“夏主任，又写稿啊？”

负责康华医院安全保卫的民兵打着火把从门口走过，看到这间办公室有火光，便过来看看是不是起火了。结果还是和昨天一样，夏末禅一个人留在里面点着油灯写东西。

“嗯。”夏末禅点点头，思路一下子被打断，他的眉头紧紧地皱了起来。

他正在写的是一篇关于联盟优越性的文章，邱岳主持宣教部工作的时候，几乎每一期宣传栏都要有三四篇这样的文章。

这种东西人们其实并不是很爱看，但邱岳很快就开始往里面夹杂一些关于其他两个地方的秘闻之类的东西，有时候是笑话，有时候甚至是有点隐晦的黄段子，吸引着人们的关注点，让他们不知不觉地就把这东西看进去了，甚至还会在茶余饭后拿出来当成段子和趣闻反复地讲。

这种半真半假，只能归到《故事会》中去的东西在夏末禅看来简直就是精神垃圾，但由他主导的新的一批文章在追求真实性的同时，却也失去了趣味性，宣传效果大打折扣。反馈上来的结果让他的信心大受打击，大多数人都觉得，这几期宣传栏没什么意思了。

这让他不得不重新回头研究之前邱岳搞的那些东西，这才发现，要把自己想要传递给大众的东西编成段子，变成故事，让他们不知不觉就看进去，还真不是一件容易的事。

关键是，能用的段子和笑料之前都已经被用过了，现在要编新的东西出来，难度已经完全不同了。

一期宣传栏的文章至少要有八到十篇，眼看他上任之后的第三期马上就要出了，现在定稿的却只有五篇。

他感觉很挫败，他很清楚，那些人一定在偷偷地看他的笑话，这让他忍不住生出了想要放弃的念头，但张晓舟的鼓励和对于那些人的愤怒却又让他不甘心就这么认输。

其实一开始并不是这样的。

他刚刚掌握宣教部的实权，惩教科就有人来给他送份子，这让他既惊讶又愤怒。

都已经是什么时代了，还有人敢伸手干这种事情？

于是他顺藤摸瓜，查清了这种通过克扣前来接受思想教育和劳教的那些受罚者的伙食而获利，私下接受好处给犯人区别对待，甚至悄悄把那些受惩处的人的劳动产出拿来私分的行为。

他马上就把这些事情上报到了张晓舟和老常那里，这让他们大为震惊。张晓舟马上就组织了裁决庭，并且亲自参与调查，结果发现这些人这么做并不是最近的事情，而是在宣教部成立后不久，惩教科开始运作之后就已经开始了。只是因为他们行事的程度还不算太严重，得到的东西也分给了宣教部的大多数实权人员，这件事情就一直在宣教部内部心照不宣，被当成了一个隐性福利。

张晓舟被气得不轻，他和夏末禅一样，无法相信这种时候还会有人控制不住自己的贪欲，也无法相信自己管理下的联盟竟然会出这样的事情。

他专门组织联盟所有公职人员开了一次会进行宣传，教育大家要引以为戒。所有接受过这些东西的人都被要求退赃，几个当事人要么被辞退，要么当众承认错误留用察看，情节最严重的两个人，甚至被判劳教惩戒三个月。

就连邱岳也被这个事情牵连，但他直接在会上当着所有人的面进行了深刻的检讨，甚至潸然泪下，让准备借机发难的老常也不好再继续下手。

联盟借此在整个系统内进行了一次自查自检的活动，还在广场上专门设了一个举报箱，鼓励大众对类似的贪污腐败行为进行举报。

在此之后，整个联盟的风气都为之一新，尤其是在宣教部，在惩教科，新人老人都改变了工作作风，风气大为好转。

而夏末禅后来又自己带头，号召宣教部所有工作人员轮流到板桥来的那些新人所住的区域去义务劳动，每天都去帮助他们解决困难，也得到了这些新加入联盟者的一致好评。

他所做的这些事情让张晓舟非常高兴，甚至好几次在人们面前表扬他，认为自己没有用错人，要求大家都向他学习。

他也大受鼓舞，准备清扫之前邱岳带来的暮气和世故的风气，按照张晓舟的设想把宣教部的工作带起来。

但很快，等到这一阵风过去，夏末禅就发现自己做事情变得困难了起来。

人们不敢当面顶撞和质疑他，但各种各样鸡毛蒜皮的事情却多了起来，不管他布置什么工作，总有一大堆问题、一大堆抱怨在等着他。人人都磨磨蹭蹭，不管干什么都有一大堆理由、一大堆意见。

也许宣教部内部的那些人是因为他拿自己人开刀，少了灰色收入，增加了工作量而对他不满，但其他部门的那些人是怎么回事？

"你得罪的人太多了，"终于，一个之前和他关系不错的年轻人悄悄地告诉他，"现在物资这么紧张，谁都指望着能够凭借手里的权力稍稍弄点东西补贴一下，结果被你这么一弄，张主席一下子管严了，什么指望都没有了，你还指望他们给你好脸色？再说了，大家来联盟做事，自家的地都只能让老婆带着老人孩子料理，下了班都忙着赶在天黑前去打理一下。你偏偏搞什么义务劳动，这不是在给他们难堪吗？如果你是他们安澜的人，大家也许还不敢搞这些小动作，可你一个外来的，没根没底的，搞这些不是自己找不痛快吗？"

这样的结果让夏末禅很难接受，自己反对贪污，反对徇私舞弊，身体力行搞义务劳动，这都是他身为宣教部副主任的职责所在，也是做人做事的基本操守。可为什么，人们却这样对他？

"你自己注意一点儿吧，也许过了这段时间，等风头过去，大家就不会这么针对你了。但你真的该收敛一点了。之前那个事情已经做了没办法，义务劳动这个事情别再搞了。再这么下去,你的日子就更难过了。”

夏末禅真的不服,但他也只能向现实屈服。

但那些人却并不买账,气焰反而越发嚣张了起来,他们非但不收敛,反而经常说起邱岳的好处来了。

“要还是邱主任负责这个事情,内容早就定下来了,哪用搞到现在?”人们故意在他附近这样说道。

“就知道整人,就知道埋头傻干,还真以为这些事情什么人都能干啊?”

“夏副主任,我家小孩发烧了,我能不能回去啊?”有人问道。

马上,其他人的各种各样的理由也出来了。

眼不见为净,他干脆把他们全都放了回去,自己一个人留下来继续写。

张晓舟对他的期望太高,也把他抬得太高,反倒让他无路可退了。

“怎么还在忙?”张晓舟的声音突然出现在门口,他慌张地站了起来。

“写点稿子。”他低声地说道。

“写稿子? 其他人呢?”张晓舟微微皱了皱眉头。

“都有事,我就让他们回去了,反正最后也是从我这里统一出口,他们也帮不上忙。”

张晓舟微微地叹了一口气。

夏末禅的情况他并不是一无所知,但他怕自己介入得太多,让夏末禅有想法,挫伤他的自尊心。

但现在看来,夏末禅始终还是太年轻,有些问题考虑得太简单,也太钻牛角尖了。其实很多时候,向别人求援并不代表自己无能,也是一种完成任务的方法。

更何况,他还专门告诉过他这一点。

“你上任后的第三期?”

夏末禅点了点头。

“我看看行吗?”

夏末禅在桌上翻找了一下,把已经确认的稿子递了过去。

张晓舟于是静静地看了起来,房间里只有一盏油灯,光线不强,两人只能挤在一张桌子上,夏末禅心里彻底乱了,一句话、一个字都写不出来了。

“只有五篇？”张晓舟很快就看完了手上的稿子，有些惊讶。

“其他稿子还在审。”

“拿来我看看。”

夏末禅犹豫了一下，把这几天部下们交来的稿子递了过去。

明显粗制滥造，敷衍了事。这让张晓舟忍不住重重地拍了一下桌子。

“他们就一直这么敷衍你？之前也是这样？”

夏末禅摇了摇头，但不久后，他便忍不住说道：“张主席，我真的没有办法干这个事情……”

“是哪些人？”张晓舟问道。

夏末禅摇了摇头，突然觉得有些心酸。

“怎么？”

“是大多数人，”夏末禅终于说道，“张主席，我辜负了你的期望，但我真的是没有办法……”

“给我几个名字，”张晓舟说道，“就算是所有人都故意让你难做，总有挑头的几个吧？把他们的名字告诉我。”

“张主席，我已经让很多人不高兴了，如果再来一次，我真的……”

“你觉得自己做错了？”张晓舟问道。黑暗中，夏末禅却看到张晓舟的眼里像是有一种火在燃烧着，很黑，很亮。

“还是你觉得我们做错了？”

夏末禅用力地摇了摇头。

“也许像邱岳那样的人会把这些事情都当作理所当然，甚至继续推波助澜，但我们绝不能让这样的陋习再继续下去！来到这个世界是一种不幸，但我们这些活下来的人是幸运的，因为我们有机会开始另外一种生活！也许会很辛苦，会很艰难，但绝不应该卑鄙、贪婪、自私！”张晓舟对他说道，“你有纸笔吗？这篇文章我来写！”

夏末禅愣了一下，把自己面前的稿纸和笔递给了张晓舟，看着他坐在自己对面奋笔疾书，他脑子里突然又重新活动了起来，那些滞涩的字句突然通顺了起来。

不知道过了多久，又有脚步声传来，夏末禅抬起头，却看到了李雨欢的脸。

张晓舟却沉浸在自己的世界里，根本没有注意到这一点，李雨欢把食指放在嘴边，示意让夏末禅不要提醒他，随后把自己手中的油灯轻轻放在桌上，让他们的光线亮一点，随后轻轻地走了回去。

不一会儿，她送了两碗玉米粥过来。

“嫂子……”夏末禅终于坐不住了，慌忙站了起来。

李雨欢笑了起来：“你要是饿了就吃碗粥，继续写你的，不用管我。”

不知道又过了多久，张晓舟终于写完了最后一个字，他长长地舒了一口气，把笔扔在桌上。

这时候，他才看到了在一边的椅子上睡着的李雨欢。

“她什么时候……”

“嫂子已经来了很久了。”夏末禅的那篇文章也已经快要结尾了。虽然他并不擅长这个东西，但他在地质学院也是凭借几份传单进入十九人委员会的人，不至于连一篇合格的文章都憋不出来。

只是这些天来的遭遇让一股郁郁之气憋在他的胸口，越积越多，让他喘不过气来，让他感受不到联盟的美好，又怎么可能写得出让别人看了有共鸣的文字？

但张晓舟和他一起在这样的一个夜里借着油灯的微弱光线写稿，让他对于联盟又重新有了信心和希望，就像是挡住水流的石头终于被炸得粉碎，思路马上就清晰了起来。

“你快写！写好了我们交换看！”张晓舟也很久没有过这种酣畅淋漓的感觉了，上一次这样，似乎已经是好多年前的事情。他的手又酸又麻，感觉因为握笔太久，已经变成鸡爪子了。

“其实你不用非要自己写，”他对夏末禅说道，“把要求提出来，让下面的人写，要是他们写不出来，你可以征稿啊！只要标准别太高，我这里可以考虑给你们一笔稿费支出。这样慢慢地寻找合适的人选，总有一天能够搭起你自己的班子。”

“但那些人……”夏末禅说道。

“你不要管，只要给我几个名字，让我来处理！”

“昨晚我们这间办公室的灯好像一直亮到很晚？”食堂里，几个宣教部的人聚在一起吃早饭，习惯性地议论起来，“夏那个家伙，不会是真的写了一个晚上吧？”

“活该!”另外一个人说道,“自己又没本事,还要赖在这个位置上！我早说了,宣传教育这种事情不是什么人都能做的,就凭他一个大学都没毕业的？呵呵……”

“照我看,我们再加把劲,让他自己知难而退是最好的了。张主席他们也是搞笑,这种事情哪能让外行来？就算是把邱主任调走了,也轮不到他一个外来户当家做主啊!”

几个人一边喝粥一边小声地议论着,这时候,一名隶属联盟环卫部门的工作人员走了进来。

他们几个下意识地皱了皱眉头,就像是这个人身上还有大粪的臭味一样。

“这种人怎么进来了?”其中一个人低声地说道。

但他却在大厅里转了一圈,直接向他们走了过来。

“陈奇林?”他对着他们问道。

“什么事?”其中一个人惊讶地问道。

“王自省?”那个环卫工人又念了几个名字,都在他们这一桌。

“真是省事了！我还以为得找一个早上咧!”环卫工是个五十来岁口音很重的人,他把一张纸放在桌上,咧着嘴笑了起来,“这是你们几个的调令,赶快吃完,我带你们去换衣服！要了好久,总算是给我们派人了！今天任务重得很！好多地儿等着肥料咧!”

“你……你说什么?!”

第18章

尴尬的新问题

“张主席……”

张晓舟正忙着，段宏出现在他办公室外面，他等了一会儿，见张晓舟和人谈的事情一时可能讲不完，迟疑了一下，在门口低低地叫了一声。

“段宏？什么事？”

“方不方便打断你们一下，有点事情……”段宏说道。

联盟六千多人，从事危险工作的人很多，医生却只有这么几个，这让他们一直都很忙，他实在是没有时间一直在这里等着。

“那段医生你先和张主席聊吧，我下午再过来，”那个人马上说道，“我这个事情不急。”

“不好意思了。”段宏点点头，让路给那个人。

“什么事？”张晓舟问道。

段宏轻轻地叹了一口气，似乎是有些难以启齿，但他还是看了看外面，低声地说道：“有几个女人来检查身体，发现自己怀孕了，强烈要求做引产手术。”

“怎么会这样？！”张晓舟急得站了起来。

对于他们来说，制约他们未来的最大问题就是人口。整个联盟十四岁以下的孩童加起来也只有不到三百人，而且大多数都是八岁以上的儿童，幼童很少很少。

他们当中的绝大多数都在之前那段困难的时光中因为饥饿、病痛或者是其他原因而死去了。

可以想象，这个数字在地质学院和何家营只会更低。

以这样的人口比例，十年之后，远山的幸存者们就会开始出现严重的问题，十五年后如果还没有大量儿童成长起来，远山的人类甚至有可能走向灭亡。

正是因为如此，在联盟成立，粮食供应稍稍好转之后，张晓舟就开始大力推动鼓励生育的各种手段，保护女性，保护儿童，给予孕妇联盟能够提供的最好的物质条件和医疗条件。

陆陆续续已经有三十几个女人怀孕，张晓舟把她们肚子里的孩子都看作是联盟未来的希望，不但有时间就安排李雨欢代表自己去看望她们，还特批了联盟库存的食物给她们加强营养。

在这种时候，段宏来跟他说有好几个女人要打胎？

“情况有点复杂，”段宏说道，“是从板桥来的那些女人。”

张晓舟一下子明白了。

板桥的劳工暴动，群情激愤之下，何春华留在板桥的心腹大多被杀，那些亲属还在何春华手上的人则无奈地选择了回去，而被何春华他们强占的那些女人却大多跟着暴动者到了联盟这边，然后安定了下来。

这些女人共有三十几个，都是年轻而又漂亮的女孩，张晓舟曾经见过其中的几个，当初何春华曾经把她们当作是一种奖励手下的筹码和道具，甚至曾经说过要把其中的一个送给他做礼物。

她们在联盟的身份非常尴尬，她们从没有干过粗活，和那些劳工不是一路人，双方之间也没有任何交集。但从遭遇来说，她们又是最悲惨的一群人。

她们其实什么都没有做错，但因为她们的身份，别人却难免对她们指指点点，有很多闲话。

张晓舟和老常都不知道该怎么安置她们，医院的护士相对医生来说已经够多了，这么多人不可能塞得进去，让她们到联盟来担任工作人员，说闲话的人肯定更多。

但她们这样的女孩，让她们去干农活，甚至是让她们像其他人一样去丛林里工作，那肯定也不现实。不但干不了多少事，说不定还要别人照顾，还得专门派人盯着她们的安全。

最终，还是梁宇接收了她们，把她们安排在文书、档案、仓管等需要女性的细心，又不是很需要体力的岗位上。

其实梁宇一开始的时候准备让她们去新成立的商业部门，做服务员或者是售货员，这样说不定能够有效地刺激消费。但张晓舟最终否决了这个安排，对于这些不幸的女孩们来说，她们最不需要的就是抛头露面让别人对她们评头论足。

等到时间沉淀下来，让人们忘记她们身上的标签，也让她们自己忘记那些不堪回首的往事，或许才是重新考虑她们适合做什么的时机。

但张晓舟却没有想到，在她们身上还面临着这样一个问题。

张晓舟可以理解她们这样做的理由，孩子是无辜的，但她们同样也是无辜的，生下那些欺凌她们的凶手的骨肉，然后每天看着他们，让她们回想起发生过的事情，无论对母亲还是孩子都是一种残酷的折磨。

“让刘姐、蓁蓁去找她们谈谈吧，”他犹豫了一下之后说道，“现在有条件做这个手术吗？”

“有是有，”段宏说道，“康华医院以前就是干这个的，设备和器材都有，药流的药也有，但我们几个人之前都不是干这个的，对这个事情没什么实际经验……就怕有并发症或者是引发妇科病，导致她们以后不孕。那样的话，她们……”他再一次深深叹了一口气。

“先让刘姐和她们谈谈，把可能存在的后果和她们说清楚，由她们自己做决定吧，”张晓舟说道，“如果可能的话，让她们回去考虑一个晚上，明天如果她们还坚持，那就帮她们吧。尽量小心一些，需要什么你只管提，拿来给我签字就行了。”

“也只能这样了，”段宏说道，“我感觉自己已经成全科医生了。”

“你要往好的方面想，”张晓舟说道，“以后你应该能够成为白垩纪人类的医学宗师，这不好吗？”

段宏苦笑着摇摇头，向他挥了挥手，然后匆匆走了出去。

“邱秘书长，你可得帮帮我们啊！”

一个僻静的地方，几个身穿粗布工作服的人堵住了邱岳，可怜巴巴地说道。

“我自己现在都自身难保了，怎么帮你们?”邱岳叹了一口气说道，“你们要是那天早上就直接辞职，拒不接受这个安排，那还有机会闹，借口也好找。可你们干了几天才来找我，这要我怎么办？他们大可以说你们看不起这个职位，吃不了苦受不了累才闹，到时候你们反倒惹一身麻烦，还把名声给搞臭了。”

“名声臭了也比每天弄那些恶心的东西强吧？邱老大，我是真的受不了了！干一天下来，累都不说，恶心得什么东西都吃不下去。最可气的是他们还搞什么计件制，不干完就不能休息，这不是故意折磨人吗?！我们这些人是靠头脑吃饭的，怎么可能和他们那些粗人相提并论？这简直是有辱斯文！邱老大，你帮我们想想办法，想想办法!”

“这种话以后在任何场合都不要再提，别惹麻烦!”邱岳皱着眉头说道。

“是！是!”那个人连忙说道，“我也是口不择言，今后一定不会了!”

“你们去找夏末禅，诚恳一点向他道个歉，要能哭得出来，那就大哭一场给他看，一定要表现得洗心革面，有多惨说多惨。要么就去找张晓舟或者是他老婆，他们这些人都没什么城府，应该会有用。”

“可这……”

“你们难道就愿意这么一直挑粪?”邱岳问道，“现在联盟干这些事情还没有比你们在行的，你们还有机会回去，可你们就不怕他们慢慢找出一批人来代替你们？君子报仇十年不晚。要反击，等过了这一段，以你们的智商有的是机会。现在装装孙子有什么？我不也在当孙子?”

“邱老大，可这也……”

“愿不愿意随便你们，但这点屈辱都忍不了，那以后也别来找我了。我丢不起那个人！还有，你们以后有事情别这么明目张胆地来找我！晚上天黑了以后，到广场上散步，只要有心总能碰到。知不知道!”

邱岳说完，从他们当中穿了出来，看了看周围，大步走出了巷子。

“快快！打起来了!”走道里有人大声地说道，然后便是一阵纷乱的脚步声。

张晓舟有些疑惑地抬起头，却听到窗户外面传来一阵阵喧哗，似乎是从商业街那边传过来的。

女人的哭号声，人们的叫好起哄声，还有听不清楚的大声叫骂。

他不由得皱起了眉头，走向了窗口。

事情发生在商业街的街口，距离康华医院不到三十米，执勤的民兵已经控制了局面，但冲突的双方一边只有一男一女，而另外一边则有二三十人，并且还在骂骂咧咧，情况看上去很糟糕。

张晓舟马上向门外跑去，他路过周围的办公室，却看到那些工作人员都聚在窗口看热闹。

“都别看了！跟我来！”他大声地叫道。

一会儿的工夫，这里就聚集了上百人，张晓舟带着二十几个在办公室里的联盟工作人员赶去把他们分开，这时候，广场那边执勤的民兵也赶了过来。

“张主席，你来得正好！”双方一见到他，几乎是同时大声地叫道。

人多的那一方显然是正准备去升降机那边，下到丛林里去干活的板桥劳工，而另外一方则是一对男女，看样子应该是已经获得了土地的联盟成员。

女的低着头无声地哭泣着，男的应该是被狠狠地打了几拳，一只眼睛青紫了起来，鼻子也在流血。张晓舟急忙把自己的手绢拿出来递给他止血。

他摇摇头，没有接张晓舟的手帕，而是用手捏着鼻子，把那个女人挡在自己身后。

“张可！你给我过来！”那个显然是打人者的男子却还在大声地叫道，两名哨兵拼命地挡着他，他的同伴之前显然是帮忙了，但现在看到张晓舟却不敢动手了。

“张主席！”从广场那边的执勤点赶过来的哨兵气喘吁吁地叫道，“这是？”

“把人都带到大楼里去！”张晓舟说道。

看他们几个的表情，事情显然不简单，一句两句肯定说不清楚，难道在这里演戏给大家看？

“都散了！都散了！该干什么干什么去！”工作人员们大声地劝走了周围看热闹的人。

那个打人者的同伴有些迟疑，不知道应该走还是应该留，张晓舟对他们说道：“留两个人做人证，其他的都去工作吧！”

路边看到了全过程的两名路人也自愿留下来做人证，张晓舟微微地叹气，把这些人都带了进去。

“先去楼上处理一下伤口。”张晓舟对那个被打的男子说道。

但他却看着那个女人,怎么也不肯离开。

“把刘姐请下来。”张晓舟只能无奈地对身边的工作人员说道。

那个一直在哭的女人被赶来的刘雪梅带走了,被打的男人才终于去处理伤口了。

“你叫什么?”

打人者迟疑了一下:“杜志强。张主席,我以前也是城北的人,我是被杨勇骗到城南去的那一批!”

张晓舟对他完全没有印象,但他还是点了点头:“为什么打人? 你和他们有什么关系?”

杜志强的脸突然涨得通红,他咬着嘴皮,许久之后才说道:“那个女人是我老婆! 这个贱人! 我还没死呢! 她就跟野男人好上了!”

张晓舟早就猜到是这种情况,打人者动手的理由他也猜得出来,任何人在看到自己的老婆和其他男人亲密地从街头走过,也许都会做出和他一样的举动。

但不管怎么说,即便是已经到了这个世界,成员之间相互动手都是严重的违法行为。

他正头疼着应该说什么,秦继承和吴建伟应该是听到了消息,匆匆忙忙地赶了过来。

秦继承马上把杜志强拉到一边去骂了几句,但听到杜志强的话,他也傻眼了。

“那你怎么今天才发现?”他忍不住问道。

“我们刚来的时候我就去原先住的那个地方找过,但已经是其他人住着了。我问他们,他们也不知道原来住着的人去哪儿了,”杜志强一脸悲愤地答道,“我还以为她已经死了! 谁知道,刚才……刚才我……”他深深地吸了一口气,怎么都咽不下去。

“但你打人就是不对!”秦继承只能说道,“有什么不能……”

“那我该怎么办? 看着那对狗男女从我面前卿卿我我地走过去?”杜志强大声地问道,“秦继承! 你别说得容易! 换成是你你能忍?! 我要是忍了,我还算是个男人吗?”

“张主席,你看这个事情……”吴建伟也头疼了。

“先让他冷静一下,老秦,你陪着他,做做他的工作。吴工,你跟我来。”

两人到了楼上，那个被打的男人已经下来，正和那个女人说着什么，女人看到张晓舟他们过来，又哭了起来。刘雪梅在旁边急忙把她带到了远处。

“你叫什么?”

“普云翔。”男人闷闷地答道，目光却还一直看着那个女人。

“是什么情况你应该已经知道了吧?”

“张主席，你不知道我为她付出了多少!”普云翔的情绪一下子激动了起来，“当初她和她儿子饿得要死了！是我收留了她们！给她们吃，养活她们！我爸我妈宁愿自己没吃的都要省给他们！我们在一起都好几个月了！前几天刚刚办了酒席！现在那个人又跳出来了？这算什么？这算什么!”

他的声音绝望而又沙哑。

“张主席，你告诉我，我该怎么办?”

张晓舟无法回答。

联盟根本没有关于户籍和婚姻方面的规章制度，现在这种情况，要完全按照之前的办法管理也根本就不现实。

那些在患难中组建的家庭都是实实在在的，在丈夫死去或者失踪以后，很多没有独立生存能力的妇女都重新找了独身男人作为自己的依靠，以夫妻相称。

今天的事情也许是个偶然事件，但谁能保证同样的事情不会再次发生?

可他作为主席又能怎么办？强令这些半路夫妻分开？把他们已经组成的家庭拆散?

又或者是尊重这样的事实?

“让她来决定，行不行?”他最终问道，“要是她愿意继续和你在一起，那我们就去做杜志强的工作，让他退出，你俩给他一些补偿。但儿子……”他又头疼了起来，“如果她愿意回去，你也别勉强，我们一定让他们给予你一些补偿。”

“老婆都没了，我要补偿有什么用?”普云翔绝望地说道。

其实之前女人的态度已经说明了一切，要不是他一直紧紧地抓着女人不放手，注意力都在她身上，试图让她跟自己走，他也不会被杜志强打成这样。

这样的事情再怎么处理都不对，在这样的世界，他为了养活这个女人和她的孩子肯定付出了很多，可睡了人家的老婆几个月，到头来还要对方给他补偿，这听起来也怪怪的。

张晓舟深深地叹了一口气，步履沉重地向那个还在继续哭泣的女人走了过去。

女人一直哭哭啼啼，但最终还是做出了选择。她很感激这个在她最困难的时候向她伸出了救援之手，又养活了她和儿子的男人，甚至也已经真心地喜欢了他。可她和自己的丈夫终究有着更多的感情，何况，他们还有孩子。

即使只是为了孩子，她也只能回到丈夫身边。

名为普云翔的男人明显大受打击，他和他的父母在最困难的时候接纳了这个女人和她的儿子，现在日子好过了，她就拍拍屁股走了？尤其是在考虑到他刚刚和这个女人办了酒席，向周围的人宣告结合，这样的事情也许会让他一蹶不振。

张晓舟和秦继承不得不去找那个名叫杜志强的男人，他们的说法让他差一点就要挥拳打人了，但好说歹说，他终于冷静下来，接受了如果没有这个男人出手帮助，自己的老婆和儿子或许已经死掉了这个事实。最终捏着鼻子答应愿意在情况好转之后给那个男人一些补偿。

“我们会尽量减小这个事情的影响。”张晓舟在和他们分别谈话的时候对他们承诺道，“如果你们需要，可以帮你们调整居住的地方和工作。”

但他们都拒绝了。

脸面是个大问题，可好不容易适应了现在的生活，有了可以信任的人，又要重新开始？更何况，即便是搬又能搬多远？不过几平方公里的区域，该知道的人，终究会知道这个事情。

幸运的是，这个女人没有怀孕，否则的话，真不知道该怎么办了。

张晓舟悄悄地警告杜志强不要对自己的妻子使用暴力：“发生这种事情，最难受的就是她，承受最大压力的也是她。在那种情况下，她做出这种选择也是迫于无奈。你生死不知，难道要她一个人带大孩子？你多站在她的角度想想，千万不要因为面子这些东西去责怪她，更不要用拳头解决问题，行吗？”

“她只要回来就行了，我不会那么干的。”

“那就好，”张晓舟拍拍他的肩膀，“好多人都在这场灾难中失去了所有的家人，和他们一比，我们都很幸运了。别再想这个事情，好好过日子吧！”

下午和老常、梁宇等人碰头的时候，他们却说起了这个事情。

“总算是没出什么大问题，要是他们胡搅蛮缠的话，事情就难办了，”梁宇说道，“其实这种事情我们最好是别管。自古清官难断家务事，你这边劝和或者是劝离了，那边人家又想通或者是想不通了，全是你的责任。手心手背都是肉，最好还是让他们自己解决，联盟最多就是安排几个人在旁边劝劝，看着别打起来就行了。”

张晓舟摇摇头说道：“事情就发生在我眼皮底下，我总不可能装不知道吧？要是我觉得难办躲到一边，那其他人就更没理由去管这个事情了。”

梁宇忍不住摇头。

但他不得不承认，这是张晓舟做领导最失败的地方，但却也是他成为联盟主席最重要的原因。

“你抽空帮吴工和秦继承查查，看看还有没有这样的情况，提前协调解决吧。”张晓舟对他说道。

“这没问题，不过你不必太紧张，这应该只是个例。”梁宇点点头答应道。

当初跟杨勇到城南去冒险的那些人，很多都死了，而剩下的那些人则留在了何家营，甚至成了何春华这样的人手下的打手。他们当中的绝大多数人都跟着何春华去了地质学院，避开了劳工暴动这个事情。

像杜志强这样的例子，应该不会再有了。

“如果那些人逃过来呢？”高辉却在旁边问道，“要是他们挂念着父母妻儿，冒险逃过来，却发现她们已经和别人组建了家庭，自己的儿子变成了别人的儿子，自己的老婆……”

“高辉，你别老是想这些没用的东西啊！”梁宇无奈地说道，“你有这精力，多想想更现实更有意义的事情不好吗？”

“这很现实好不好？”高辉说道，“你敢说绝对不会发生这样的事情？”

梁宇摇摇头，不想和他拌嘴，张晓舟却皱着眉头说道：“这件事或许是个别现象，但却提醒了我另外一个问题。”

联盟之前的人口比例是女多男少，老弱多，青壮少，这是因为当初敢于从房子里走出来的，往往都是成年男子，敢于抗争的，也往往是这些人，而他们当中的许多人就这么死了，把父母妻儿留在了这个世界上。

在联盟成立之前的那段日子里，这些弱者要么成为某个团队中的附庸，要么就在角落里默默地死去。

事实上，联盟完全控制城北之后，开始安排人到处寻找急需的各种物资，在这个过程里清理出了很多尸体。有些明显是自杀而死，也有很多因为尸体高度腐败而无法看出到底发生了什么，但人们猜测，多半是饥饿或者是疾病夺去了他们的生命。

那些附属于强者的人与被附属者的关系往往两极分化严重，有些人在联盟成立后不久就找到老常等人，恳求他们帮忙离开了原来的团队，重新开始新生活，而另外一些人则与附属的对象在艰苦的生活中产生了强烈的感情，有了牵绊，结合成了家庭。

就连安澜和新洲都存在很多这样的例子。在城南的难民并入城北联盟前，这并没有什么问题，但随着板桥这一千多人加入，单身汉的数量一下子翻了好几番，女多男少的情况马上就发生了彻底的翻转。

在困难时期，人们能够生存下来就很满足了，不会考虑更多的需求。但可以想象，随着他们渐渐安定下来，有了足够果腹的食物和安全的庇护所，甚至有了收入和财产，他们自然就会有更高的需求。

如果联盟的高层对此视而不见，甚至是不闻不问，这迟早会演变成严重的社会问题。

“总不至于出现强奸的事情吧?”高辉忍不住在旁边插嘴道。

“不好说。”老常摇摇头。曾经身为警察，他当然知道这种罪行容易发生在什么样的群体当中，也知道它会带来什么样的恶果。

一两起这样的案子就足以在两个群体之间形成严重的怀疑和对立，如果处理不好，甚至有可能造成严重的分裂。

“你们手边有婚姻法和妇女儿童保护法吗?”张晓舟问道，“趁着事情还没有发生，我们赶快把这个窟窿堵上吧!”

“这东西……”梁宇摇摇头，“没谁会有吧? 不过我们之前不是把从各家各户收集来的书都堆在一个房子里吗? 我这几天正安排那些女孩子清点整理，不知道她们有没有结果。”

“我去找我去找!”高辉急忙说道。

几个人都笑了起来:“猴急什么？你小子终于也有看中的人了?”

“不是……你们这些人真是没意思……”高辉难得腼腆了起来,“我就是去看看,没别的意思!”

“那你干脆帮我找找都有些什么样的法律条文吧,还有行政管理或者是大型企业管理方面的书,看着合适的,多给我找几本来,”张晓舟说道,“不急,一天两天找不出来,一个星期也可以。但不能再多了,一个星期还搞不定,那就说明你彻底没戏,还是滚回来干活吧!”